Raftul Denisei

Colecție coordonată de
DENISA COMĂNESCU

NECHAMA BIRNBAUM

FAȚA CU PĂRUL ROȘU DE LA AUSCHWITZ

Traducere din engleză și note de
ANCA DUMITRU

HUMANITAS fiction

Redactor: Raluca Popescu
Coperta: Angela Rotaru
Tehnoredactor: Manuela Măxineanu
Corector: Cristina Jelescu
DTP: Manuela Manița, Veronica Dinu

Tipărit la Livco Design

NECHAMA BIRNBAUM
THE REDHEAD OF AUSCHWITZ. A TRUE STORY

Descrierea CIP a Bibliotecii Naționale a României
BIRNBAUM, NECHAMA
Fata cu părul roșu de la Auschwitz: o poveste adevărată /
Nechama Birnbaum; trad. din engleză și note de Anca Dumitru. –
București: Humanitas Fiction, 2025
ISBN 978-606-097-512-0
I. Dumitru, Anca (trad.; note)
323.1
929

EDITURA HUMANITAS FICTION
Piața Presei Libere 1, 013701 București, România
tel. 021 / 408 83 50, fax 021 / 408 83 51
www.humanitas.ro

Comenzi online: www.libhumanitas.ro
Comenzi prin e-mail: vanzari@libhumanitas.ro
Comenzi telefonice: 0723 684 194

Dedic această carte mamei, o roșcată și
cea mai curajoasă femeie pe care o cunosc.
O dedic și fiicelor mele (care au suflet de roșcată),
cel mai bun lucru care mi s-a întâmplat.

Și el (David) era cu păr bălai, cu ochi frumoși și față frumoasă.
1 Samuel, 16:12

„Nu voi muri, ci voi trăi", spune Psalmistul și apoi continuă: „și voi povesti lucrările Domnului"[1]*. Refuzul de a muri, insistența cu privire la sfințenia vieții este, uneori, lucrarea însăși a Domului.*
Rabbi Lord Jonathon Sacks[2]

---

1. Psalmii, 118:12. (Toate citatele din Biblie urmează ediția Cornilescu. Ori de câte ori a fost posibil, am folosit traducerile din *Biblia după textul ebraic*, Humanitas, București, 2017–2023.)

2. Jonathan Henry Sacks (1948–2020) a fost un rabin britanic, teolog și cercetător al filozofiei iudaice. Sacks a fost șef rabin al Congregațiilor Ebraice Unite din Commonwealthul britanic între 1991 și 2013, al șaselea în această funcție începând din anul 1845. Sacks a îndeplinit și funcția de președinte (*Av Beit Din*) al Tribunalului religios iudaic (*Beit Din*) din Londra.

PARTEA ÎNTÂI

1

CRASNA[1], 10 MAI 1944

Pentru ce să zică
neamurile:
„Unde este Dumnezeul lor?"
Dumnezeul nostru
este în cer,
El face
tot ce vrea.

Psalmii, 115:2–3

Dintre toate sunetele pe care le-am auzit vreodată, cel al tobelor mi-a schimbat viața, însă de-abia dacă bag de seamă primul ropot. Bat înăbușit undeva, în depărtare, doar un fundal pentru născocirile minții mele. Îmi las gândurile să rătăcească și mă bucur de libertatea pe care le-o dau. Lângă mine tresaltă un râu, libelulele zumzăie, iar frunzele plecate ale salciei plângătoare dansează în adierea blândă, scoțând sunete ce se armonizează în surdină, ademenindu-mă spre un loc în care nimic nu contează și unde totul este bine. Dar apoi: „Bum!" Același ropot. De data aceasta îl aud. Tobe? De ce bate cineva toba în miezul zilei?

---

1. Sat din județul Sălaj. Între 1876 și 1920 a făcut parte din Regatul Ungariei. Odată cu semnarea Tratatului de la Trianon trece în Regatul României. Ca urmare a Dictatului de la Viena din 30 august 1940 intră sub ocupație horthystă, eliberarea militară a Transilvaniei de Nord având loc la data de 25 octombrie 1944, iar restabilirea suveranității României asupra acesteia, în urma Conferinței de Pace de la Paris (1946) și a Tratatelor de Pace de la Paris (1947).

Mă întorc spre dreapta, după sunet, și văd trecând în pas de marș doi soldați unguri. Unul din ei duce o tobă, legată cu o sfoară pe după gât, de parcă ar fi un colan, și bate în ea cu simțire. Celălalt are o goarnă într-o mână și un megafon în cealaltă.

— Toți evreii să se-adune în piața centrală! strigă el. Atenție! Atenție! Toți evreii să se-adune în piața centrală!

Ungurii! Aceiași care tot încearcă să-și impună controlul asupra satului nostru, să arate că sunt preocupați. Aiurea! Crasna, satul meu, se află la granița dintre Ungaria și România, iar cele două state se bat pentru el ca niște copii pentru o jucărie. Și eu aș lupta pentru satul meu. E frumos! Munții franjurați se aliniază la orizont, precum o fortăreață, iar apa ne înconjoară așa cum șanțul de apărare dă roată unui castel. Ai fi crezut că râul ne va proteja, dar acum patru ani ungurii ne-au prins în mâinile lor murdare. Începând de atunci lucrurile s-au schimbat, dar cu asta ne-am obișnuit de-acum.

În piața centrală se vânzolesc zeci de oameni. Parcă ar fi ajun de sărbătoare, dar în loc să cumpere de la tarabe, se înghesuie în jurul unui podium ridicat în fața bisericii. Un ofițer de jandarmerie stă pe o scenă îngustă și ține-n mână un megafon.

— Toți evreii, atenție! Toți evreii, atenție! strigă în megafon.

Sunt de față toți locuitorii din sat, nu doar evreii. Într-un colț o zăresc pe Leah, sora mea mai mică, împreună cu prietenii ei. Îl văd și pe Iehezkel, cu câțiva dintre prietenii lui de la ieșiva[1]. O văd pe Kokish Emma, cea mai bună prietenă a mamei, însă nu și pe mama.

— Am spus: Atenție! răcnește ofițerul.

---

1. Școală (în idiș, în orig.). (N. a.). Instituție evreiască tradițională de învățământ superior religios, unde copiii, adolescenții și tinerii de sex masculin studiază Tora, cu accent predominant pe Talmud.

Hărmălaia se domolește.

— Toți evreii trebuie să se întoarcă la casele lor și să-și pregătească un bagaj. Împachetați doar haine și mâncare. Este foarte important să lăsați acasă toate lucrurile de valoare, continuă el, zâmbind. Toate obiectele valoroase să fie la vedere, să le putem inspecta. Va fi vai de mama voastră dacă nu faceți întocmai. Mergeți acasă, împachetați și fiți gata de plecare. Ar fi bine să vă puneți deja pe treabă. Ați fost preveniți!

Lasă jos megafonul și coboară de pe scenă. Hărmălaia din piață începe iar, însă de data aceasta este însoțită de un zumzet de nedumerire. Mă cuprinde greața și înghit în sec.

Pornesc spre casă, și Leah mă ajunge din urmă taman când intru în curte. Ridică din sprâncene de îngrijorare, iar în ochii ei negri se citește teama. Leah are șaptesprezece ani, e cu șaptesprezece luni bătute pe muchie mai tânără ca mine și de cel puțin șaptesprezece ori mai isteață.

— Ce-a fost asta? mă întreabă Leah când traversăm curtea.

— Nu știu. Dar nu-i a bună.

Intrăm în partea noastră de casă. Mama e acolo, cu o oală în mâini, pe care probabil a adus-o de pe cuptorul de afară.

— Unde-ați fost? De ce sunteți agitate?

— N-ai auzit tobele, mamă? întreabă Leah. Au chemat toți evreii în piața centrală. Un ofițer de jandarmerie a spus că trebuie să împachetăm tot ce avem, iar obiectele de valoare să le dăm ofițerilor care vor veni în inspecție.

— Tot orașul era acolo, spune Iehezkel din prag, în vreme ce-și șterge picioarele pe preș și-și curăță mânecile hainei cu o perie înainte de a intra.

La cei treisprezece ani ai lui începe să devină bărbat, totuși e încă un băiețel.

— N-aud nimic din pricina cuptorului care huruie. Am făcut pâine. Bănuiesc că acum va trebui să o punem la pachet.

— Ce crezi că vor de la noi? întreb eu.

— Nu știu. Dar nu-i a bună, răspunde ea.

Leah, Iehezkel și cu mine ne uităm nedumeriți unii la alții. Fără alte vorbe, mama se duce pe dată la dulapul din hol și trage o valiză de pe raftul de sus. Scoate și rochiile din dulap și le întinde pe masă. Se aude un ropot surd, de rău augur – e soldatul care bate toba undeva în depărtare –, iar noi ne mișcăm repede, în ritmul impus de el.

— Puneți-le pe cele mai bune, spune mama. Oriunde am merge, trebuie să fim bine îmbrăcați. O, și luați-vă și jachetele.

Ne întinde și celelalte haine din dulap. Leah și cu mine le stivuim cu grijă pe masă, apoi le împăturim și le așezăm în valiză. Observ că îmi tremură mâinile. E straniu să împachetezi fără să știi încotro te duci. În urmă cu o oră, nu plecam nicăieri.

— Mama, inelul de logodnă, zic eu.

Este singurul lucru de valoare pe care îl avem. Tata i l-a cumpărat când i-a cerut mâna, și chiar dacă au trecut treisprezece ani de când s-a prăpădit, o văd pe mama cum se uită la inel în fiecare zi. Nici nu-mi pot închipui ca mama să dea pe mâna ungurilor singurul lucru care i-a rămas de la tata.

— Inelul meu? întreabă mama, privind în jos la mâna ei. Doar nu au vrut să spună că și inelul de logodnă?

— Ba cred că da, zice Leah. Au spus: „Va fi vai de mama voastră dacă nu faceți întocmai."

Vocea de-abia i se aude.

Mama face ochii cât cepele și înghite-n sec.

— Așa au spus? întreabă ea.

Dintr-odată mă cuprinde furia. Ungurii i-au luat mamei serviciul și casa, dar nu vor pune mâna pe ceva atât de important.

— Dă-mi-l repede, zic, și întind mâna. Am să îl cos în pernița de pe umărul jachetei.

Mama își scoate inelul de pe deget și mi-l întinde. Îl iau și mă așez la mașina noastră de cusut. Pare de neimaginat – să ascund singurul lucru de valoare în haina mea. Desfac cusătura de pe umărul jachetei. Mama mi-a spus mereu să lucrez mai repede, ca Leah, iar acum, că e zor, mă mișc cu aceeași viteză și la fel eficient ca sora mea. Descos pernița, ascund bine inelul în burete și apoi cos totul la loc. Cusătura e perfect dreaptă, dar mama nu se uită. Pășește prin cameră și pune cu precizie lucrurile în valiză: făină din cămară, un teanc de ștergare și așternuturile – toate încap la fix.

— Mergeți și îmbrăcați-vă! spune ea, întinzându-ne hainele. Și dați-mi ce-aveți pe voi să le împachetez.

Rochia este albastră cu alb-unt, din cea mai fină pânză pe care mama o comandase din Anglia. Pliseurile late sunt ca niște lame, pentru că am călcat-o impecabil. Poate că sora mea este cea mai talentată croitoreasă din familie, dar eu calc atât de bine, încât pliseurile rochiilor noastre ar putea tăia pielea.

Îmi strecor rochia pe sub fustă și abia când îmi ajunge pe talie îmi scot fusta. Apoi trag de rochie-n sus, pe sub bluză, închei nasturii și-mi scot bluza. Leah și cu mine îi dăm mamei hainele și o privim cum le împăturește și le pune în valiză.

— Puneți-vă și jachetele, zice mama, arătând spre ele, apoi bătând darabana cu degetele pe masa de lemn.

Inima îmi bate cu putere, de parcă ar vrea să-mi sară din piept. Îmi pun jacheta pe umeri. În pernuța dreaptă, inelul ascuns mă apasă de parcă ar avea cinci sute de kilograme. Transpir abundent.

— Mama, spun eu, nu pot ține inelul la mine.

— Scoate-l, *mamale*.

Nu se uită la mine. Lovește în continuare cu degetele în masă.

Îmi smulg jacheta de pe mine și dintr-un pas sunt înapoi la mașina de cusut. Desfac pernuța și scot inelul. Fără să spun o vorbă, ies și mă îndrept spre veceul din curte. Soarele luminează diamantul, făcând să se ivească un curcubeu strălucitor. Deschid ușa veceului și, cu toată puterea, arunc în gaură inelul cu diamant al mamei, cu curcubeul lui cu tot. Dacă mama nu-l poate păstra, nici ungurii n-au să pună mâna pe el.

Nu știu de unde s-a ivit încrâncenarea de-a face toate astea, dar când mă întorc și mă așez lângă mama, Leah și Iehezkel mă cuprinde o liniște bizară. Așteptăm.

Ușa se deschide violent, și doi jandarmi dau buzna înăuntru cu puștile pregătite. N-am fost niciodată până acum în bătaia puștii. Privesc la gaura goală a țevii și la chipul furios al ofițerului care ține pușca și simt cum mi se strânge stomacul.

— Afară cu voi! Luați-vă valiza!

Mama se ridică și ia valiza, iar eu o privesc ca prin vis cum o trage afară. Soldații inspectează casa, verificând pe sub paturi și sub masă.

— Nimic de valoare în văgăuna asta. Percheziție corporală, totuși. Poate că au ascuns ceva, își spun între ei, apoi continuă, adresându-ni-se: Afară! Ieșiți afară!

Mă împleticesc ieșind împreună cu frații mei. Celelalte două familii de evrei cu care împărțim curtea, Rosenberg și Brach, sunt deja acolo. Câțiva oameni au ieșit să privească. Unul care împrumutase de la noi niște ouă cu o zi înainte, altul de ai cărui copii avusesem grijă săptămâna trecută, îi văd acum zâmbind când soldații mă împing cu țeava puștii. Mă simt dezorientată și foarte rușinată.

— În regulă. Toată lumea, alinierea acolo! spune unul din ofițeri.

Îl împinge pe domnul Rosenberg cu pușca. Domnul Rosenberg înaintează clătinându-se.

— Treceți aici! Acum! ne face semn ofițerul lui Leah, mamei și mie. Stați acolo!

Facem cum ni se cere. Nu prea avem de ales când țeava puștii e îndreptată spre capetele noastre. Domnul și doamna Rosenberg stau unul lângă altul. Copiii li se adună repede în jurul lor.

— Ascultați cu atenție!

Cel care vorbește este ofițerul care îl împinsese cu pușca pe domnul Rosenberg.

— Trebuie să ne asigurăm că nu aveți arme asupra voastră. Ar fi o prostie din partea noastră să nu verificăm, iar noi nu suntem proști. Va trebui să vă percheziționăm pe unii dintre voi de arme.

Se duce spre domnul Brach, care își întinde brațele pentru a le arăta că nu duce nimic.

— O, nu de tine îmi fac eu griji, evreu mititel! spune ofițerul. Pe femei trebuie să le verific.

Unii dintre copilandrii care se uită la noi bufnesc în râs. Ofițerul se întoarce spre ei.

— Trebuie să verificăm, nu-i așa, că distinsele doamne nu ascund nimic!

— Normal! urlă un băiat.

Ofițerul pune mâna pe umărul uneia dintre fetele familiei Brach, pe nume Lutchie. Fata se scutură când simte atingerea.

— Treci încoace, domnișoară! spune ofițerul. Trebuie să fim siguri că nu ascunzi vreo armă.

O trage deoparte. Apoi o apucă pe Miriam, sora ei. Apoi pe gemenele familiei Rosenberg, Suri și Idy, pe care le duc într-o parte a curții, și se întorc după Leah, mama și după mine.

— Acum vă percheziționăm, spune soldatul care se află lângă gemenele Rosenberg. Și ar fi bine să nu dăm peste cine știe ce arme sau, mai rău, puști.

La auzul vorbelor, grupul care privea doar în dorul lelii începe să râdă. Știau bine că să ascundem asupra noastră o pușcă era la fel de ușor ca a ascunde un vițel.

— Nu puteți face asta, spune domnul Rosenberg.

Ofițerul șuieră:

— Nu? Nu putem? Ia să vezi că putem!

Apoi se întoarce spre femei:

— Dezbrăcarea, domnișoarelor!

Nimeni nu se mișcă.

— Am spus acum!

Vecinii care stau cu ochii pe noi se apropie pe nesimțite.

Eu împietresc. Nu-mi vine să cred că mi se întâmplă una ca asta. Parcă privesc toată această scenă printr-un geam neclar. Nu am stat dezbrăcată în fața nimănui până acum. Leah și cu mine nu ne schimbăm una în fața celeilalte, chiar dacă toată viața am împărțit aceeași cameră și un singur pat. Până și în cămăruța în care locuiam cu toții am știut mereu, cumva instinctiv, cum să ne îmbrăcăm păstrând discreția. Curtea se învârte în jurul meu precum o cioară, bătând din aripi și răsucindu-se. Aud râsete, și scânceli, și plânsetul unui bebeluș. Văd forma cilindrică a capătului puștii, pe care o ține jandarmul care e mai aproape. Îmi deschei ca prin vis nasturii rochiei. Când aerul îmi atinge pielea, îl simt de parcă cineva m-ar cufunda într-un puț cu apă înghețată. Râsetele din fundal se întețesc, însă nu mă pot gândi decât la brațul meu despuiat și expus. Mă încurc în nasturi. O rușine de neimaginat mă scaldă în clipa când rochia mi se desprinde de pe trup și cade pe pământ. Calc afară din ea. În jurul abdomenului port înfășurată o eșarfă de flanelă. Încă de copilă am suferit de crampe cumplite ale stomacului, care mă fac să mă simt rău și mă vlăguiesc. Eșarfa este singurul remediu care a dat roade, și mi-o înfășor mereu înainte să mă îmbrac. O scot acum încetișor.

— Mai repede! strigă cineva din curte, și niște băieți râd și chițăie ca răspuns. Mai repede, evreico!

— N-ai auzit? Am spus să te grăbești!

Pușca unui ofițer este lângă coapsa mea.

Tresar și îmi scot repede chiloții. Tremur.

— Ia te uită! Doamnele evreice, dezbrăcate toate! O! Uitați-vă la ele!

— Ce pleașcă, toate cucoanele evreice, ca la spectacol!

— Uitați-vă unde au ajuns!

Vocile mulțimii devin tot mai puternice, iar chipul meu parcă a luat foc. Aerul din jurul meu îmi împunge pielea goală. Privesc numai în pământ.

Unul din soldați se apropie de mine și-și pune mâinile pe trupul meu. Îmi ridică brațele și-mi atinge subsuorile. Mă pipăie peste tot, chiar și după urechi. Văd cu coada ochiului că are o grimasă pe chip, care-mi umple ochii de lacrimi. Se adună acolo doar, fără să dea pe din afară.

— Roșcovana n-are nimic, strigă el. N-a ascuns nimic periculos.

Trece la femeia de lângă mine. Aud alte râsete. Trupul meu este la cheremul lor. Nu-mi mai aparține.

Când în cele din urmă inspecția ia sfârșit, ni se permite să ne îmbrăcăm la loc. Trag pe mine rochia mea frumoasă și călcată impecabil, acum șifonată și murdară.

— Urmați-ne! Mergeți în coloană! ne ordonă un soldat, cel mai gras dintre ei.

— Călătorie sprâncenată! strigă un bărbat din curte, râzând în vreme ce ne îndepărtăm.

Ne încolonăm după familiile Rosenberg și Brach, și toți îi urmăm pe soldați. Ceva îmi spune să nu plec, să nu mă țin după ei – să rămân pe loc, exact aici –, dar, pe măsură ce picioarele mi se mișcă împotriva rațiunii, îmi dau seama că nu am de ales. Odată cu rochia, m-am dezbrăcat de orice alegere. Calea mea este de-acum în mâinile soldaților care ne-au atins.

Ne duc în piața centrală. Când ajungem, dăm cu ochii de căruțe de lemn crăpat, la care sunt înhămați niște cai bătrâni. Toți evreii din satul nostru sunt acolo, împreună cu mulți gură-cască. Jandarmii îi îngrămădesc în căruțe pe prietenii și vecinii noștri, iar valizele le aruncă peste capul lor. Oameni și valize unii peste alții, tot mai mulți. Privitorii se uită la noi de parc-am fi de la circ și sporesc haosul cu răutățile și râsetul lor. Apoi văd că unii dintre ei plâng. O văd pe Kokish Emma – e îmbujorată, iar lacrimile îi curg șiroaie. Soțul ei o ține de braț.

— Ia uitați-vă la evrei – nu mai par la fel de mândri acum, nu?

Soldații ne împing mai aproape de căruțe.

— Îl vedeți pe bărbatul ăla, cocoțat pe valize? Prea le adună pe toate! Am să-l fac să mi-o dea mie, spune altă voce.

— O să învețe și evreii să împartă cu alții! strigă un altul, după care râde.

Îi privesc de lângă căruță pe cei care se urcă și încearcă să-și îndese valizele sub ei și să se așeze pe ele.

— Uite ce le-au făcut evreilor! Uite ce le-au făcut evreilor! spune o femeie.

În vocea ei se fac simțite deopotrivă uluirea și bucuria.

Înainte de a urca în căruță mai arunc o privire în jur. Aici l-am salutat pe rege, împreună cu toți ceilalți din satul meu. Văd clădirea școlii unde am învățat, și am dansat, și m-am jucat. Nimănui nu-i păsase vreodată că sunt evreică. Mi-am petrecut copilăria chiar aici, în piața aceasta, unde mă întâlneam cu prietenii și făceam cumpărături pentru mama. A fost casa mea, dar într-o fracțiune de secundă s-a transformat în altceva. Un lucru pe care nici măcar nu-l recunosc.

— Hai, mişcă-te! Mişcă-te!

Un jandarm îmi dă un brânci cu arma spre cea mai apropiată dintre căruţe. În timp ce înaintez, îmi amintesc ceva şi mă întorc spre mama:

— Am uitat să încui!

Jandarmul îmi râde-n nas. Îi simt respiraţia. Miroase a carne şi-a tutun.

— Nu-ţi face griji, drăguţă! spune el. Acum nu mai e cazul să încui uşa.

O împinge pe mama sus în căruţă, iar ea se împiedică. Iehezkel îi aruncă valiza, căreia ea-i găseşte loc între doi oameni care deja se aşezaseră. Mă sui şi eu exact când mama se lasă sfârşită pe valiză, de parcă ar fi gata-gata să leşine. Iehezkel se urcă şi el, iar după el, Leah.

— Ce se întâmplă? o întreabă ea pe mama.

Se uită în ochii mamei cu atenţie, doar-doar o găsi acolo un răspuns.

— Războiul chiar ne-a ajuns din urmă, zice mama, scuturând din cap. Probabil ne vor duce la muncă. Vom munci, şi când se va isprăvi războiul ne vom întoarce acasă.

Îi aud cuvintele, însă ele nu au nici o noimă.

Iehezkel încuviinţează. Deasupra capului, ţine valiza altcuiva.

Căruţa se înclină şi pornim, îndepărtându-ne încet de piaţă.

— Unde e Dumnezeul vostru acum? strigă cineva din mulţime. Unde vă e Dumnezeul ăla de sunteţi atât de mândri de el? Ia ziceţi!

Câteva femei râd. Unii aplaudă.

Ultimul lucru pe care îl văd din satul pe care îl iubesc până să fiu purtată departe de cai este un aparat de fotografiat negru, chiar în dreptul meu, şi apoi un bliţ. Un bărbat se cățărase în spatele căruței. Se apleacă și ne face poze. O poză, a doua și apoi a treia. După care sare și își inspectează echipamentul în stradă, de parcă ar fi fost o zi ca oricare alta. Roțile căruței se învârt anevoie când caii se opintesc înainte, trăgând povara după ei. Mă țin de mama și începe așteptarea, pe drumul spre te miri încotro se îndreaptă convoiul nostru.

2

CRASNA, APRILIE 1935
LA VÂRSTA DE NOUĂ ANI

Să laude Numele Lui
cu jocuri,
să-L laude cu toba
și cu harpa!

Psalmii, 149:3

Nu sunt o fată pe care să ți-o închipui pe scenă. Am părul roșu, iar unii spun că așa ceva nu trebuie lăsat la vedere. Am pielea palidă și mai tot timpul sunt pe jumătate bolnavă. De aceea contează atât de mult când dascălul mă alege să dansez la serbarea școlii. Am descoperit că atunci când dansez sunt, mai mult ca oricând, eu însămi. Dansul nu e numai pentru spectacol, deși, dacă e să fiu sinceră până la capăt, pe scenă îmi place cel mai mult să dansez. Deși scena este o lume de amăgiri și iluzii, florile închipuite care-mi cad la picioare atunci când fac plecăciunile de final sunt la fel de reale ca notele maxime pe care le ia sora mea mai mică în carnetul de note. Cu toate că mama nu e niciodată printre spectatori, căci nu poate lipsi de la de la serviciul ei – îi hrănește pe băieții de la ieșiva –, iar serviciul ei e indispensabil ca să-și poată hrăni propriii copii, este totuși plăcut să auzi ropotele de aplauze după ce-mi închei dansul.

În mintea mea sunt mereu conștientă de ritmul pe care dansează întreg pământul. Nimeni altul decât vântul e coregraf, și se folosește de aer pentru a da naștere muzicii și mișcării. Tot el împinge curenții râului pentru a-l face să se încrețească, să susure și să se prăvălească cu zgomot. Se freacă de corzile viorii abia scoase din cutie, înainte ca arcușul s-apuce măcar s-o atingă. Se strecoară în și din gâtlejurile oamenilor și animalelor. Muzicanții din piața centrală prind guri zdravene de aer și le țin în plămâni, pentru ca apoi să le împingă în muștiucurile trompetelor și tubelor până când sunetul, reinterpretat, se precipită din instrument și răsună în urechile celor care ascultă. Îmi închipui cum un dirijor își desface brațele, mișcând vântul dintr-o parte în alta, până când întreaga lume devine o masă unică ce se rotește-n dans, pe muzică. Acesta este motivul pentru care, încă de la prima lecție de dans, mi-a venit atât de ușor să-mi mișc trupul și să dansez atunci când aud muzică.

Chiar și în rutina matinală simt cum mișcarea și ritmul pulsează în toate. Când mama pune laptele la brânzit (pleosc, pleosc, pleosc), când Leah taie pâinea cu maia (hârști, hârști, hârști), iar Iehezkel încalță un pantof și pune piciorul jos, apoi al doilea (pas/apăsare, pas/apăsare). Tot un dans e și când punem masa pentru micul-dejun: farfuria, așezată, cuțitul, lângă ea, furculița, la fel, ne așezăm! Ia pâine, întinde brânza, mușcă, înghite! Pâinea caldă o mâncăm repede, o lăsăm să ne-alunece pe gâtlej până când simțim cum ni se încălzește și umple stomacul. E ritmat și felul în care stivuim pe furculiță cât de mulți castraveciori putem și-apoi o băgăm în gură, iar mama bate măsura cu rugămințile ei: „Dar nu vă grăbiți și voi puțin?“ Ușa se deschide cu o cadență exact când terminăm de mâncat, când băieții de la ieșiva, care plătesc pentru micul-dejun pregătit de mama, intră și se așază să mănânce. E și în sărutul de la revedere pe care i-l dăm mamei, unul după altul, și în mersul spre școală: cotim la capătul străzii, traversăm podul, îl lăsăm pe Hezkel și apoi o luăm la sănătoasa!

Întotdeauna am considerat că cea mai bună parte a vieții este aceea în care-i descoperi ritmurile și muzica, iar astăzi va fi cea mi bună zi din tot anul școlar – ziua pe care cu toții am așteptat-o cu nerăbdare! Astăzi vom afla în sfârșit din ce grupuri vom face parte pentru Marele Spectacol! Spectacolul este momentul cel mai important din tot anul școlar. Normal că muncim pe brânci și învățăm în fiecare zi, dar evenimentul principal în jurul căruia gravitează tot restul – precum Pământul în jurul Soarelui – este serbarea în care cu toții avem câte un număr. În Crasna este o singură școală, pe lângă ieșiva, așa că toți fie au un copil de școală, fie cunosc unul, și vor fi prezenți la serbare. Cu câteva săptămâni în urmă a avut loc o selecție după care dascălii (care știu cum să găsească talentul fiecărei fete) ne-au repartizat în grupuri.

Când ajung la școală, în fața avizierului e adunat un grup mare de elevi. Când mă apropii încet, citind repartițiile în căutarea numelui meu, inima îmi bubuie precum toba mare. Mă găsesc exact în grupul în care speram să ajung, sub cuvântul DANS, scris cu litere mari.

Răbdăm cu greu toată ora de aritmetică și apoi ne alăturăm fiecare grupului în care suntem repartizați. Găsesc sala de clasă unde se întâlnește grupul de dans: se umple repede cu fete și băieți din toți anii. Miss Elias, profesoara de engleză, stă în fața noastră și bate din palme:

— Bine ați venit, fete și băieți, la primul antrenament pentru dans din acest an!

Câteva fete mai mari bat din palme de entuziasm. Mă simt norocoasă să mă aflu alături de acele fete mari.

— Ați demonstrat, fiecare dintre voi, că aveți înclinație pentru dans, continuă Miss Elias. Sunt foarte nerăbdătoare să vă ajut pe toți să vă descoperiți și să vă perfecționați talentul. O să exersăm zilnic. Dansul este, pentru mine, expresia cea mai frumoasă a ceea ce se află adânc în fiecare, așa că dacă eu vă pot învăța tehnica, frumusețea adevărată trebuie să vină din voi. Astăzi, prin urmare, nu am să vă arăt nici unul dintre pașii pe care îi veți învăța pentru serbare. Azi o să vă jucați cu dansul, fiecare după cum îl simte.

Îi face un semn toboșarului și partenerului său, un băiat cu o trompetă, care stau amândoi într-o parte a scenei. Toboșarul începe să bată toba cu mâinile. Bum, bum, bum. Tac, tac, tac. Miss Elias își duce mâinile la piept, apoi le depărtează tare de tot.

— Dansați! spune ea. Singura regulă este să nu vă sfiiți. Vreau să vă văd pe toți dansând!

Fetele mai mari încep să se miște de pe-un picior pe altul, pe muzică. Unele fac piruete. Închid ochii pentru a nu vedea dacă sunt privită și mă ridic pe vârfuri. Mă răsucesc cu mâinile pe lângă mine. Muzica devine mai rapidă, îmi bubuie-n urechi. Din piept pornește o senzație care mi se revarsă în tot trupul. Mă legăn și mă răsucesc, și-n clipa aceea ceva se însuflețește. În mine se naște ritmul vieții.

Odată, *zeide*[1] mi-a spus că există un loc unde toate sufletele așteaptă înainte să fie trimise jos, în lumea noastră.

— Știi în ce limbă vorbesc sufletele în locul acela? m-a întrebat el.

— În idiș? am presupus eu.

— Sufletele n-au gură să vorbească.

— Și atunci cum comunică?

— Sufletele comunică prin muzică, mi-a explicat *zeide*. Vorbesc în tam-tamuri și corzi ciupite, vorbesc prin tobe și harpe.

— Nu mă minți? l-am întrebat, încercând să-mi închipui acest limbaj minunat.

— Defel! De aceea bebelușii se liniștesc atunci când le pui muzică, își aduc aminte. De aceea muzica ne vorbește cum nimic altceva n-o poate face.

---

1. Bunic (în idiș, în orig.). (N. a.)

Când Miss Elias îmi spune să dansez, pricep în sfârșit ce-mi spunea *zeide*. Dacă muzica este limbajul sufletului, atunci dansul este felul în care trupul meu le vorbește de aici, de pe pământ, acelor suflete.

— Mișcați-vă în ritm!

Îmi depărtez brațele precum Miss Elias, exact cum a făcut ea cu o clipă înainte, când a început să danseze. Mă răsucesc și-mi flexez picioarele în ritmul tobei.

— Foarte bine, spune Miss Elias, bătând din palme când muzica se oprește. Ați dansat frumos.

Când ieșim din școală, la sfârșitul zilei, încă simt vraja dansului.

— Hai să mergem să ne jucăm la râu, sugerez eu.

— Ne întrecem până acolo, spune Leah.

Trecem alergând de case, de piața cu făină, și pui de găină, și ouă, de vitrinele prăvăliilor și de biserică. Coborâm dealul atât de repede, că aproape ne dăm peste cap. Mirosul dulce al ierbii și strălucirea soarelui îmi umplu nasul și pieptul. Norii plutesc aproape de noi pe cel mai albastru dintre cerurile albastre. Ne oprim când ajungem la locul nostru, unde apele se rostogolesc dinspre micul iaz peste pietre. Tufele de pe malurile râului își pleacă bogăția de buchete albe peste apă. Frunzele pomilor șușotesc, iar păsările ciripesc, în timp ce țopăie de pe ramuri pe pietre și înapoi pe ramuri. Stropii fini dinspre apă îmi zburlesc părul. Prietenele noastre, Ghitta și Razel, se joacă deja în râu. Leah își aruncă pantofii din picioare și sare.

— Am câștigat! anunță ea.

Este mai mică decât mine, dar în afară de ordinea în care am venit pe lume, ea e cam în toate cu un pas înaintea mea. Sar și eu după ea și ne bălăcim în râu până când soarele devine roziu, iar cerul e precum o marmeladă de căpșuni întinsă pe albul iaurtului.

La cină, când ajungem acasă, avem pui. O bucățică mică de pui, pe care s-o împărțim, dar mama știe atâtea feluri de-a face mai mult din mai puțin, că nu ne e niciodată foame. Lângă pui avem cartofi noi, mirosind a caise și dați prin sosul de la pui. O salată de legume și *farfel*[1]. Mănânc de parcă se bat turcii la gura mea.

După cină, *zeide* ne vizitează în plimbarea lui de seară. *Zeide* este tatăl mamei mele și, ce mai tura-vura, e și tatăl meu, pentru noi că nu-l mai avem pe al nostru. *Zeide* locuiește la doar zece minute, și în fiecare seară vine pe jos ca să stea puțin cu noi. Pe el îl iubesc cel mai tare pe lumea asta.

— Unde sunt fetele mele? strigă el când se apleacă să poată intra.

Leah ajunge prima la el. O ridică și o aruncă-n sus. Cu brațele lui mari și puternice poate să ridice orice.

— Iar tu, domnișoară? mă întreabă, întorcându-se spre mine cu o mină serioasă. Nu ești prea mare să fii ridicată de un *zeide* bătrân ca mine?

Înainte să apuc să răspund, Leah ajunge înapoi cu picioarele pe pământ, iar eu mai că ating tavanul!

— Și prințul meu? îi spune lui Iehezkel, care chicotește când *zeide* îi gâdilă și-l ridică sus de tot.

Ne așezăm și bem un ceai împreună. Mama aduce ceainicul aburind și ceștile. *Zeide* stă în capul mesei (după ce inspectează dulapurile, să se asigure că avem destulă făină, ulei și ouă). Cu barba lui lungă și căruntă și ochii de un albastru profund, parcă e un rege. Un rege de basm, bând un pocal de aur lichid.

— Cum ți-a fost ziua, Haia Neha? o întreabă pe mama.

— Bună, nimic deosebit.

---

1. Paste specifice bucătăriei ashkenazi, făcute din aluat de tăiței cu ou și prăjite înainte de a fi gătite. (N. a.)

— Azi am citit în fața întregii clase, zice Iehezkel.

— *Talmid Haham*[1], răspunde *zeide*.

— Am început să ne antrenăm pentru dansul de la serbare, spun eu.

— Cum a fost?

— Foarte bine.

— Sunt convins că vei fi o mare dansatoare.

Strălucesc de mândrie.

— Leah a luat nota maximă la examenul de aritmetică, zice mama. E cea mai bună din clasă.

Leah se-mbujorează și zâmbește.

— Nepoțica mea deșteaptă, îi spune *zeide*. Sunt atât de mândru de voi!

Se uită la ceas și continuă:

— O, e târziu. Trebuie să mă întorc la *bobe*[2].

Dau fuga să-i aduc pălăria.

— Mulțumesc, comoară, spune el.

Ne pupă pe toți și deschide ușa. Îl privim prin fereastră cum pornește pe stradă.

Mama își scoate cartea. Iehezkel se așază și exersează cititul așa cum i-a spus *Rebbe*[3]. Leah și cu mine spălăm vasele.

— E rândul meu să le șterg, zic eu.

— Nu știu cum se face că e mereu rândul tău, spune Leah, dar scufundă totuși farfuriile în putina de lemn și începe să le frece.

— Ba nu! Ai uitat că ieri am spălat?

— Ba acum două zile, dar nu contează.

Strâng din umeri și iau cârpa curată și împăturită, usuc farfuriile și le pun la loc pe raft – exact la mijloc, așa cum îi place mamei.

---

1. Elev deștept (în ebraică, în orig.). (N. a.)
2. Bunica (în idiș., în orig.). (N. a.)
3. Învățătorul, dascălul (în idiș, în orig.). (N. a.)

Și iată ritmul din nou, ritmul zilei care devine noapte. O zi care a început cu o explozie de ropote ia sfârșit cu clipocitul apei din putină și cu sunetul delicat pe care-l fac farfuriile când le așez una peste alta. Fâșâitul paginilor răsfoite, murmurul stomacurilor pline și clinchetul veselei când e ștearsă și pusă la loc. Toate sunetele care irump dimineața, care sunt zorite, trăite și folosite ziua-ntreagă acum sunt puse duios la culcare. Ele îmi lipsesc atunci când muzica se schimbă și nimic nu mai este la fel.

3

GHETOUL DIN CEHEI[1], 10 MAI 1944 LA VÂRSTA DE OPTSPREZECE ANI

Umblam plin de durere
ca pentru un prieten,
pentru un frate;
cu capul plecat,
ca de jalea unei mame.
Dar, când mă clatin eu,
ei se bucură
și se strâng;
se strâng fără știrea mea,
ca să mă batjocorească,
și mă sfâșie neîncetat.

Psalmii, 35:14–15

Stau pe podeaua căruței și simt cum vibrează sub mine scândurile de lemn. Știu c-ar trebui să simt ceva, însă mintea mi-e împietrită. Văd ce se petrece, dar parcă asist la ceva ce

1. După 19 martie 1944, evreii de pe teritoriul Ungariei, respectiv al Transilvaniei de Nord, au fost adunați în ghetouri. Ghetoul din Cehei, unul dintre cele mai brutale de pe teritoriul Transilvaniei de Nord, în spațiul fostei cărămidării Klein, aflat la circa trei kilometri în afara orașului Șimleu Silvaniei, într-o zonă mlăștinoasă, adăpostea, la momentul de vârf, 8500 de evrei. Aici au fost aduși evrei din districtele Crasna, Cehu Silvaniei, Jibou, Șimleu Silvaniei, Supuru de Jos, Tășnad și Zalău. Ghetoul era păzit de o unitate specială de jandarmi de la Budapesta și era condus de Krasznai László, unul dintre cei mai cruzi comandanți de ghetou de pe teritoriul Ungariei. Evreii au fost deportați în lagărele morții de la Auschwitz-Birkenau între 31 mai și 6 iunie 1944, în trei transporturi.

i se întâmplă altcuiva. Mă uit la mama, care stă jos, pe podea, cu capul lui Iehezkel sprijinit de umărul ei. Nu vreau să-mi amintesc că am văzut-o dezbrăcându-se. Chipurile celor care au privit cum suntem îngrămădiți în căruță îmi revin prin fața ochilor, dar mi-i închid, încercând să alung imaginea aceea. Am fost în bune relații cu vecinii noștri, pe unii i-am văzut plângând când am fost suiți în căruțe, de aceea nu-mi vine să cred că unii au râs. Oare bunătatea pe care ne-o arătaseră în tot acest timp fusese o prefăcătorie? Cu cât încerc mai mult să înțeleg ce se întâmplă, cu atât capul stă să-mi plesnească. Pur și simplu nu pot pricepe că împreună cu noi în căruța asta se află toți cei din mica noastră comunitate de evrei, la fel de istoviți și ponosiți. Nu am greșit cu nimic. Ne-am plătit dările, ne-am școlit, am făcut rochii pentru oricine ne-a cerut. Toți iubeau rochiile noastre.

Vibrația scândurilor de sub mine se potolește, iar caii se opresc. Ușița de la căruță se deschide și în fața noastră este din nou un grup de jandarmi.

— Evreii put! spune unul dintre ei.

Câțiva copii și vârstnici au avut nevoie la toaletă pe drum, dar evident că nu exista vreuna. Au suferit mici accidente aici, în căruță, căci n-au avut de ales. Eu sunt obișnuită cu mirosul; a devenit parte din mine. Parcă suntem pe drumuri de zile întregi, dar știu că în realitate n-au fost decât câteva ore.

— Dați-vă jos! Dați-vă jos! strigă un alt soldat.

Ne ridicăm cu toții și începem să ne bulucim. Sar din căruță și aterizez direct pe persoana din fața mea. Ne îmbulzim căutându-ne valizele. Jandarmii stau cu puștile ațintite spre noi. Tremur. Îi văd pe câțiva dintre prietenii mei, dar nu se uită la mine. Suntem înconjurați de soldați.

Mă uit în jur încercând să-mi dau seama unde ne aflăm, însă aerul e plin de o pulbere roșie densă pe care au stârnit-o caii și căruțele. Îmi înțeapă ochii și-mi dau lacrimile, dar nu sunt de-ajuns ca s-o spele. Dacă deschid gura, o voi înghiți, așa că strâng din buze. În jurul meu e un vacarm de nedescris – oameni din căruțe, dar mulți se aflau deja aici. În cele din urmă praful se așterne, și printre umerii oamenilor din grupul în care sunt văd că ne aflăm pe un câmp plin cu cărămizi. Pe o pancartă de lemn scrie CĂRĂMIDĂRIA KLEIN DIN CEHEI. Ce căutăm într-o cărămidărie? În fața noastră sunt oameni cu sutele care se mișcă de colo-colo, cărând cărămizi în mâini. Femeile poartă basmale, iar bărbații sunt bărboși. Dintr-o parte a clădirii cărămidăriei iese o placă de ciment. Mai sunt câteva șandramale de lemn fără pereți. Prin curte trec șine de tren. Mă uit în sus. Suntem într-o vale, iar dealurile care ne înconjoară sunt întesate cu jandarmi cu puști îndreptate spre noi. Suntem captivi pe fundul pământului. Printre picioarele mele trece în grabă un șobolan. Când trupul lui păros îmi atinge glezna, nu fac nici o mișcare. Cerul se încarcă de nori gri, furioși, iar aerul devine mai rece. Caii și căruțele sunt duse mai departe. Oamenii șușotesc între ei, dându-și cu presupusul de ce ne aflăm aici.

— E bine să fim departe de satul nostru pe vreme de război. N-am vrea să fim acolo când încep luptele, spune cineva.

— Da, ne scot din zona luptelor, spune altcineva. Sunt aici oameni din toate satele din regiune.

— Probabil o să avem de dat câte o mână de ajutor la câmp până când se termină, asta ne-a spus *rabbi*, zice o altă voce.

— Mama, de ce crezi că ne-au adus aici? întreabă în șoaptă Leah.

— Așa e la război, spune mama. Va trebui să lucrăm o vreme, dar apoi ne vom întoarce acasă. Trebuie doar să facem ceea ce ne cer.

Soldații le spun ceva oamenilor din primele rânduri ale grupului nostru, însă eu nu aud.

— Trebuie să vă găsiți un loc de dormit! aud în cele din urmă un soldat.

Mă întorc spre cărămidărie și șoproanele de lemn construite grosolan, poate am putea dormi acolo? Dar deja sunt pline ochi cu oameni. Noaptea coboară.

— Găsiți-vă un loc unde să dormiți, evrei puturoși! strigă un alt soldat.

Văd cum unii oameni își încropesc un fel de cort. Ne uităm la ei cum scot pânzeturi din valize și le agață în așa fel încât să poată dormi sub ele. Îi vedem pe câțiva care se desprind de grupul nostru, trăgând după ei valizele. Cei care erau deja în curtea cărămidăriei când am ajuns noi își improvizează corturi din haine. Unii se așază în șandramalele de lemn lipsite de pereți. De jur împrejurul nostru oamenii își deschid valizele, scot fie pături, fie haine, și încearcă să-și facă un cort.

Ne uităm și la alți oameni din curtea cărămidăriei. Bărbații familiilor improvizează corturi, în vreme ce femeile și copiii se chircesc pe jos.

— Noi n-avem pe nimeni care să ne facă un cort, spune Leah.

— N-avem nevoie de nimeni, zice mama.

Iehezkel trage valiza mai aproape de locul în care o altă familie își improvizează un cort. Ne ținem după el. Lasă valiza jos, iar mama, strângând din buze, o deschide. Scoate o pătură și un cearșaf. Eu trag afară câteva rochii și înainte de a le lega una de alta ca să avem mai mult material îmi pun obrazul pe mătasea lor moale. Leah și Iehezkel găsesc un băț lung pe care i-l dau mamei, care pune cearșaful peste el. Se chinuie să-l țină ca vântul că nu-l ia pe sus, iar Iehezkel se grăbește s-o ajute. Leah își scoate elasticul din păr și prinde cearșaful de băț să nu se desprindă, chiar dacă flutură în continuare. Noua noastră casă.

Neașteptatul acestei zile m-a obosit. Nu vreau decât să pun capul jos, în patul cald de acasă, să mă cuibăresc în pături și să dorm – și când mă trezesc să constat că toate acestea n-au fost decât un vis urât. O voce alertă mă sperie.

— Nu puteți sta aici! spune un soldat.

— Poftim?

— Nu puteți sta aici, repetă el.

Trage de pe băț cearșaful. Acesta cade în noroi.

— Hai! Valea!

— Domnule, dar suntem aproape gata, spune mama. Nu văd de ce n-am putea termina repede și să ne odihnim aici...

— N-ai ce vedea, cățea împuțită!

O înșfacă pe mama de partea din față a gulerului.

— Cum îndrăznești să-mi vorbești, evreico? Am spus că nu puteți sta aici, așa că dispăreți de-aici, înainte să mă ocup eu să dispăreți!

Iau repede cearșaful de pe jos, și Iehezkel trage valiza spre el.

— Așa e mai bine, spune el cu o voce aproape dulce de data asta, iar măruntaiele mele se revoltă.

Zâmbește, își îndoaie brațul și se uită la noi cum ne strângem lucrurile. Ne burdușim unul în altul și ne îndepărtăm cu cortul la spinare. Vedem cum și alte familii sunt alungate din noile lor locuințe încropite. Soldații par să se amuze.

— Valea! Valea! se aud din toate părțile vocile lor, și oamenii epuizați își strâng casele.

Simt cum ochii îmi ies din orbite de furie.

— De ce le pasă unde stăm? Nu le pasă! Doar vor să ne plimbăm de colo-colo.

— Nu știu, dar te rog nu ne face probleme, spune mama.

Ajungem într-un loc ceva mai departe de majoritatea celorlalți. Găsim mai multe bețe pe care le stivuim pe valiză. Leah mai înnoadă și-o cămașă de-ale lui Iehezkel de cele trei rochii pe care le legasem între ele. Când suntem aproape gata, ne trezim cu un alt soldat.

— Valea! Valea! spune el.

Dă din mână de parc-am fi niște țânțari pe care vrea să îi alunge.

— Nu puteți sta aici! Valea!

Mă cuprinde rușinea. De ce nu putem sta aici? Rușinea mi se transformă-n furie. Strâng pumnii, dar apoi, cum n-am de ales, iau hainele și mă țin după mama, care a luat-o înainte.

Găsim un al treilea loc și ne instalăm repede cortul improvizat. Când isprăvim, ne uităm în jur după un soldat care să vină să ne spună că trebuie să ne mutăm, dar ghetoul este, slavă Domnului, liniștit.

— Mama, am spus, dar sunt prea obosită ca să mai termin propoziția.

Stăm întinși unii lângă alții și, deși sunt peste poate de epuizată, bătăile inimii nu mă lasă să adorm. Îmi simt capul greu pe pământul crăpat și noroios.

Dimineață soarele se revarsă direct în ochii mei. Sunt în patul meu de acasă. Sunt acasă! Sunt acasă! Apoi totul dă năvală iar peste mine, și într-un moment de groază teribilă îmi amintesc ce s-a întâmplat, dau din picioare și încerc să mă opun realității în care sunt prinsă, încerc să-i smulg mâinile puternice cu care m-a înșfăcat de încheieturi. Deschid temătoare ochii. Un soldat stă lângă cortul nostru și ne privește. Are o pușcă-n mână și se uită la Leah, care doarme încovrigată. Are părul plin de noroi și fața îi e în țărână. O mișc ca să se trezească. Iehezkel și mama dorm și ei. Jandarmul își propteşte țeava puştii de capul mamei. Se trezește speriată, se ridică repede și-și aranjează rochia.

— Treceți toți acum la treabă! spune el. Prezentați-vă la cărămidărie.

Arată spre locul unde deja se strânseseră o mulțime de oameni. Sunt încercuiți de soldați cu mitraliere, de parcă am fi periculoși, și ei ar trebui să se asigure că nu facem ceva. Se răsucește să plece, dar se oprește iar:

— Și nu puteți sta aici!

Dărâmă cu o mişcare scurtă bețele noii noastre case, iar hainele noastre cad încet în noroi.

Mama adună fără să scoată o vorbă hainele și păturile, le pune în valiză și-o închide.

— Războiul ăsta se va termina în curând, spune ea.

Iehezkel își pune mâna pe umărul ei și pornesc împreună spre cărămidărie. Leah și cu mine ne ținem după ei. Ajungem la clădirea de cărămidă. În față sunt mormane peste mormane de cărămizi. În jurul lor stă o mulțime de oameni. Un jandarm arată cu țeava puştii spre una dintre stivele prăfuite de pe jos.

— Duceți-le pe astea pe câmpul de colo.

Mă uit în direcția pe care o indică. Între locul unde ne aflăm și cel unde văd oameni cum lasă mormane de cărămizi par să se-aştearnă kilometri întregi. Nu am mâncat nimic și-mi simt brațele moi. Mă aplec să ridic câteva cărămizi și cad pe dată în genunchi peste ele.

— Ridică-te, roşcată leneşă! spune soldatul.

Mă împleticesc cu încărcătura. Fac un pas, mă împiedic, mai fac un pas cât de repede pot. Cărămizile amenință să mă pună la pământ. Îmi curge transpirația pe spate. Merg cât de repede pot. Nu-mi vine să cred ce fac. Ajung în cele din urmă în celălalt capăt al câmpului și las jos cărămizile. Abia apuc să respir, că un soldat îmi și spune să mă întorc înapoi, să mai aduc cărămizi. Mă întorc și pășesc spre mormanul de cărămizi.

Soarele se ridică încet pe cer și bate direct peste noi. Soldații stau pe dealurile care ne înconjoară. Ne urmăresc cu puștile de sus, de la aer curat. Noi suntem într-un puț plin de praf. Pe la jumătatea după-amiezii, stomacul meu începe să ghiorăie. De ieri, înainte să înceapă coșmarul, nu am mai pus nimic în gură.

— Locul meu nu e aici, îmi șoptesc iar și iar.

Se aude un fluierat.

— Mergeți să mâncați! spune un soldat.

Mă uit în jurul meu. Nu se vede nimic de mâncare. Văd cum oamenii se aliniază lângă un cuptor în aer liber dintr-un colț aflat în depărtare. Îi găsesc pe mama și pe Iehezkel și așteptăm la coadă, ca să putem coace câțiva cartofi pe care mama îi are în mână.

— De unde-i ai? o întreb.

— I-am luat după mine, zice mama. Mai am ceva mâncare în valiză. Stai fără grijă.

Ne vine rândul la foc și mama pune cartofii pe cuptor. Nu trece mai mult de un minut și un soldat se apropie. Văzându-l, oamenii din jurul focurilor se împrăștie care-ncotro.

— Următorul! spune el. Ați terminat aici!

Ne hușuie ca pe muște.

Cruzimea lui mă sufocă.

— Plecați odată până nu vă împușc! Ce vă ia atât?

Mama culege cartofii și ne îndepărtăm cât de repede putem. Găsim un loc mai liniștit și mama împarte cartofii între noi.

— Sunt delicioși mamă! spune Iehezkel.

Mama îi surâde slab.

Abia poți să-i mesteci de tari ce sunt. Am gura prea uscată ca să-i pot înghiți.

Cât stăm pe jos și ne mâncăm cartofii începe să burnițeze. Vreau să fug să mă adăpostesc, dar îmi dau seama că n-am unde, așa că rămânem pe loc.

Soldații ne ordonă să reluăm munca exact când ploaia se întețește. Stropii îmi intră în ochi și abia văd, iar cărămizile sunt atât de grele, îmi tot alunecă din mâini. Noroiul îmi împroașcă rochia. Las o clipă cărămizile jos ca să mă șterg, dar le ridic imediat ce un soldat mă lovește cu un băț peste spinare. Trupul mi se mișcă, însă mintea a încetat să mai lucreze. Mă uit la Iehezkel, care trage o bucată de mortar de două ori mai mare ca el, mă uit la mama, cocoșată sub greutatea cimentului, croindu-și încet drum spre celălalt capăt. Mă uit la Leah cum ia mortarul în spate, nepăsătoare că toată fața îi este acoperită de noroi. Mă uit la ei, dar îi văd, de fapt, așa: pe mama o văd cum brodează la gherghef cu prietena ei, sporovăind despre ultimul roman pe care l-au citit. Pe Leah, împletindu-și frumosul ei păr castaniu. Îl văd pe Iehezkel cum ne face să râdem. Nu pot să-i văd cum fac ce fac acum. Sunt prinsă într-un vis. M-am culcat cu două zile în urmă ca o fată obișnuită de optsprezece ani, care visează la măritiș, dar de atunci am fost dezbrăcată în fața vecinilor și-a soldaților, mi-am pierdut casa și sunt obligată să car cărămizi de-a lungul unui câmp plin de noroi, pe ploaie. Vreau să vorbesc cu mama, dar soldații sunt peste tot și ne zburătăcesc care-ncotro. Soarele apune, însă noi continuăm să muncim.

— De aici mă duc direct acasă, îmi șoptesc. Locul meu nu e aici.

Ploaia se mai ostoiește iar eu fac du-te vino, du-te vino între locul de unde iau cărămizile și cel unde le las. Merg fără să gândesc și dintr-odată mă trezesc că-n fața mea e un băiețel spânzurat de-un copac. Sar înapoi. Lângă el stau doi soldați. Râd când băiețelul se chinuie să respire, iar burțile lor grase se scutură în sus și-n jos. Băiețelul dă din picioare și se sufocă. Râd mai abitir. Își dă ochii peste cap și leșină. Îmi doresc să-i lovesc cu putere și să-l dau jos pe băiat, însă tot trupul îmi tremură și simt că mi se face rău. Soldații se joacă cu băiețelul. Stau cu armele pregătite la cingătoare. Fac câțiva pași în spate și o iau la fugă, dar încă am cărămizile în mâini. Mă împiedic și văd cum îi stropesc fața băiatului cu apă. Își revine în simțiri și iar dă din picioare, și eu trag de mine să mă ridic, apoi merg cât de repede pot. De-abia dacă mai izbutesc să pășesc atunci când ajung pe câmpul unde trebuie să lăsăm cărămizile. Încerc să găsesc locul exact unde soldații ne-au ordonat să le lăsăm, dar cad și le scap din mâini. Mă ridic cu greu, iau cărămizile, fac câțiva pași, însă mă prăbușesc iar.

— Ce-ai, roșcato? strigă la mine un soldat. Nu știi să mergi?

4

CRASNA, 1935
LA VÂRSTA DE NOUĂ ANI

El este tatăl orfanilor,
apărătorul văduvelor, El,
Dumnezeu,
care locuiește în Locașul Lui cel Sfânt.

Psalmii, 68:5

Am învățat să merg la nouă luni. Mama mi-a povestit că tata era atât de mândru de mine, că mă scotea afară și se uita ore-n șir la mine cum merg de colo-colo. Într-o zi, după ce am căzut și m-am lovit destul de tare, am refuzat să mai fac un singur pas. Au încercat iar și iar să mă convingă să merg, dar am fost un copil încăpățânat și pur și simplu nu am vrut. De câte ori o luam de-a bușilea, mama îmi spunea: „Copil caraghios, doar știi să mergi! Copil caraghios, doar știi să mergi!“ Apoi într-o zi, eram în curte cu mama și *tate*[1], m-am ridicat, mi-am strâns rochia în pumni ca pentru a mă sprijini și am pășit.

— Copil caraghios, doar știi să mergi! mi-am spus.

La auzul vorbelor mele, mama și *tate* au râs câteva minute-n șir. Mi-a povestit mama că zile bune după aceea m-am tot fâțâit, mormăind ca pentru mine: „Copil caraghios, doar știi să mergi“, de parcă nu-mi venea să cred că îmi luase atât de mult să mă ridic și să pășesc din nou.

Îmi place când mama îmi povestește ce făceam în copilărie, pentru că apare și tata și, chiar dacă nu mai este printre

---

1. Tata (în idiș, în orig.). (N. a.)

noi, rămâne încă o parte importantă a vieții noastre. Mama susține că sunt bucățică ruptă din el. Poate că din această cauză uneori îi vine greu să mă privească. I-am moștenit părul roșcat și ochii albaștri. Mama spune că părul meu e *hajszín szőke*[1], mai degrabă blond, nu roșu, dar e doar ceva ce și-ar fi dorit.

Știu că părul roșu e considerat urât, însă nu îmi pasă, pentru că l-am moștenit de la tata și îl port pe cap zi de zi. Unii s-ar simți stânjeniți, dar eu îl consider prețios precum o coroană.

Tata a murit când aveam cinci ani, și, pentru că eu sunt cel mai mare dintre copii, am cele mai multe amintiri cu el. Pe atunci Leah avea doar patru ani. Pincas, frățiorul meu care a murit, avea doi ani, iar Hezkel era încă la mama în burtă și, firește, nu are cum să-și amintească nimic. Totuși, i se întâmplă să se încurce și să creadă că poveștile pe care i le spune mama despre copilărie sunt propriile amintiri depozitate în creierul lui. Îmi aduc bine aminte ziua în care a murit tata, clar ca un fulger brăzdând o furtună cețoasă, și știu că acea amintire este reală. La început a zăcut la pat, apoi a fost trimis la un spital care era prea departe ca să-l putem vizita. Mă jucam afară într-o zi când l-am văzut pe *zeide*, tatăl mamei. Se apropia de casa noastră încet și parcă puțin adus de spate. Abia când s-a apropiat am văzut că plângea. Nu-l mai văzusem plângând până atunci. N-a fost nevoie să spună nimic, am știut într-o străfulgerare. Am gonit până la scara în spirală care ducea la *șul*[2], unde unchiul meu se cufunda în studiu. Și-a ridicat ochii de pe *sefer*[3] și

1. Blond (în maghiară, în orig.).

2. Sinagogă (în idiș, în orig.). (N. a.)

3. רפס; se referă la *Cartea sfântă* (în ebraică, în orig.) (N. a.) – שדוקה רפס / *Sefer Hakodeș* sau *Sifrei Hatorah* se referă, în general, la Tora sau respectiv Pentateuh, în sens mai larg, orice carte religioasă ebraică.

când m-a privit, i-am spus: „*Tate* al meu a murit." S-a ridicat, m-a luat în brațe și a fugit în jos pe scări la mama.

Tatăl meu a fost un dascăl, dar „Nu orice fel de dascăl!" spunea mama. Avea învățăcei din toate colțurile țării. Uneori veneau chiar din locuri mari precum Budapesta. Și nu-i învăța doar lucrurile obișnuite. Le arăta cum să aibă caracter, cum să fie oameni – nu e nimic mai important ca asta.

Mama ne povestea cum el era cel care punea masa dimineață, înainte ca ea să se trezească.

— De ce pui masa? îl întreba ea. Asta-i treabă de femei. Nu crezi că mă descurc?

— Alăptezi, îi răspundea el. Și te ocupi de toată gospodăria; de ce să fii nevoită să așterni masa?

Și așa l-a lăsat să continue.

Mă întristează uneori că nu-mi amintesc foarte multe lucruri legate de el și că trebuie să mă bizui pe poveștile mamei (de care, puteți fi siguri, nu ducem lipsă). Mă simt prost când chipul lui din mintea mea îmi apare încețoșat. O barbă roșie ciufulită, ochii albaștri... dar e o imagine străvezie și neînchegată. Însă felul în care mă făcea să mă simt, pe acesta nu-l uit niciodată. Obișnuia să mă țină de mână când ieșeam să ne spălăm la cișmeaua din curte. Mă lăsa să țin lumânarea, ducându-și conspirativ degetul la buze și făcându-mi cu ochiul. Înțelegeam că mama nu trebuie să afle, dar tata considera că eram suficient de mare ca să țin lumânarea. Mai c-am plesnit de mândrie când flacăra tremurătoare mi-a încălzit fața și a luminat întunericul din cameră.

Odată, pe când ne plimbam, am sărit într-o băltoacă. Eram încălțată cu pantofii mei noi-nouți. M-a luat de mână și am intrat în cel mai apropiat *șul*. Mi-a scos șosetele și le-a întins să se usuce. Cât am așteptat, mi-a spus povești. În loc de perdaf a spus doar: „O să ne omoare mama." Dar eram cu el, deci eram în siguranță.

Uneori mă întristez că el nu mai este lângă mine. Mai ales când prieteni de-ai mei își întâlnesc tații pe stradă, și aceștia îi îmbrățișează, sau când îi așteaptă la sfârșitul școlii și, înainte de a porni spre case, se prind de mâini. În astfel de clipe, când simt că în inima mea este un gol care se adâncește, mă gândesc la o poveste pe care mi-a spus-o mama.

— Știi, Rozi, atunci când te-ai născut, am crezut că ești un înger mititel.

— Și eram?

— Eu așa am crezut. Prietenele mele care au devenit mame mă preveniseră că bebelușii le țin treze noaptea-ntreagă. Erau toate atât de obosite, încercănate și mă temeam că așa voi ajunge și eu după ce te vei naște.

— Dar am fost un îngeraș care te-a lăsat să dormi? am întrebat, deja mândră nevoie mare de bebelușul care am fost.

— Asta am crezut, până într-o noapte, pe când aveai doar câteva săptămâni. M-am trezit și mai că am intrat în panică. Patul tatălui tău era gol, iar tu nu erai în leagăn! M-am împleticit până în bucătărie și v-am găsit pe tine și pe *tate*. Păreai atât de mică și liniștită în brațele lui! Citea din Talmud și te legăna încetișor ca să nu mă trezesc. Când m-a văzut, a zâmbit și-a spus: „M-ai prins. Acum du-te înapoi în pat, ai nevoie de odihnă!" Și așa am făcut. Și când te gândești că fusesem convinsă că dormeai dusă toată noaptea!

Când senzația de singurătate se acumulează-n străfundurile mele, închid ochii și mă închipui bebeluș în brațele tatălui meu. Îl văd cu ochii minții cum mă ține pe brațul stâng îndoit și mă leagănă încet, iar părul nostru roșu, identic, reflectă lumina lunii care pătrunde pe fereastră. Atunci nu mă mai simt atât de singură.

5

CĂRĂMIDĂRIA KLEIN DIN CEHEI, 20 MAI 1944

Ne dai
ca pe niște oi de mâncat
și ne risipești
printre neamuri.
Vinzi pe poporul Tău
pe nimic
și nu-l socotești
de mare preț.
Ne faci de ocara
vecinilor noștri,
de batjocura și de râsul
celor ce ne înconjoară.

Psalmii, 44:11–13

— O să fie mai bine, tot repetă mama.

Dar nu este. E din ce în ce mai rău. Mintea mea nu poate ține pasul cu ceea ce se petrece. Mă trezesc în fiecare dimineață și conștientizez iar și iar unde suntem. Mai întâi mintea îmi spune că ar trebui să fiu la treabă – să calc rochiile croite de Leah –, dar trupul mă anunță că trebuie să car cărămizi, precum un cal de povară. Acestea sunt cele mai lungi zile prin care am trecut, cu toate că azi se scurge către mâine ca-ntr-un vis. Prin cărămidărie au început să circule zvonuri despre motivul pentru care suntem aici. Unii dintre foștii mai-mari de la Crasna, care au fost aduși în aceleași căruțe cu noi, susțin că suntem aici doar ca să contribuim câteva săptămâni la efortul de război. La un moment dat ne vom putea întoarce acasă. Unii susțin că satul și altele câteva învecinate au fost evacuate ca să nu fie bombardate. Nu știu ce să cred. În general nu am timp să mă gândesc. Înainte de asta, croitoria mi se părea cea mai rea meserie de pe lume.

Într-o dimineață, după o noapte ploioasă, ne-am trezit înveliți alandala în pături ude și glod verzui. Am noroi în gură și la colțurile ochilor.

— Războiul ăsta trebuie să se termine curând, spune Iehezkel.

Curăță noroiul de pe spatele mamei.

— Se va termina, spune mama. N-o mai poate ține mult așa.

Își trece brațul pe după umărul lui și-l scarpină. Iehezkel își lasă capul pe umărul mamei.

— Hai să mâncăm ceva înainte de muncă, spune mama.

Deschid valiza, și mama alege ceva de mâncare pentru dimineața asta. Proviziile s-au împuținat și simt un nod în gât când mă uit la grămăjoara pipernicită de mâncare și la mâna mamei care tremură când rupe câte o bucățică de pâine pentru fiecare. Pentru ea, doar o firimitură. Cele zece zile de când suntem aici au îmbătrânit-o cu zece ani. Aerul este plin de praf de cărămidă. Deschidem gura să mâncăm pâinea, dar nu facem decât să inhalăm praful plin cu argilă. Tușim toți când ni se așază pe limbă și-n gâtlejuri. Ne tremură degetele de foame și pâinea, pâinea aceea cândva frumoasă făcută de mama, este la fel de tare precum cărămizile pe care le cărăm. Inima-mi bate neregulat. În ultimii ani, de când ungurii au luat în stăpânire Crasna, s-a mai întâmplat să nu avem hrană suficientă, știu, așadar, cum e să adormi cu o senzație de foame. Dar niciodată nu am cunoscut o foame ca aceea de acum, care ți se agață de măruntaie și nu se mai dă dusă. Cere și tot cere ceva ce nu-i poți da. Mama de-abia mănâncă. Puținul pe care a reușit să îl pună în valiză ni-l dă nouă și știe că nici acela nu e cu nici un chip suficient. Când car cărămizile, mă gândesc la prăjiturile pe care le pregătea mama, mai ales doboșul[1], ce n-aș da să am una pe care s-o îndes pe loc în gură – să simt delicatețea albușurilor bătute spumă și finețea zahărului care plutește deasupra ca o bărcuță pe apa râului. Visez că le pun una peste alta în gură și le înfulec până când stomacul îmi e atât de plin, că nasturele de la betelia fustei stă să sară. În ultimele zile fusta mi-a rămas mare, mai că alunecă de pe mine. Am fost nevoită să o leg cu un elastic ca să nu cadă.

— Mergeți la cărămidărie, șobolani leneși! ne spune un jandarm.

Stă cu pușca pregătită, așa că ne ridicăm și pornim direct spre cărămidărie, să nu-i dăm vreun motiv să ne rănească. Merg și înghit praf. Mi-e sete, dar știu că nu voi pune gura pe apă cât e ziua de lungă. Șoareci și șobolani se agită în dreptul gleznelor mele.

— Ia stiva asta, îmi spune un jandarm, arătând spre un mic munte de cărămizi de la picioarele sale. Du-le pe câmp!

Mă aplec să iau cărămizile și mă lovește peste spate. Mă opresc o clipă, îmi dau lacrimile, dar nu le las să-mi curgă pe față. Un șobolan trece în grabă peste cărămizi când le ridic. Stiva e aproape cât mine de mare. Îmi ajunge de sub bărbie până la gambe. Fac un pas, dar mi-e greu să mă mișc cu cărămizile care îmi ajung mai jos de genunchi, oprindu-mi mișcarea, dar merg cât de repede pot, pentru că atunci când pășesc încet le ofer soldaților motive să mă lovească. Înaintez pe cărarea șerpuită ce duce spre câmpul unde alți muncitori construiesc niște structuri. Nu știu ce

---

1. Prăjitură tipic ungurească făcută din foi de pandișpan și cremă de ciocolată alternate, cu marginile acoperite cu nucă mărunțită și pe deasupra cu caramel. (N. a.)

anume, de fapt nu sunt deloc convinsă că ar clădi ceva cu cap, însă încerc să nu mă gândesc la asta. Cărarea lungă ce duce la câmp a fost bătătorită de oamenii care transportă cărămizi și cotește pe lângă o mulțime de copaci. Totul dispare și nu mă concentrez decât să respir și să nu mă înec cu praf. Fac pas după pas, în ciuda greutății cărămizilor, a foamei și dezamăgirii care mă încearcă.

Dintr-odată văd o femeie în fața mea, suspendată în aer. Mă holbez la ea preț de o secundă. Este vecina noastră, cumnata doamnei Waldman. Vine dintr-o familie înstărită, dintr-un sat vecin cu al nostru. Era mereu la locul ei și politicoasă, iar eu eram geloasă pe educația ei. Scoate un strigăt cumplit, iar eu nu pricep cum de un sunet ca acela poate să iasă dintr-o femeie atât de frumoasă ca ea. Au spânzurat-o de copac. Plutește alandala. Mâinile îi sunt răsucite la spate, iar genunchii descriu unghiuri bizare. E la câțiva centimetri de pământ, dar atârnată de copac.

Țipă din nou, un sunet sec. Trupul i se scutură de convulsii care-i pornesc dinspre abdomen, iar baticul îi cade de pe cap. Soldații stau adunați în jurul ei și-i râd în față. Unul dintre ei îi aprinde altuia o țigară.

Ea urlă încă o dată, iar ei râd și mai abitir. Femeia pălește și leșină. Soldatul o stropește cu apă, și ea se trezește și urlă din nou. Soldații râd, taie funiile, și femeia cade cu zgomot pe pământ. Are membrele răsucite și nu se mișcă. Vomit între copacii de lângă mine, apoi car cărămizile la locul lor, în cealaltă parte a câmpului.

Când mă întorc la micul nostru cort, o văd pe mama și mă prăbușesc la ea în brațe.

— Am văzut și eu.

— Ce se întâmplă aici? suspin eu. De ce se întâmplă una ca asta?

— Nu știu, *mamale*, zice ea.

Îmi mângâie părul și adaugă:

— Dumnezeu să ne ajute!

Leah intră în fugă în cort. Are chipul alb ca varul.

— Ați văzut? ne întreabă ea.

Dăm amândouă din cap.

Se așază lângă noi, iar mama ne îmbrățișează pe amândouă.

— Culcați-vă, fetele mele, spune mama după o vreme. Eu am să îl aștept pe Hezkel.

Mă hotărăsc să nu-i spun că i-am văzut făcându-le aceleași lucruri băieților. Nici una dintre noi nu adoarme până când Hezkel nu se întoarce, și atunci respirăm ușurate că nu este rănit.

În ziua următoare văd alte două fete spânzurate de mâini de copaci. Le cunosc de prin sat – și ele din familii înstărite. Poate că ungurii au ceva cu bogații. De mine nu se atinge nimeni. Chipurile femeilor sunt palide, iar durerea, prea puternică pentru constituția lor. Văd băieței atârnați la fel. Suntem jocul bolnav al jandarmilor. Ne spânzură de copaci până când leșinăm de durere, apoi ne trezesc, să o simțim încă o dată. Pădurea răsună de ecourile țipetelor.

Spre seară, ne adunăm în jurul grătarelor să ne gătim mâncarea. Ne întâlnim cu domnul Waldman, vecinul nostru. Are un aer serios când își trece degetele prin barbă.

Când a murit bunicul, domnul Waldman ne-a lăsat să stăm în casă fără să plătim chirie. Știa că nu avem cu ce ne plăti facturile. Domnul Waldman studiase cu *zeide* și an de an, la comemorarea morții lui, oferea ospătare în amintirea memoriei sale. Mama făcea *rugelah*[1] de vanilie atât de apetisante, că dispăreau pe dată de pe masă.

---

1. Aluat subțire, dospit, presărat cu vanilie, uneori cu ciocolată și apoi rulat în forma unei semilune și copt. (N. a.)

Lângă el este fiica lui. Își ține bebelușul legat aproape de piept cu o cârpă. Leah și cu mine ne ridicăm pe vârfuri ca să îl vedem.

— O, salut, Eliyahu, zice Leah și îl ciupește delicat cu degetul mare și arătătorul de obraz.

— Ce mare s-a făcut! spun eu.

Leah îi zâmbește, iar el îi răspunde cu un gungurit.

— Ce drăgălaș e! zicem amândouă deodată.

Mama lui ne zâmbește cu tristețe. Văd cum chipul îi este traversat de frica cea mai profundă și cum își strânge mai tare la piept bebelușul.

Mama și domnul Waldman discută încet.

— În cărămidărie... bărbatul fiecărei familii trebuie să se prezinte acolo... soțiile sunt obligate să privească.... apoi femeilor le fac același lucru...

Mama își frânge mâinile.

— Bărbații ies de acolo pe tărgi... arsuri pe toată coapsa... pe jumătate morți...

Noi ne uităm în continuare la bebeluș, dar știu că Leah trage cu urechea la ce vorbesc mama și domnul Waldman.

— Poate pe noi nu ne cheamă... nu avem un bărbat în familie....

Auzim cum mamei i se frânge vocea.

— Nu le pasă, vor doar să afle unde ne-am ascuns banii, spune el. Urmez eu și va trebui să le dau toată agoniseala de-o viață. Știu că sunt bogat.

— Să sperăm că totuși nu te cheamă, zice mama.

După câteva zile, domnul Waldman este chemat la birouri. Mai târziu, fiii lui îl scot afară pe o targă. Are chipul palid și ochii închiși.

Moare două zile mai târziu. Câțiva bărbați și fiii lui îl îngroapă chiar aici, în ghetou, pe un delușor de lângă cărămidărie. Fiica lui cu bebelușul în brațe bocește când e coborât în groapă. Mama plânge împreună cu ea. A fost un prieten drag de-ai lui *zeide* și ne-a ajutat atât de mult.

— Plec, îmi spune Leah într-o noapte în timp ce proptim cortul cu mai multe bețe.

Mama nu ne aude.

— Leah, dacă nu ai observat, nu prea poți pleca, suntem înconjurați de soldați cu mitraliere.

— Nu din ghetou, prostuțo! La biroul din cărămidărie. O să le spun să mă interogheze pe mine.

— Ți-ai pierdut mințile, Leah? Nu poți face una ca asta! Nu după ce i s-a întâmplat domnului Waldman!

— Ce altceva aș putea să fac? O vor chema într-o bună zi pe mama și o vor tortura. Și așa deja ne dă nouă mai toată mâncarea, de abia dacă bagă ceva în gură. Nu va rezista. Nu mă poți opri. Deja am hotărât și așa voi face.

— Nu, Leah, nu ai să faci așa ceva. Ai răbdare, poate că vor uita de noi.

— Par genul care să uite? Fii serioasă, Rozi! Nu îi putem lăsa să-i facă rău mamei.

— Iar eu nu te pot lăsa să te duci în locul acela îngrozitor.

— Mă duc, și nimic din ce mi-ai putea spune nu o să mă facă să mă răzgândesc.

Dau să zic ceva, însă știu că are dreptate. Mi-e rău numai când mă gândesc că s-ar duce cu bună știință acolo. Nu o pot privi.

— Nu-ți fie teamă pentru mine, spune ea. O să fiu bine.

Dar sigur că mă tem. Terminăm într-un târziu cu pregătirile pentru noapte. Mușchii îmi ard, nu-mi mai pot ridica brațele nici măcar să mă scarpin pe picior, unde ceva mă furnică. Nu pot să adorm, oricât de obosită sunt. Zac doar, privindu-mi familia, care doarme pe pământ, și nu izbutesc să mai văd în noi oamenii care am fost cu doar câteva săptămâni în urmă. Cum de poate Leah să doarmă în toate astea? Mâine se va duce direct la cărămidărie și poate că și ea, la rândul ei, va ieși de acolo pe o targă și cu urme de arsuri pe picioare. Ar fi capabili să o ardă de vie? La cum l-au spânzurat pe băiețelul acela, sau cum l-au omorât pe domnul Waldman, i-aș crede în stare de orice. Îngrijorarea îmi biciuie gândurile precum o mâzgă ce-mi pătrunde prin toate crăpăturile și crevasele. Mă rog fără întrerupere: „Dă Doamne să fie bine!"

Când mă trezesc a doua zi, Leah a plecat deja. De-abia respir. După câteva minute o văd venind spre noi. E ca un înger plutind cu aripile desfăcute deasupra tuturor familiilor care dorm pe jos. O iau în brațe când ajunge lângă mine, să mă asigur că e de-adevăratelea.

— Am fost, îmi spune, zâmbind.

— Dumnezeule! Ești în regulă? Ce s-a întâmplat? Ce au vrut de la tine?

— Aveau un suport mare pe care era prinsă o hârtie și m-au întrebat unde locuiește familia mea, și unde ne ținem lucrurile de valoare, și dacă am ascuns ceva.

— Ce le-ai spus?

— Le-am spus că avem o putină mare de lemn în care ne spălăm rufele, că este de lemn de nuc și că e foarte valoroasă.

— Și ei ce-au zis?

— Au râs!

— Nu le-ai spus de mașina de cusut?

— Nu! N-au să pună mâna pe mașina mea de cusut.

Leah este o croitoreasă de geniu. Locuiam aproape de o prăvălie cu pânzeturi de la care a cumpărat metri după metri de material. Și Leah făcea cele mai frumoase rochii din materialul acela – pentru mai toate femeile din sat. Talentul ei ne-a ținut în viață.

— Ești nebună! Te-au rănit?

— Nu, ne-au căutat pe listă și, evident, nu suntem pe lista celor bogați, așa că mi-au spus să plec.

M-am așezat cu capul pe genunchi și am respirat adânc de câteva ori. Deci asta era. Îi torturau pe cei bogați: îi spânzurau, îi ardeau, îi omorau.

Mama se foiește.

— Ce s-a întâmplat? întreabă ea, ridicându-se repede.

— Nimic. Leah este atât de curajoasă. S-a dus la cărămidărie și le-a spus totul despre lucrurile noastre de valoare.

— Leah! Sunt mama ta! Nu poți să-ți asumi responsabilitatea așa, pur și simplu. Asta e treaba mea. Ești bine?

— Nu te îngrijora, mamă! Vor doar familiile bogate.

— Sunt bolnavi! spune ea. Leah, mă bucur că ești bine, dar să nu mai faci una ca asta. Niciodată.

— Mamă, nu mai fac.

Acum, privind-o pe mama, înțeleg un pic mai mult felul în care ne iubește. A sacrificat totul pentru noi. Face tot ce poate ca fiecare zi să fie cât mai bună pentru noi, chiar dacă a fost nevoită să se descurce singură. Știu că nu ar ezita să-și dea viața pentru noi. Mereu s-a străduit să ne ferească de propria suferință. Și încă nu vrea să fie rândul nostru să o protejăm.

— O să trecem cu bine prin asta, spune mama. Voi, fetelor, veți fi bine.

Momentul nostru în familie este spulberat de lătrăturile soldaților care au apărut.

6

CRASNA, 1935
LA VÂRSTA DE NOUĂ ANI

Gata îmi este inima să cânte,
Dumnezeule!
Voi cânta,
voi suna din instrumentele mele;
aceasta este slava mea!

Psalmii, 108:1

Mă trezesc devreme în ziua cu serbarea școlară. Vreau să termin repede cu îndatoririle mele legate de lapte. Mama vrea să văd cum mulge vaca domnul Balan și apoi să aduc laptele pentru noi. Bag în buzunar monedele pe care mi le-a lăsat mama pe masă și ies tiptil din casă. E devreme și nu trebuie să o iau la sănătoasa ca în aproape toate diminețile.

Bat în ușa mică de lemn și-mi răspunde domnul Balan.

— Bună dimineața, domnișoară! strigă dinspre sobă doamna Balan.

Este o doamnă mică și îndesată, cu un zâmbet asemenea. Domnul Balan este suplu și încruntat.

— Bună dimineața, doamnă Balan.

— O să te vedem dansând la serbarea de după-amiază? mă întreabă doamna Balan.

— Da. Dansez și citesc o poezie. Am învățat-o pe dinafară. Sper să nu încurc versurile.

— Nici vorbă! îmi spune ea. O să te aplaudăm din public. Mama ta nu vine, nu? Trebuie să muncească?

— Așa-i.

Nu mă deranjează că mama nu poate veni. Înțeleg fără să mi se spună câte trebuie să facă mama ca familia noastră să nu aibă de suferit – mult mai multe decât alte mame pe care le cunosc.

— Măcar ea nu trebuie să-și piardă vremea, mormăie domnul Balan.

— Lasă prostiile, Hendrik! zice doamna Balan, apoi se întoarce spre mine și continuă: Domnul Balan a trecut serbarea în calendar de câteva săptămâni deja. Abia așteaptă! Se face că nu are timp pentru asta, și totuși vine cu mine s-o vedem. Hai, nu vreau să te țin în loc. Fugi să mulgi vaca!

Domnul Balan și cu mine ieșim în curte și mergem în grajdul unde e vaca. Pe lângă glezne ne aleargă găini și cocoși, croncănind zgomotos.

— Zât, liniște! zice domnul Balan.

Muuu, face vaca în loc de răspuns. Eu chicotesc.

Domnul Balan trage un scăunel cu trei picioare lângă vacă, se așază și-i prinde ugerul. Mulge abil laptele într-o găleată. Toarnă laptele într-o sticlă, pe care mi-o întinde. Apoi se întoarce la vacă și mai mulge puțin.

— Mulțumesc, domnule Balan! Arată bine și cremos azi.

— Fugi! bombăne, dar știu că e mândru de laptele pe care-l dau vacile lui.

Las monedele pe colțul mesei de lângă grajd.

Duc sticla cu grijă acasă. Este o dimineață blândă de primăvară, iar soarele deja strălucește, trezind totul la viață. De-abia mă abțin să nu dansez până acasă. Mamei nu-i place când dansez pe stradă. Și pe lângă asta, ar ști și dacă aș vărsa un singur strop de lapte. Mai puțin lapte înseamnă mai puțină brânză.

După micul-dejun, Leah și cu mine grăbim pasul cât putem până la școală. Nu cutezăm să întârziem la serbare. Ne ducem direct în sala de festivități. Sunt entuziastă când trecem pe lângă sălile de clasă. Nu tu matematică! Nu tu silabisire! Nu tu gramatică!

Dascălii ne întâmpină la intrarea în sala de festivități. Sunt îmbrăcați cu cele mai bune haine, iar doamnele s-au dat cu rujuri drăguțe. Până și doamna Felder cea posacă arată bine.

— Fetelor, băieților, în culise, vă rugăm! ne grăbesc și ne mână ei. Găsiți-vă locurile și grupurile. O să vă împărțim costumele.

Ne ducem în spatele scenei, iar dascălii și ajutoarele lor, presate din toate părțile, ne ajută să ne grupăm cum trebuie.

Și este în cele din urmă momentul să tragem cortina! Eu am fost aleasă să citesc poezia la începutul serbării. Am tot memorat-o de săptămâni bune. Mă rog să nu uit versurile, făcând de rușine întreaga școală. Aștept în spatele cortinei negre și, când aceasta e trasă-n lături, clipesc și-mi mijesc ochii din cauza luminii puternice, dar după un minut văd oamenii din public cum stau rând după rând, până în capătul sălii.

Stau în fața publicului, deschid gura și cuvintele țâșnesc din mine precum un râu, dulci și cristaline. Se rotesc asemenea curentului prin albie, în zigzag din stânga-n dreapta, unduindu-se din ce în ce mai repede. Țâșnesc ca prinse-ntr-o bulboană abruptă, apoi se transformă-n valuri tot mai mici, apropiindu-se de-o prăpastie. Când cuvintele mele ajung la margine, respir și aproape mă opresc, apoi le rostogolesc iarăși, le eliberez ca purtate de o cascadă. Vorbesc despre fraternitate. Vorbesc despre egalitate între oameni. Când termin, toată școala aplaudă furtunos, iar pieptul, eliberat, mi se umple de mândrie.

Începe piesa de teatru, iar eu aștept în culise împreună cu grupul meu de dans. Încercăm să vorbim cât mai încet, dar izbucnim în chicote când o fetiță de pe scenă își încurcă replicile. Doamna Felder e nevoită să se precipite în culise să ne sâsâie să tăcem.

În cele din urmă, a sosit clipa pentru dansul nostru. Urcăm pe scenă în șir indian. Orchestra care se află într-un colț al scenei începe să cânte, și simt vibrația muzicii până în stomac. Sunetele mă fac să mă înalț din propriul trup până când stau pe vârful degetelor. Mă răsucesc învăluită de aerul pe care vioara îl învârte-n jurul meu. Spectatorii deopotrivă dispar și irump în lumină. Fac piruete stând pe poante. Apoi cimbalele zornăitoare și crescendoul viorilor mă inundă, și explodez. Îmi ridic brațele într-un salt înalt. Zbor. Sunt vie. Îmi înalț un picior cu poantele bine întinse, apoi pe celălalt. Mă învârt încet, apoi din ce în ce mai repede, până când totul din jurul meu se amestecă într-o ceață electrizată, dar nu contează, pentru că eu dansez din adâncurile sufletului meu. Îmi înalț din nou mâinile deasupra capului și apoi aterizez pe podeaua scenei. Sar iar și iar. Nu mă pot opri. Oamenii din public aplaudă și dintr-odată parcă sunt una cu ei. Imposibil de spus unde se termină ei și încep eu. Îmi trag sufletul când muzica se oprește și împreună cu grupul meu facem o plecăciune. La picioarele noastre aterizează flori și bomboane.

Când fac o nouă plecăciune, observ un bărbat aflat în primul rând de spectatori. Mă ia cu fiori. Se uită fix la mine!

Plecăm acasă după cele două acte ale scenetei. În drum spre casă, mă abat pe la prăvălia cu pânzeturi, așa cum fac mereu. De când mă știu, domnul Raizomovici este patronul locului. Leah și cu mine ne oprim uneori acolo, ca să ne jucăm, iar el ne dă petice de material pe care să ni le înfășurăm pe după umeri și să ne prefacem c-am fi doamne elegante de la oraș. Pe pereții prăvăliei sunt expuse atâtea materiale diferite și frumoase! Suluri peste suluri de materiale de toate culorile și imprimeurile stau sprijinite de peretele din spate. Astăzi, domnul Raizomovici șade la intrare, iar chipul i se luminează când dă cu ochii de mine.

— Rozi, ce bine că ai venit! Te așteptam. Vreau să cunoști pe cineva. Fii drăguță și intră o clipă.

Intru, mânată de curiozitate.

În mijlocul prăvăliei se află bărbatul care mă privise din primul rând. Văd, apropiindu-mă, că e mai scund decât părea privit de pe scenă, poartă joben și are un ditamai burdihanul. Poartă o mustață în furculiță, pe care o tot răsucește cu degetele. Domnul Raizomovici își pune mâna pe umărul meu.

— Rozi, domnul acesta a venit tocmai de la București, ai auzit de el?

Desigur, știu de București, îmi spun. E un oraș atât de mare! Oare cine nu știe? Dar nu vreau să par nepoliticoasă, așa că mă mulțumesc să dau din cap.

Domnul Raizomovici continuă:

— A venit tocmai de la București să aducă materiale pentru prăvălia mea. Știi pentru cine sunt?

Scutur din cap că nu.

— Pentru micuțe dansatoare ca tine. Pentru o sumă de nimic, alege el însuși materialul pentru costumații, și i-am spus că știu o fată din care poate face o adevărată stea.

Bărbatul cel scund mă fixează.

— Să vedem dacă te ridici la nivelul recomandărilor simpaticului dumitale vecin, spune el. Drăguță, vrei să dansezi pentru mine?

Inima începe să-mi bubuie. Auzisem de oameni precum el. Cunoscuți maeștri de balet care fac din micile dansatoare adevărate stele. Nu-mi vine să cred că un astfel de om stă-n fața mea și vrea să mă vadă dansând.

Domnul Raizomovici pornește radioul din care se aude muzică populară.

Fac o plecăciune.

— Ia te uită! O artistă din născare, îi spune domnul Raizomovici maestrului de dans.

Maestrul de dans aplaudă încântat.

— Frumoasă plecăciune, acum dansează! îmi spune el.

Am emoții, însă închid ochii pentru o clipă, încercând să uit că cei doi se află în încăpere și că mă privesc. Las muzica să-mi pătrundă în inimă.

Când muzica încetează, iar eu mă opresc din dansat, zâmbesc și fac din nou o plecăciune.

Maestrul de dans se leagănă pe picioare înainte și înapoi și bate din palme precum un copil.

— Boris! exclamă el. Ai avut dreptate în privința ei. Dă-mi trei luni – trei luni – și fac din ea o mare dansatoare.

Domnul Raizomovici își pune mâinile pe umerii maestrului de dans și spune:

— Nu ți-ai crezut bătrânul prieten! N-oi fi eu talentat, dar recunosc talentul atunci când îl văd.

— Chiar așa! râde maestrul de dans. Chiar așa!

Apoi își amintesc că eu eram încă acolo.

— Fugi, Rozi! spune domnul Raizomovici. O să vorbesc mai târziu cu mama ta.

Ies din magazin ținându-mă cât pot de dreaptă și de serioasă, încercând să nu surâd. O iau la fugă de îndată ce știu că nu mă mai pot vedea, iar pe tot chipul îmi înflorește cel mai nătâng zâmbet.

Fug acasă. Mai că uit că mama e încă la ieșiva, făcând de mâncare. Vreau să-i spun fără întârziere, dar trebuie să aștept, să tot aștept. Când în cele din urmă intră pe ușă, vorbele îmi țâșnesc din gâtlej înainte ca ea să apuce măcar să se dezbrace de haină.

— Mama! Domnul Raizomovici m-a prezentat unui maestru de dans, și am dansat pentru el, și acum el vrea să lucreze cu mine trei luni și să facă din mine o mare dansatoare. Mamă, a spus că voi deveni o stea!

Mama se uită la mine cu o expresie ciudată, ca și cum s-ar abține cu greu să nu râdă. Își scoate haina cu mișcări încete și apoi se răsucește s-o agațe în cuierul din spatele ușii.

— Mama, îți vine să crezi?

Se întoarce ca să mă privească, iar chipul ei continuă să aibă expresia aceea amuzată.

— Hana Rahel Greenstein, spune ea, invocând numele meu evreiesc întreg, dacă-ți trece numai prin cap să dispari cu acel maestru de dans, am să-ți rup ambele picioare.

Mă uit la ea și îmi piere tot entuziasmul.

— Am să discut cu domnul Raizomovici, spune ea. Omul ăla cu dansul n-o să te mai deranjeze.

Când *zeide* vine în vizită în ziua următoare mă ridică în brațe și mă învârte.

— Așa voi dansa cu tine la nunta ta, zice el. O să dansăm și-o să tot dansăm.

Mă lasă jos și-și trece mâna lui mare pe după talia mea, iar cu cealaltă îmi prinde palma micuță și valsăm prin cameră, prefăcându-ne c-ar fi nunta mea. Mama bate din palme. Cu mâna lui într-a mea, râd când mă conduce învârtindu-mă prin încăpere.

Nimeni nu mai vorbește despre maestrul de dans și încerc să nu mă gândesc nici eu la asta; poate doar în unele seri, înainte să adorm. Închid ochii și mă văd dansând undeva, pe o scenă departe, poate hăt, taman în America. Un loc unde nimeni nu se amuză pe seama fetelor cu părul roșu, unde pot fi fata care mi-a fost hărăzit să fiu. Un loc cu lumini strălucitoare și public numeros, care aplaudă, iar eu fac piruete, în fața tuturor.

PARTEA A DOUA

7

CĂRĂMIDĂRIA KLEIN DIN CEHEI, 31 MAI 1944

O mie
să cadă alături de tine,
și zece mii
la dreapta ta,
dar de tine
nu se va apropia.

Psalmii, 91:7

Într-o dimineață, când Leah și cu mine plecăm de la cortul nostru improvizat spre cărămidărie, vedem un grup mare de oameni înconjurat de jandarmi. Pe șinele din spatele oamenilor sunt vagoane de marfă.

— Alea pentru ce-s? o întreb pe Leah.

— Cine știe, răspunde ea și strânge din umeri. Hai, să nu întârziem.

Mergem împreună la cărămidărie și ridicăm fiecare câte o stivă de cărămizi. Îi privesc mâinile perfecte cum le cuprind. Mâini care ar putea transforma orice material într-o rochie demnă de-o casă de modă. Nu-mi vine să cred ce a ajuns să facă.

Lăsăm cărămizile în capătul cel mai îndepărtat al câmpului și ne întoarcem la cărămidărie după încă o încărcătură. S-au adunat acum mai mulți soldați, care îi împing și-i îmbrâncesc pe toți cei adunați în zona unde sunt cărămizile. E o dezlănțuire violentă și orbească de brațe apucate și spinări lovite. Câțiva soldați apar în spatele meu, al lui Leah și al câtorva alte fete care s-au întors împreună cu noi de pe câmp și ne îmbrâncesc spre un grup de oameni care este mânat către vagoanele de marfă.

— Sus! Repede! Suiți-vă! strigă jandarmii.

Lovesc oamenii din spate, cu bâtele. Femeile se agață să poată urca împreună cu bebelușii lor. Mai urcă și bărbați, fie ei tineri sau vârstnici, și copii. Toți se transformă sub ochii mei într-o masă de trupuri împinse și burdușite care dispare în vagon.

— Hai, micuțo! strigă la mine un jandarm. Dar așteaptă! Mai întâi trebuie să te percheziționez, să nu ai nimic de valoare.

Își pune degetele aspre pe rochia mea și-mi verifică tot trupul. Mi-e greață că mă atinge. Vreau să-l împing, dar ține pușca la picior, iar femeile spânzurate îmi trec fulgerător prin fața ochilor. Mă împinge în sfârșit spre mulțime, și devin parte a masei de oameni, dispărând odată cu ea în vagon. Trec de ușile deschise și mă împiedic de mama. Este aici, cu mine și cu Leah, și ne spune că e și Iehezkel înăuntru. Încearcă să mă ridice, dar marea de oameni care se revarsă în vagon izbește precum un val și ne desparte una de alta. Leah e împinsă într-o parte, nu foarte departe de mine. Ne aflăm într-un vagon de marfă paralelipipedic, de tablă, fără banchete și fără ferestre. Tot mai mulți oameni sunt împinși în acest spațiu mic. Găsesc un spațiu infim unde să stau, dar imediat alți oameni sunt forțați să urce în vagon și o mare de brațe, și picioare, și spinări mă lovește, trăgându-mi pieptul într-o parte și picioarele, în alta. Mă împiedic spre spate. Fata din fața mea stă cu spinarea spre mine. Gloata o presează de mine cu atâta putere, încât nici una din noi nu se poate mișca. Cred că geme. Părul ei îmi intră în gură și trebuie să mă chinui să respir. Încerc să-mi ridic mâinile să mă protejez, însă tot mai mulți oameni se izbesc de mine. Nu mai e nici un pic de loc, dacă încă o persoană mai e împinsă în vagon, mi-e că acesta se va dezmembra. Se aude bufnetul ușii care se închide și cloncănitul unui lacăt, iar singura lumină pe care o aveam dispare. Mă cuprinde panica. Nu e aer destul în vagon, și căldura e înăbușitoare. Transpirația îmi curge pe picioare. Acum părul fetei mi-a intrat în ochi. Vreau să-l dau la o parte, dar brațele îmi sunt imobilizate pe lângă trup din pricina oamenilor care mă înconjoară. Un bebeluș începe să plângă, apoi încă unul. Nu trece mult și toți bebelușii din vagon scâncesc la unison. Inima mi-a luat-o la goană, trebuie să ies de aici, dar sunt captivă, precum inima mea în coșul pieptului. Vagonul se opintește înainte, și am pornit. Mă rog ca mișcarea să lase să intre o adiere, însă nici pic de aer nu pătrunde în vagon. Simt pe burtă cotul cuiva, și transpirația altcuiva pe spate. Înaintăm huruind, dar nu știm spre unde anume.

— Am nevoie la baie, îl aud pe Iehezkel de undeva din spatele meu.

Mă uit în jur, nici o toaletă, nici măcar o găleată, nu că de-ar fi, am avea cum să ajungem la ea. Sper să oprim curând, dar vagonul se zguduie pe șine, mai departe, tot mai departe.

Aud pe cineva cum strigă:

— A murit chiar lângă mine!

Inima îmi stă-n loc. Părul fetei mi se lipește de față și abia pot să respir. Miroase deja a dejecții umane. Îmi simt obrajii încinși de rușine. Rulăm pe șine, cotim de colo-colo, iar aerul devine tot mai irespirabil, iar mirosul tot mai rău. Umilirii îi ia curând locul nevoia de a merge la baie. Închid ochii și-mi dau drumul, simt umezeala pe picioare, până la glezne, o lacrimă îmi alunecă pe față, căutând să se alăture udăturii de pe jos. Pare că trec sute de ore, dacă nu mai multe, iar picioarele îmi ard de la atâta stat în picioare în aceeași poziție și am furnicături în brațele pe care mi le simt calde. Sunt slăbită din pricina foamei.

— Copilul meu, copilul meu, aud o femeie, tânguindu-se aproape de mine.

— Copilul meu... fetița mea a murit.

Strig, dar nu iese nici un sunet. Mă simt ca și cum plămânii mei n-ar mai avea pic de aer. Nu mai pot gândi la cât sunt de slăbită și de obosită.

Adorm, și dintr-odată prin crăpături se strecoară o lumină, gâtul mi-e înțepenit și capul îmi atârnă spre dreapta. Mă întreb cum sunt mama, și Leah, și Iehezkel. Ne despart doar câțiva pași, dar ar putea fi kilometri buni, căci nu pot ajunge la ei. Sunt priponită. Mi-e foame, îmi ghiorăie mațele și îmi vine să vomit, dar înghit, obligându-mă să țin înăuntru tot ceea ce a mai rămas în trupul meu. Închid iar ochii. Lumina dispare încet, și este noapte. Mă înțeapă genunchii și mă roagă să le ofer o pauză. Închid ochii și adorm iarăși de-a-npicioarelea.

Mâna mamei se mișcă printre oamenii dintre noi și dintr-odată am niște pâine în palmă. Mi-o strânge cu mâna ei tremurătoare. Apuc bine pâinea. Nu știu de unde o are, dar știu că nu o pot mânca. Lângă mine e o fetiță al cărei chip bate-n verde, iar ochii i se zbat sub pleoapele închise. Îi deschid gura și-i îndes o bucățică de pâine. Deschide dintr-odată ochii. Cască gura după mai mult. Îi pun pe limbă fărâmele rămase.

Trenul se oprește în cele din urmă. În vagon e o liniște de mormânt. Apoi se aud un cloncănit și-un huruit, iar ușile metalice sunt trase-n lături. Vagonul este inundat de lumină și sunete. Nu sunt pregătită pentru lumină. Mă văd nevoită să-nchid ochii. La ușa vagonului sunt câțiva soldați. Arată altfel decât soldații din Jandarmerie. Sunt mai înalți și mai supli, au tenul deschis și ochi albaștri, cu care ne sfredelesc. Mă uit peste ei. Pe peron sunt mii de oameni. Nu cred că am văzut vreodată atâta lume adunată în același loc deodată. Copiii plâng, mamele țipă și, înainte să pot asimila totul, persoana de lângă mine mă împinge jos din tren.

— *Schnell, schnell!*[1] strigă soldații-n uniformă care stau în fața vagoanelor, cu puștile în mână. Afară! Alinierea!

---

1. Repede, repede! (în germ., în orig.) (N. a.)

Suntem pe peron. Stau în picioare, dar mă simt vie doar pe jumătate. Nu îmi mai e foame. Parcă totul se învârte în fața ochilor mei. Aud împușcături, apoi Leah, slavă Domnului, e lângă mine.

— Au împușcat-o pe Perl, spune ea. Nu a putut să coboare suficient de repede din tren. Cred că e moartă.

Perl Waldman este căsătorită cu unul din băieții domnului Waldman. Avusese poliomielită în copilărie, din pricina căreia mergea mai încet. Dar acum nu mai e copil, e căsătorită, deci e bine – nu are cum să fie moartă. O găsim pe mama. Se ține strâns de Iehezkel.

— *Schnell!* Mișcați-vă!

Mergem spre locul pe care ni-l indică soldatul. Când ieșim din raza lui vizuală mama îmi atinge obrazul cu mâna. Se uită la mine, apoi la Leah, și chipul ei e străbătut de o străfulgerare de panică.

— Rozi, Leah. Sunteți surori. Trebuie să rămâneți împreună. Orice s-ar întâmpla, nu uitați că cel mai important lucru este să rămâneți împreună. Trebuie să îmi promiteți.

— Sigur, mama, spune Leah.

— Nu am s-o scap din ochi, zic eu.

Mama dă din cap.

— Fetele mele! Tot ce vreau e ca mereu, mereu să vă aveți una pe alta. Rămâneți împreună! Nimic nu mă liniștește precum gândul că vă aveți una pe cealaltă. Să nu vă părăsiți vreodată!

Vorbește tare și repede, de teamă.

— Familia a fost mereu cea care m-a făcut să merg mai departe, adaugă ea. Rămâneți împreună!

O iau pe mama de mână.

— Vom fi împreună mereu.

Vorbele noastre o liniștesc puțin.

Încă un tren oprește la același peron și, precum într-o fabrică mecanizată, soldații deschid ușile vagoanelor și îi zoresc pe oameni să coboare. Sute de oameni se revarsă pe peronul deja plin-ochi. Văd un bărbat care-și ajută fiica să treacă peste șine, ea-l privește cu ochii mari și căprui, apoi un soldat îi desparte violent. Aud împușcături. Poc! Poc! Poc!

Simt un băț în spate, și un soldat mă împinge. Nu mă privește-n ochi.

— Treci în rând!

Sunt câte cinci rânduri de oameni. Leah, Iehezkel, mama și cu mine suntem unul în spatele altuia, fiecare pe câte un rând, iar lângă mine, pe cel de-al cincilea rând, este un bărbat pe care nu îl cunosc. Un soldat îl împinge când ne punem în mișcare. Nu aud decât împușcături, și țipete, și ofițeri mârâind.

— *Schnell! Schnell!*

Câinii latră cu putere și aleargă pe lângă și printre oameni. Mă simt precum găinile de la noi din curte când le zburătăceau câinii.

Rândul nostru se împleticește înainte și îmi lungesc gâtul să văd ce e în fața liniei.

În jurul nostru sunt oameni mititei. Parcă ar fi spiriduși. Sunt oameni în toată firea, dar arată precum niște copii. Au ochii imenși, capetele rase și poartă niște uniforme caraghioase, cu dungi. Ne împing și ne îmboldesc cu mâinile lor osoase. Într-un târziu, după o perioadă care pare că a ținut ore întregi, ajungem în fața unei porți. Pe-un scaun din fața ei șade un bărbat, de parc-ar sta pe tron. Ține-un deget în sus și pare plictisit și leneș. Unul dintre spiriduși o duce pe femeia din fața noastră la el. Degetul arată spre dreapta, și spiridușul o împinge pe femeie în direcția indicată de acesta. Un alt spiriduș o aduce pe următoarea femeie în fața bărbatului cu căutătură hapsână. Își bagă degetul înmănușat în gura ei și-o deschide. Apoi arată spre stânga, și spiridușul o prinde pe femeie de umeri și-o duce în stânga. Vine rândul nostru. Eu sunt prima care e dusă în fața lui. Își ridică ochii teribil de încet și-i coboară pe tot trupul meu. Mă cutremur și mă bucur că nu se uită la chipul meu. Aștept. Apoi arată cu degetul în dreapta, și mititelul mă împinge în dreapta. Urmează Leah și, o clipă mai târziu, mi se alătură în dreapta. Mama e următoarea. Bărbatul abia dacă se uită spre ea și arată leneș spre stânga. Un spiriduș o duce pe mama în stânga. Îl vedem pe Iehezkel îndreptându-se spre el. Dreapta. Se uită la mama cu chipul lui imberb, perfect și, foarte încet, pășește și ni se alătura lui Leah și mie.

— Iehezkel! strigă mama. Copilul meu! Copilul meu! Nu-mi pot lua copilul. Este băiețelul meu!

Își ridică mâinile deasupra capului, dar nimeni nu-i răspunde.

Un spiriduș aduce o altă femeie în fața omului de pe scaun. Arată spre stânga. Tot mai mulți oameni se strâng în fața mamei, dar și a noastră.

— Vino la mine! Iehezkel! strigă mama din spatele lor.

Parcă s-ar prăbuși.

— Mama, strigă Iehezkel.

Oamenii care sunt duși în stânga o înghit și de-abia dacă o mai vedem. Iehezkel privește în jur, dreapta, stânga – nimeni nu se uită la el.

— Mama! strigă iar și fuge în partea ei.

Mai mulți oameni îi urmează exemplul, iar eu mă ridic pe vârfuri și-mi lungesc gâtul, încercând să-i văd. Reușesc să-i dibuiesc și observ că el a prins-o pe mama cu brațul pe după mijloc, după care mai mulți oameni sunt mânați spre stânga, și nu-i mai pot vedea.

Leah suspină.

— Totul e în regulă, spun eu. E bine că unul dintre noi e cu mama.

Dă din cap că da și mă prinde de mână, pornind mai departe cu grupul din dreapta.

8

CRASNA, 1931 ȘI 1936 LA VÂRSTA DE CINCI, RESPECTIV ZECE ANI

Eu voi vesti hotărârea Lui – zice Unsul –
Domnul Mi-a zis:
„Tu ești Fiul Meu!
Astăzi
Te-am născut.
Cere-Mi, și-Ți voi da
neamurile de moștenire,
și marginile pământului
în stăpânire!"

Psalmii, 2:7–8

Iehezkel s-a născut la trei săptămâni după moartea tatei. Avem doar cinci ani, dar îmi amintesc burta umflată a mamei când stătea pe un scaun scund și plângea după tatăl nostru. Apoi îmi amintesc de bebelușul nou-nouț și de chipul obosit, dar fericit al mamei. Tot satul a venit la *bris*[1]-ul lui, căci nu-i de ici, de colo un copil care să fie botezat după tatăl său. În comunitatea noastră copiii primeau doar numele celor morți. Îmi amintesc că mă îmbrăcasem cu rochia mea frumoasă albastru cu alb. Îmi amintesc cum m-a pieptănat *bobe*. Și cum am alergat cu Leah și Pincas prin *șul*, mâncând *rugelah* și nimeni nu ne-a oprit. *Șul*-ul s-a umplut de oameni. Îmi amintesc că de atâta lume, încăperea s-a întunecat – stăteau pe pervazurile ferestrelor, astupând soarele. Le vedeam umbrele cum joacă în jurul *Bimah*[2]-ului. Mama stătea cu

1. Ceremonia de circumcizie (în idiș, în orig.). (N. a.)
2. În temple, altar înălțat de unde se citeșete Tora. (N. a.)

femeile într-un colț. *Bobe* Heilbrun era în dreapta ei, iar *bobe* Greenstein, în stânga. Ținea în mâini o pernă albă pe care se afla micuțul meu frățior. Era cel mai frumos bebeluș, cu pielea de culoarea caramelului, iar ochișorii și nasul îi erau perfecți. Când îmi puneam degetul în palma lui mi-l prindea cu toată mânuța și strângea. Îmi amintesc că mama i l-a dat lui *zeide* Greenstein al meu, tatăl tatălui meu. Îmi amintesc cum l-a ținut *zeide* în brațe și a spus tare: „și numele lui va fi strigat de Israel, Iehezkel Iaakov, fiu al lui Iehezkel Iaakov!" Părea că întreg *șul*-ul a izbucnit în același timp în lacrimi. Eu nu am plâns, nu eram tristă. Iehezkel era consolarea noastră. Nici pe mama nu mi-o amintesc să fi plâns prea mult. Aveam doar cinci ani, însă mi-o amintesc întinsă în pat când îl alăpta și-l privea cu chipul plin de iubire. Ne lăsa, pe Pincas și pe mine, să ne cuibărim în pat lângă ea când îl alăpta. Pe atunci Pincas avea aproape doi ani și vorbea bine, cu propoziții aproape întregi.

— Hezkel, bebelușul meu! spunea el și-și punea mâinile rotofeie pe degețelele mici de la picioare ale lui Hezkel, singurul loc unde avea voie să-l atingă, se apleca și le săruta.

— Bebelul meu, spunea serios după ce termina cu pupăturile, apoi își întindea picioarele plinuțe, își trăgea fundulețul cât mai aproape de mama și suspina mulțumit.

O, cât mai râdea mama!

— Ești atât de drăgălaș, Pincas, spunea ea și se apleca să-l ciupească ușurel de obraji.

El privea spre mama cu ochii albaștri și înțelepți, care păreau a spune că era conștient că de-acum e băiat mare.

În perioada aceea toată lumea venea să ne aducă mâncare. Era plin bufetul de prăjituri *hallah*[1] și *kugels*[2] de cartofi.

1. Pâine albă împletită.

2. Budincă de legume. (N. a.)

Cei care veneau aveau privirea îngrijorată și erau tare încruntați. Chipurile lor mă nedumereau. Știam că tata murise, dar noi eram în continuare o familie. Aveam un nou-născut de toată frumusețea, un copilaș durduliu, care spunea cele mai caraghioase lucruri, două surori care erau deja mari și un ajutor de nădejde, și o mamă care ne purta de grijă orice s-ar fi întâmplat. Închipuiți-vă ce-ar fi fost dacă mama ar fi murit, nu *tate.* Acela da motiv de încruntare. Dar mama noastră era aici și era puternică – și chiar la cei cinci ani ai mei știam că vom fi bine, pentru că o aveam pe ea.

Uneori mama mă lăsa să am grijă de Iehezkel cât ea îl culca pe Pincas. Auzeam în fundal cum îi cântă, în vreme ce eu mă întindeam pe patul mamei lângă Hezkel, iar el mă fixa cu ochii lui de un căprui închis, având forma unor lacrimi. Chiar și la vârsta de cinci ani am simțit o iubire atât de profundă și desăvârșită, încât am știut că voi avea mereu grijă de el. Dar lucrurile nu au ieșit deloc așa. Am încercat să am grijă de frații noștri mai mici, dar Iehezkel, deși era cel mai mic dintre noi, a fost cel care a avut grijă de noi.

Cinci ani mai târziu, Iehezkel are cinci ani, iar eu, zece. Stăm la masa de bucătărie. Mama ne pune ce a mai rămas dintr-o mâncare de năut, dar ei nu-și pune nimic.

— Ia de la mine, mama, zice Iehezkel.

— Asta-i bună, îi răspunde mama. Nu mi-e foame.

Știu că ne dă nouă de mâncare înaintea ei. Mai știu și că, din ziua în care a murit Pincas, nu prea mai mănâncă mare lucru.

— Când voi fi mai mare, spune Iehezkel, încruntat și cu o expresie hotărâtă pe chip, voi avea o fabrică mare, una dintre cele mai mari din Ungaria. Atât de bogat o să fiu, mama; o să-ți cumpăr toate diamantele pe care le vrei și haine lungi de blană. O să îți cumpăr o casă mare cu șemineu și toate cărțile pe care o să le vrei. Așa va fi, ai să vezi!

— Nu mai spune! exclamă mama.

Râde scurt și adaugă:

— Și o să-mi poți aduce și cărnuri bune și pui?

— O, da! zice el. Pui și carne când o să dorești. De fapt, o să pun să ai un bucătar care să gătească pentru tine. În viața ta nu vei mai fi nevoită să gătești.

— Nu sunt sigură că aș vrea asta, îmi place să gătesc, spune mama râzând.

— O să gătești când o să vrei. O voi înștiința pe bucătăreasa-șefă că ai voie în bucătărie oricând vrei tu.

Leah chicotește.

— De unde îi vin ideile astea? întreabă ea.

— N-ai decât să râzi, îi spune el, dar n-o să mai râzi când voi fi fratele tău cel bogat, sunt sigur de asta.

— Bine, zice Leah.

— O să am grijă și de voi, Leah și Rozi.

— Ar trebui să avem grijă să ne purtăm frumos cu tine de pe-acum, spun eu.

Flutură din mâini, ca și cum astfel de lucruri ar fi mai prejos de el.

— Mama, și să nu-ți faci griji, adaugă el. O să fiu și un bun învățăcel al Torei. Jumătate din zi voi învăța. O să fiu și bogat, și deștept.

Mama îi zâmbește.

— Bineînțeles că așa vei fi, Iehezkel Iaakov, zice ea. Acum oare fiul meu cel deștept și bogat ar putea să se ducă împreună cu fiica mea cea mare, Rozi, la piață după ouă?

— Sigur, mamă, zice el.

— Leah, cât lipsim ai tu grijă de fabrică, spun eu.

Râdem toți.

Traversăm curtea și o luăm în jos pe strada principală până la piața care nu e deloc departe. Tarabele sunt instalate în piața centrală. La unele se vinde făină, și zahăr, și sare. Altul are pui vii, care umblă țanțoși de colo-colo, fără să știe că vor sfârși curând pe masa unei familii norocoase. Șmecheria cu puii este să-l găsești pe cel mai rapid, când se mișcă încet, dar din păcate azi nu cumpărăm pui. Mai e o tarabă cu tot felul de flori frumoase, iar când trecem pe lângă ea mirosul este amețitor. Omul cu ouăle stă lângă marfa lui și o păzește de parcă din clipă în clipă ar veni cineva să i-o fure pe toată. Îmi închipui gălbenușuri zburând în toate direcțiile de la încăierarea ce s-ar porni. Omul cu ouăle este masiv, are un piept ca un butoi din care îi ies capul și brațele în unghiuri caraghioase. Arată ca o broască din râu. Iehezkel ține cofrajul, în vreme ce eu mă aplec și aleg ouăle. Îmi place să iau pentru mama cele mai bune ouă și cu toate că unora li se pare că toate-s la fel, eu știu cum să le deosebesc. Le vreau pe cele mai mari și pe cele cu o formă perfectă. Ridic fiecare ou și-l examinez, iar când dau peste unul care îmi îndeplinește criteriile, îl așez în cofraj.

— Care-i problema, pistruiato, n-ai încredere în ouăle mele?

Simt cum opăreala îmi urcă-n obraji ca-ntr-un termometru și știu că m-am înroșit puternic.

— Ba da, spun eu.

— Atunci grăbește-te, pistruiato. Grăbește-te, copilă!

Iau repede ultimele ouă și-i fac semn lui Iehezkel să vină după mine. Îi aruncă o căutătură încruntată omului cu ouăle.

— Termină! îi șoptesc de-abia vizibil. Hai să mergem!

— Care-i treaba cu pistruii? mă întreabă el când suntem suficient de departe de bărbat.

— Toată lumea știe că sunt urâți, zic eu.

— De ce sunt urâți? Mie îmi plac.

— Spui doar așa.

— Nu-i adevărat. Sunt ca niște steluțe împrăștiate pe chipul tău, de parcă fața ta ar fi cerul atunci când e noapte.

— Ei bine, poate pentru tine arată ca niște steluțe, dar, de fapt, sunt doar una dintre trăsăturile considerate urâte, o spune până și mama.

— Eu cred că sunt drăguți, zice el. Dar ce știu eu?

Câteva zile mai târziu, Iehezkel vine la mine ținând în mână o pungă de hârtie maro mototolită.

— Am un cadou pentru tine, spune el.

— Pentru mine? Dar de ce mi-ai luat unul?

— Deschide-l, zice, zâmbind și cu ochii scânteindu-i.

Iau punga maro și-o desfac. Înăuntru este un borcan negru de sticlă, cu un capac alb.

— Desfă-l!

— Ce este? întreb, deșurubând capacul și uitându-mă la crema albă și pufoasă dinăuntru.

— Cremă pentru pistrui! zice el. Am fost la farmacist. I-am spus: „Trebuie să îmi dați ceva pentru pistruii surorii mele." Asta mi-a dat. A zis că își face treaba. Te dai cu ea de două ori pe zi, dar ai grijă să dai bine peste tot, inclusiv pe gât. Ar trebui să dispară după trei săptămâni.

— Iehezkel, dar de unde ai avut bani pentru așa ceva?

— Eu îmi pun deoparte toți banii, zice el. N-ai tu grija mea!

— Mulțumesc, Hezkel, chiar nu trebuia!

— Așa am vrut eu.

M-am dat cu cremă în fiecare dimineață și în fiecare seară. După trei luni, toți pistruii de pe fața mea au dispărut și nu au mai revenit niciodată.

9

AUSCHWITZ, IUNIE 1944

Își împart hainele mele
între ei
și trag la sorți
pentru cămașa mea.

Psalmii, 22:18

Soldații din partea dreaptă ne conduc spre o clădire masivă. Intrăm încolonați, și văd că este complet goală, cu excepția a vreo douăsprezece fete care trec de colo-colo, cu aerul că sunt foarte ocupate. Mă uit mai cu atenție la ele. Sunt toate numai piele și os.

— Dezbrăcați-vă! hămăie o femeie-soldat către rândul în care mă aflu.

Pare să aibă doar cu câțiva ani mai mult ca mine. Părul blond și buclat îi e strâns în coc la spate, e îmbrăcată cu o bluză albastră și o fustă până sub genunchi.

— Puneți hainele în mormanul ăsta, continuă, arătând spre un maldăr de rochii stivuite una peste alta.

— Acum!

Înaintez încet odată cu rândul meu. Nu mi-am schimbat rochia de când am plecat din Crasna. Este foarte murdară acum, dar pe sub jeg se poate vedea cât e de elegantă. Cusăturile fără greș, croiala materialului. Indiferent cât de săraci eram, mama – cum, necum – ne făcea rost de două rochii elegante în fiecare an. Îmi trec degetele peste marginile rochiei. Bag mâinile în buzunare să simt căptușeala mătăsoasă. Lângă mine se află o femeie-soldat care o lovește pe fetița din spatele meu peste cap cu bastonul ei de cauciuc. Fata țipă.

— Nu te miști destul de repede, spune ea.

Îmi deschei în grabă nasturii și-mi scot rochia. Mâinile îmi tremură când îmi dau jos lenjeria, cât de repede pot. Iar mi-e rușine. Nu vreau să văd toată lumea despuiată din jurul meu, dar nu-mi pot feri privirea. Fetele cele pirpirii adună rochiile de îndată ce ni le scoatem și le pun una peste alta într-un munte de haine frumoase. Rochii de mătase care se șifonează în inflorescențe. Rochii de lână țepene. Acum stăm aliniate, fără nici o haină pe noi.

— Alinierea! Alinierea! spune un alt soldat.

Rămânem aliniate. Camera este întunecată și tremur, deși nu este frig. Nu-mi mai e foame. În vagonul de marfă îmi fusese foame, cât am stat aici, la coadă, îmi fusese foame, dar acum nu-mi mai e. Tremur doar slăbită când stau la rând după alte zeci de fete, așteptând să aflăm ce urmează.

Ajungem la un șir de scaune dinapoia cărora stau câteva dintre fetele acelea cumplit de slabe. Rândul se rupe în fața mea și ne așezăm. Fetele au în mâini câte o mică mașinărie. Înainte să pricep, fata din spatele meu trece mașina pe capul meu. Suspin adânc.

O șuviță groasă îmi cade pe față, și de acolo, pe picioarele mele goale. Desprins de pe cap, părul meu pare și mai roșu, precum focul, precum sângele. Dintr-odată, îmi amintesc că la nunta mea voiam să-mi prind părul într-un coc jos. Aveam de gând că-mi fac o cărare pe mijloc, pentru ca sclipirile de căpșună si aur ale părului să se răsfire armonios, de parcă aș fi purtat pe cap însăși Marea Roșie. Iar cele două părți urmau să se întâlnească pe ceafă în onduleuri blânde. Leah avea să-mi coasă un voal de organza, care s-ar drapa în jos pe spate în valuri diafane. Părul, pe sub el, mi-ar străluci precum un soare roșu de dinapoia norilor, și tot orașul urma să fie de față, să sărbătorească laolaltă cu mine. În loc de asta, am în spate o copilă, care își tot pune pe capul meu mașinăria până când tot părul îmi e secerat, și odată cu el și identitatea mea. Fata începe să cânte ca-n vis când își trece aparatul de ras peste ceafa mea. *Băiețel cu părul tăciune,* cântă ea. Parcă îl văd aievea pe Iehezkel. Învață în camera de zi, sau suntem amândoi la piață, sau o face pe mama să râdă la capătul unei zile lungi.

Fetițe cu blonde codițe. Mama, încercând să-mi vopsească părul blond, eu, alergând spre râu cu prietenii mei, iar cozile lor împletite le flutură în spate precum aripile.

O șuviță groasă de păr roșu zboară prin fața ochilor mei și-mi aterizează în poală. Fata o zburătăcește pe jos.

Ce-a fost a fost. Dansul, râsetele, munca, viața.

Și nu mai e. Soldații unguri intrând la noi în casă. Felul în care totul s-a cutremurat și s-a schimbat.

A dispărut pe loc, în clip-aceea. Sunt înconjurată de smocuri roșii precum focul, precum sângele. Și celelalte fete sunt rase. Fata care îmi rade capul continuă să cânte – *Ce-a fost a fost* – și așază iar mașina pe capul meu. Încă o șuviță ondulată se desprinde.

— Stop! strig, dar din gâtlej nu-mi iese nici un sunet.

Privesc terifiată cum părul meu cade, asemenea unui șuvoi de sânge. Nu-mi vine să cred că mie mi se întâmplă așa ceva. Vreau să-mi pun mâinile pe cap să-mi apăr părul, dar sunt prea înspăimântată ca să mă mișc.

Și nu mai e, cântă ea.

Încă o șuviță groasă de păr îmi cade de pe cap, de parcă ar fi fost executată. Cade în ritmul cântecului ei.

A dispărut pe loc, continuă ea, și încă o șuviță cade.

În clipa aceea, cântă și trece la cealaltă parte a capului meu.

Nu pot împiedica ce se petrece. Mașina îmi zumzăie pe cap, tăind foarte aproape de piele.

Băieței cu părul tăciune, cântă ea însuflețit. *Fetițe cu blonde codițe* – încă o șuviță de păr cade pe jos, sub ochii mei. Pare că ceva din adâncul meu îmi este smuls prin cap.

Ce-a fost a fost și nu mai e! Cu o ultimă alunecare împinge mașina peste scalpul meu și mii de smocuri de păr plutesc peste tot în jurul meu. Îmi dă un ghiont să mă ridic și-mi indică o altă coloană de fete.

O altă fată foarte slabă se grăbește să măture mormanul de păr din jurul meu. Părul meu acolo, pe jos, e secătuit de viață. Ridică muntele de smocuri roșii și face din ele o minge. Arată precum un cuib de pasăre. Îl pune în coșul pe care-l duce-n mână. Mă simt de parcă aș fi fost jefuită.

Când pornesc spre celelalte fete încolonate văd pe jos un ciob de sticlă. Mă uit în el și-mi întoarce chipul bizar al unei fete. Inima stă să-mi sară din piept. Sunt eu, este propria-mi reflexie. Capul meu e despuiat. Nu mai are decât pielea groasă cu tuleie dese, acoperind un oval ciudat. De-o parte și de alta mi se văd urechile ca două mici cioturi. Ochii parcă îmi sunt prea jos pe chip, nasul prea mare, buzele prea pline. Mi s-a spus de când mă știu că părul roșu mă face urâtă, dar știam că nu este adevărat. Eram frumoasă. Dar acum, fără părul roșu, sunt cea mai urâtă creatură ce-a existat vreodată.

Promit, îi șoptesc creaturii din ciob, *îți promit acum că niciodată foarfeca nu va mai intra în părul meu. Nu am să-l mai tund niciodată.*

Creatura ciudată dă aprobator din cap; o las acolo și mă îndrept spre următoarea coadă.

Alte fete pirpirii ne dau rochii. Femeile soldat au bastoane cu care le lovesc pe cele care nu se îmbracă suficient de repede. O văd pe tânăra-soldat de mai înainte cum ridică bastonul deasupra capului și apoi o lovește cu putere pe-o fată peste umăr. Imaginile pâlpâie dinaintea ochilor meu, dar nu se lipesc de mine. Percep pentru o clipă doar ce e în fața mea, apoi dispare. O fătucă slabă îmi întinde o rochie albastră. E făcută dintr-o singură bucată de material. Până și eu, care nu sunt foarte pricepută la cusut, observ că rochia a fost însăilată-n grabă. O singură bucată de material împăturită și cusută. Mi-o trag peste cap. E murdară și miroase a urină. Îmi bag mâinile prin mânecile scurte. Rochia îmi coboară pe piept. Este subțire și ruptă în față și pe toată partea dreaptă până sus de tot, pe coapsă. Nu-mi trece de genunchi. Mirosul ei îmi întoarce stomacul pe dos. E plină de jeg. Aceasta e noua mea uniformă.

— Afară! Afară! izbucnește altă femeie-soldat la cele dintre noi care suntem îmbrăcate.

Dau să ies alături de celelalte, dar camera se învârte cu mine. Zidurile gri și urâte, fetele fără haine, părul adunat de pe jos. Nu am mâncat de trei zile. Totul alunecă-ntr-o parte, apoi în cealaltă, după care se face negru.

10

CRASNA, 1935
LA VÂRSTA DE NOUĂ ANI

Și el [David] era cu păr bălai,
cu ochi frumoși...

1 Samuel, 16:12

Mama crede că uleiul de nuci este soluția pentru oribilul meu păr roșu. Coada mea roșcată poartă împletite-n ea nenumărate probleme. Când trec prin piață, bătrânele care stau afară pe scaune își țuguie buzele și scuipă direct spre mine. Saliva aterizează cu un plescăit pe pantofii mei. Fața mi se înroșește mai tare ca părul, și ca să-mi rețin plânsul trebuie să mă uit la unghii. Ca să oprești emoțiile, izbucnitul în râs sau în plâns e indicat să te uiți la unghii. Pentru că Adam și Eva au fost făcuți din același material puternic precum unghiile noastre, asta, evident, înainte ca Eva să păcătuiască, să te uiți la unghii îți poate reaminti cât de tare poți fi de fapt. Te ajută să-ți ții foarte ușor sentimentele-n frâu. Mama spune că nu scuipă de rele ce sunt; încearcă să fie de ajutor pentru că sunt convinse că scuipatul alungă diavolul care se ascunde în părul roșu. Când aveam șapte ani, sau poate opt, mă pieptănam de o sută de ori seara înainte de culcare, în caz că diavolul se ascundea acolo. Deja la nouă ani înțelesesem că una ca asta n-are cum să fie adevărată. Știu că mama nu a crezut niciodată cu adevărat că diavolul locuiește în părul meu, dar că-i urât tot crede, ea și întreg satul.

Eu am gândit mereu că părul roșcat este frumos, chiar dacă nimeni altcineva nu-l considera astfel. Îmi place că arată ca o căpșună din grădină și are reflexii aurii care strălucesc în soare. Dar dincolo de toate, îmi iubesc părul în special pentru că l-am moștenit de la tata, îmi amintește că a fost o vreme când el era aici și că mi-a lăsat culoarea aceasta specială, care a fost și-a lui, pentru ca eu să mi-l pot aminti. Am norocul să port clipă de clipă pe capul meu o parte din el, iar pentru asta merită să îndur toate urmele de scuipat pe care trebuie să mi le curăț de pe pantofi. Și nu că asta ar conta, însă știu că într-o bună zi mă voi muta în America, unde toate starurile au părul roșu, și atunci nimeni nu îmi va mai spune că sunt urâtă.

Când mama mă așteaptă cu uleiul de nucă pentru a-mi vopsi părul, mă rog să nu prindă.

— Rozi, zice ea, am vorbit cu cineva care are o tarabă nouă în piață. Are tot felul de pomezi. Mi-a dat-o pe aceasta și mi-a spus că o să-l facă blond.

Mă uit la sticlă.

— Ce-i în ea?

— O, nimic periculos. Doar un amestec de uleiuri de nuci.

Nu vreau să-mi vopsesc părul, dar expresia de pe chipul mamei e atât de plină de speranță, că zic da (de parcă aș fi avut de ales).

— În regulă, hai în curte. Ți-am pregătit un scaun într-un loc plăcut. Trebuie să mă întorc repede la ieșiva ca să termin de pregătit cina – să ne grăbim!

— Pot să mă duc la joacă? întreabă Leah. Nu trebuie să o aștept pe Rozi, nu-i așa?

— Du-te, dar să nu intri în râu până nu vine ea. E prea periculos.

— Sigur că nu, zice ea și-o tulește.

Părul ei castaniu, perfect, saltă în urma ei.

Suspin.

— Nu ne ia mai mult de câteva minute, zice mama. Apoi, liber la joacă.

Ieșim în grădină. Văd că pusese scaunul suficient de departe de ridichile și castraveții ei. Mă așez, și mama îmi potrivește o pânză pătrată care să-mi acopere tot corpul și gâtul, pentru ca uniforma mea să nu se păteze.

Mama stă în spatele meu.

— Acum lasă-ți capul pe spate, la mine în mâini.

Îmi aplec capul și simt răcoarea uleiului pe care mi-l toarnă pe cap. Îl întinde bine pe toată lungimea părului și apoi îmi masează viguros scalpul cu degetele. Îmi curge pe față, în ochi, până-n poală. Nu mă plâng. Știu că pe mama o bucură încercările ei de-a mă face să arăt decent. Îmi masează pielea capului cu mișcări circulare, apoi ia un pieptene mi-l trece prin părul încă plin de ulei. Când mă piaptănă simt pielea cum se întinde, trăgându-mi după ea colțurile ochilor. Apoi îmi toarnă apă călduță din copaie, spălând tot uleiul cu săpun. Îmi zvântă părul cu un ștergar curat, îl piaptănă și, la final, mi-l împletește strâns.

Ocolește scaunul ca să mă examineze din față. Își pleacă puțin capul și mă studiază.

— Deja văd o nuanță un picuț mai blondă, zice ea. Merge. Gata, fuguța! Ai grijă ca Leah să nu pățească nimic.

Îmi plimb degetele pe pielea fină a capului și peste coada împletită strâns.

— Mulțumesc, mamă!

Înainte să pornesc în căutarea lui Leah, bag capul în casă și mă privesc în oglinda mică atârnată pe perete. Din ea se uită la mine o tânără fată. Are ochi mari, albaștri, de forma unei migdale.

Rozi, îi spun fetei care se uită la mine, *ești frumoasă. Ești atât de frumoasă!*

Mă răsucesc și-mi întind gâtul ca să pot vedea coada. Pfu! Roșul ei strălucitor este același dintotdeauna!

Leah deja înoată când ajung eu la râu. Și-a udat părul castaniu, și pe lângă umerii ei plutesc nuferi. Își sprijină capul de o piatră mare și gri care s-a ițit în mijlocul albiei, iar apa trece pe lângă ea în vârtejuri pudrate de o spumă albă. Ramurile îngreunate de-o multitudine de frunze se pleacă spre apă, de-o parte și de alta a ei, de parcă ar fi niște animale care se adapă domol. Ciorchini verzi delicați, plini cu dude albe se întind ca niște umbrele deasupra ramurilor și rădăcini noduroase flanchează malul. În partea mai îndepărtată a râului, iarba crește înaltă și sălbatică. Din loc în loc flutură libelule care se urmăresc vesele unele pe altele, de parcă s-ar juca de-a prinselea. Simt briza cum îmi mângâie gâtul, deasupra gulerului bluzei.

— Hai și tu, Rozi! strigă Leah.

Ia apă în mâinile făcute căuș și apoi îmi stropește picioarele.

— Nu așa te porți cu sora ta mai mare! Iar mama a spus să nu intri în apă până nu vin și eu.

— N-o să afle, dacă nu-i spui tu! râde ea.

Îmi scot pantofii și sar lângă ea, atentă la pietre. Apa îmi răcorește pielea care mi se încinsese la soare. Pleosc! Când aterizez, apa saltă puțin peste Leah.

— Mi-am luat revanșa! zic eu.

— Ha! exclamă Leah.

Își pune mâinile pe umerii mei și mă bagă la fund. Mă eliberez și-mi las trupul să se afunde în apa răcoroasă până când sunt dincolo de timp și spațiu, într-o lume unde pot fi în întregime eu însămi. Îmi place liniștea desăvârșită a lumii subacvatice. Deschid ochii și văd peștișorii portocalii și mormolocii care înoată în jurul meu.

— Salutare, peștișorule! mimez din buze, dând drumul aerului. Salutare, mormoloci!

Salutul meu iese bule-bule. Mă împing în sus, străpung suprafața apei și iau o gură zdravănă de aer.

Leah și cu mine înotăm și ne jucăm în râu până când obosim de tot. Ne tragem trupurile afară din apă, ceea ce nu-i lucru ușor, pentru că hainele noastre pline de apă sunt grele și se lipesc de noi. Stăm una lângă alta pe iarbă, la soare. Mamei nu-i place când din noi șiroiește apa pe podelele de humă, de aceea trebuie să ne uscăm bine la soare înainte să ne întoarcem acasă. Privesc în sus la cer și la crengile încârligate, pline de frunze. Salcia plângătoare de lângă râu este copacul meu preferat. Este uriașesc, un arbore gigantic, ale cărui ramuri se întind în toate direcțiile. Din el atârnă rămurele lungi și subțiri, care flutură în vânt. Aproape de capul meu, în iarbă, văd flori sălbatice movalii. Petalele delicate de culoarea lavandei și galbenul discret din centrul fiecărei inflorescențe. Reka mi-a spus la școală că o floare îți poate spune dacă cel pe care-l iubești te iubește și el. Rup una.

— Leah, să-ți spun oare un secret?

— Da.

— Dar promiți că nu-l vei spune nimănui?

— Promit. Spune-mi!

— Dar apoi trebuie să îmi spui și tu un secret.

— Bine, fie.

— Cred că știu cu cine vreau să mă mărit.

— Da? Cu cine?

Mă îmbujorez, rușinată dintr-odată că am spus-o cu voce tare.

— E unul dintre băieții care vin la micul-dejun.

De la o vreme, spăl vasele în copaie cât băieții mănâncă micul-dejun pe care li-l pregătește mama.

— Numele lui e Iaakov.

— Iaakov? Care dintre ei e?

— Cel cu părul roșu.

— A, el!

Leah zâmbește. Pare deopotrivă mândră și temătoare să dețină un secret precum acesta.

Iaakov vine la micul-dejun cam în toate diminețile. Spre deosebire de ceilalți băieți, care dau năvală la noi în casă plini de energie, el este mult mai liniștit. Are o siguranță de sine, o încredere care spun că nu are nevoie să fie auzit. Îmi place să mă mișc și să fac gălăgie pe scenă, dar în viața de zi cu zi sunt la rândul meu liniștită, iar liniștea lui plăcută mă atrage precum apa, broaștele. Sigur, ajută și faptul că are capul acoperit de păr roșcat.

— Ție de cine îți place? o întreb pe Leah.

— Nu îmi place de nici unul dintre ei!

— Trebuie să îmi spui! Eu ți-am zis. Mi-ești datoare. Ai promis.

— Dar nu îmi place de nimeni, mormăie rușinată.

— Zi-mi, Leah! Nu voi spune nimănui.

— Bine, îmi place de Mendy. Ești mulțumită?

Mendy? Îl știu oare pe Mendy? Da, îmi spun. *Este cel mai scund, cu chip ca de copil.*

— Leah, ce drăguț! exclam cu afecțiune.

Râde și se întoarce cu spatele la mine. Ridic o floare. Nu este decât o cale de a afla dacă și Iaakov mă place.

— Mă iubește. Nu mă iubește. Mă iubește, mormăi pe măsură ce rup petalele și le las, una după alta, să cadă pe pământ.

Mi se strânge inima; la ultima petală, vine rândul lui: Nu mă iubește. Dar cum se poate? Strâng floarea-n pumn și culeg încă una: Mă iubește. Nu mă iubește. Mă iubește. Nu mă iubește. Culeg flori până când o găsesc pe cea care-mi spune ce vreau să aud: Mă iubește!

— Mă iubește! zic, în timp ce rup ultima petală de lângă miezul galben. Vezi? Știam eu.

11

AUSCHWITZ, IUNIE 1944

Oamenii își spun minciuni
unii altora,
pe buze au lucruri lingușitoare,
vorbesc cu inimă prefăcută.

Psalmii, 12:2

Simt că cineva îmi deschide gura și-mi pune ceva în ea. Pipăi cu limba. Este o bucată de pâine. Deschid ochii să văd cine m-a salvat, dar până ce imaginea să devină clară, oricine o fi fost, a dispărut.

Mă ridic încet, este deja întuneric. Nimeni nu pare să fi băgat de seamă căderea mea. Femeile-soldat adună femeile și le împing afară. Ne împleticim pe urma lor. Cu bastoanele, soldații ne organizează iar în rânduri de câte cinci. Mărșăluim prin noroiul de pe jos.

— Rozi! Leah! aud o voce în timp ce înaintăm.

Mă întorc să văd cine a fost, dar prin întuneric nu percep decât o masă de chipuri.

— Leah, Rozi! se aude din nou vocea.

— E Hanki! zice Leah. E și ea aici,

— Hanki! suspin.

Hanki este soția unchiului nostru Duvid. Unchiul Duvid este fratele cel mai tânăr al mamei. Venea să petreacă timp împreună cu noi de fiecare *Șabes*[1].

— Sunteți și voi aici, spune ea, ajungându-ne din urmă.

1. Sâmbătă (în idiș., în orig.). (N. a.)

Ne agățăm amândouă de mâinile ei.

— Unde e Duvid?

— Este în partea cealaltă, cu toți bărbații.

— Ițhak Iehuda e cu el?

Ițhak Iehuda este fiul lui Hanki și-al lui Duvid. La cei doi ani ai lui, este deja un copil extraordinar. Are bucle mărunte, blonde, ochi mari albaștri și un zâmbet mai dulce ca laptele cu miere al mamei. E și foarte isteț. Îi face să râdă pe adulți cu tot ceea ce scoate pe gură.

Privirea lui Hanki se înnourează.

— E cu mama. Îl iubesc atât de mult, că nu suport să fiu departe de el nici măcar câteva ore. Mi-e dor de el.

— O, Hanki, nu plânge! îi spun eu. Și Iehezkel e cu mama noastră.

— A fugit la ea când bărbatul ăla ne-a despărțit, zice Leah. De ce l-ai lăsat cu mama ta?

— Ei bine, am ajuns la linie – și voi ați trecut pe la linia de selecție?

Dăm din cap că da, în vreme ce Hanki continuă:

— Am ajuns la linie; eram cu mama și cu Duvid și era prizonierul ăsta evreu slab de parcă ar fi fost un schelet, care era primul la rând, s-a întors la mine atât de agitat și mi-a spus: Ești atât de tânără și frumoasă. Trebuie să-i dai copilul mamei tale. Am protestat, desigur, pentru că arăta ca scos din minți, dar apoi i-a descleștat degetele puiului meu din mâna mea, mi l-a smuls din brațe și i l-a dat mamei. Apoi medicul din fața noastră i-a arătat mamei să meargă în stânga, iar pe Duvid și pe mine ne-a trimis în dreapta. Mama mi-a spus că o să aibă grijă de el ca de ochii din cap până ne reîntâlnim, după care cei care veneau la rând au împins-o. Nici măcar nu plângea; o iubește pe mama, dar eu am nevoie de el aici, cu mine, mai ales în vremuri ca acestea. Sunt atât de îngrijorată pentru el!

— Totul va fi bine, Hanki, îi spun eu. Mama ta știe cum să se îngrijească de el. O să-l vezi curând.

— Sper că foarte curând. Mi-e dor de puiul meu.

Înaintăm. Văd un șir lung de clădiri de cărămidă, luminate de becurile albe de pe stâlpii înalți. O clădire mare, după alta, și alta, la nesfârșit. Între ele, noroi. Zona e împrejmuită de gard, iar partea de deasupra a acestuia are sârmă ghimpată răsucită în bucle largi. Soldații ne conduc până la o clădire pe care scrie douăzeci și unu. E lungă, roșie, de cărămidă. În fața intrării ne așteaptă o femeie. E înaltă și pare puternică. Părul îi e lung și negru, are sprâncene groase și o bărbie pătrățoasă.

— De-aici le preiau eu, le spune femeia soldaților.

Aceștia dau din cap și se îndepărtează de noi.

Pentru o clipă e liniște. Fumul acoperă cerul, iar tentaculele sale coboară până sub nasul meu. Aproape că vomit. Aerul e plin de o duhoare apăsătoare, ca de cauciuc ars. Fetele din jurul meu se panichează când îl simt și ele.

— Ce miroase așa? Ce miroase așa? strigă ele.

Unele încep să plângă.

— De ce vă smiorcăiți? întreabă femeia. Încetați cu smiorcăitul!

O ignorăm. Un nou val de plânsete de frică se stârnește.

— Mirosul, mirosul, mirosul.

— Liniște! latră la noi femeia masivă.

Ridică bastonul pe care-l ține în mână și o lovește peste umăr pe una dintre fete.

Se lasă tăcerea.

— Eu sunt Eidy, sunt *Blockälteste*[1], spune femeia. Sunt responsabilă de această baracă și trebuie să ascultați de mine în toate.

---

1. Literal, „bătrâna barăcii". Prizonier al naziștilor însărcinat să asigure disciplina în lagăr. (N. a.)

— Eidy, a spus cineva.

Femeia are ochii pe jumătate închiși și-și ține brațele petrecute strâns în jurul trupului și-al rochiei albastre subțiri, ca-ntr-o îmbrățișare.

— Ne poți spune ce miroase așa? întreabă ea.

Eidy ne privește aspru.

— Chiar nu știți, fetelor? zice ea. Este mirosul mamelor și taților voștri, care ard. Este mirosul trupurilor fiilor și fiicelor voastre, ale nepoților și nepoatelor, ale fraților și surorilor voastre care ard în cuptoare. Nu recunoașteți duhoarea? Familiile voastre ard. Priviți fumul. Este tot ce v-a rămas din ele.

— Nu se poate, spune una dintre fete.

— Nu fi proastă! îi zice Eidy. Nu v-a mai rămas nimic. Ard toți. Iar voi ați rămas singure.

Ceva nu este în regulă cu femeia asta. Mama nu arde. Iehezkel e prea puternic să lase ca așa ceva să se întâmple. O să-i văd curând.

Leah pare îngrozită.

— Ai auzit ce-a spus?

— Doar n-o crezi? Precis inventează totul.

— Liniște! izbucnește Eidy. Intrăm și trebuie să vă găsiți un loc unde să dormiți.

Ne vorbește de parcă nu ne-ar fi mințit în modul acela oribil și crud.

Femeile înaintează când Eidy ajunge la ușă.

Leah rămâne ca pironită în locul ei din rând.

— Hai, Leah, îi spun.

Scutură din cap.

— Dar nu ai auzit ce tocmai ne-a spus...

— Leah, nu e în toate mințile. Nu pleca urechea la ea. Nu știu de ce ne spune asemenea minciuni.

— Liniște! strigă Eidy. Când deschid ușile, intrați și vă găsiți un loc de dormit.

Sunt atât de obosită, că abia aștept să mă întind și să mă prăbușesc în abisul somnului. Eidy deschide ușile, și intrăm. Arată ca un hambar oarecare, dar în loc de staulele pentru animale sunt rânduri după rânduri de priciuri supraetajate făcute din scânduri. Pe podea, un strat de cărămizi și-atât. Mă izbește cenușiul locului. Pe fiecare rând, paturi pe trei niveluri, iar rândurile continuă la nesfârșit. Abia dacă pot vedea chipul oricui, dar percep forma a mii de trupuri stivuite unul peste celălalt, asemenea cărților pe rafturi. Capetele le ies de pe priciuri. Sunt atât de mulți oameni că mă ia amețeala. Apoi mă lovește duhoarea. Miroase a excremente, și a vomă, și a trupuri nespălate de luni bune. Îmi acopăr gura.

— Găsiți-vă un loc! strigă Eidy.

Mă uit la cele câteva priciuri pe care nu se zărește nici o fată. Nu știu cum o să încăpem toate. Ne împrăștiem precum găinile. Găsesc primul spațiu gol, mă agăț de stinghie și mă trag sus. E tare, și simt așchii pătrunzându-mi în palmă. Deja pe scândură sunt câteva fete. Leah se cațără în urma mea, dar nu mai e loc și pentru ea, așa că se saltă pe priciul de deasupra. Mă uit la fetele de lângă mine. Nici una nu-mi pare familiară. Și ele au capetele rase, dar sunt mai înalte și mai plinuțe ca mine.

— Culcarea! strigă Eidy din fața încăperii. O să aveți nevoie!

Se duce spre ușă și iese fără ca măcar să ne arunce o privire. Tremur din pricina șocului. Fata de lângă mine mă prinde de brațe să mă liniștească. Se uită la fetele de pe pat.

— Avem grijă de micuța asta, spune ea.

Ele dau aprobator din cap.

— Desigur, spune o altă fată.

Privesc grupul celor cu care împart priciul, sunt cel puțin douăsprezece.

— Suntem toate din Satu Mare, spune cea care m-a prins de brațe. De unde ești?

— Crasna.

— O, micuță Crasna. O să avem grijă de tine.

Încerc să zâmbesc, însă bărbia nu face decât să-mi tremure.

— Cum o să dormim așa?

— Suntem cincisprezece, tocmai am numărat. Hai să încercăm șapte pe o parte, șapte pe cealaltă parte și mititica la mijloc.

— Mulțumesc, le spune eu.

Sunt obosită, îmi simt capul greu și am nevoie să mă întind.

Fetele se împart și șapte se întind în dreapta mea, cu umerii suprapunându-li-se; sunt atât de adunate una-n alta că par un singur trup. Cele șapte din stânga mea fac la fel.

— În regulă, acum cu toatele, piciorul sus ca asta mică să poată dormi confortabil, spune cea care mă luase în brațe.

Nu e loc, însă cumva fetele reușesc să-și ducă genunchii la bărbie. Din ele nu mai rămâne decât un morman de piele și membre. Jos, la mijlocul lor, e un spațiu unde mă pot cuibări.

Când mă întind, îmi vine în minte ceva ce-mi tot repeta mama:

— Fetelor, trebuie să fiți atente, spunea ea. Niciodată nu poți ști cum e cineva. Oamenii sunt foarte pricepuți să se prefacă. Sunt atenți și drăguți, dar cine știe de ce sunt în stare atunci când nu mai au nevoie de tine. Nu cunoști pe nimeni cu adevărat. Oamenii se pricep cum să-și ascundă sufletul, să-l fardeze. Pot fi politicoși în văzul tuturor, dar nu le cunoști adevărata față.

Îmi amintesc că mă întrista gândul că lumea ar putea fi așa. Dar aici știam cum stau lucrurile. Îmbrăcate numai în aceleași rochii prea mici de cârpă, sufletele noastre erau la fel de dezgolite precum ne erau capetele rase, nimic înșelător cu ce să ne-nveșmântăm, nici un ungher unde să ne ascundem. Nici bani, nici statut, nici mândrie. Paisprezece femei împart patul acesta cu mine. Îmi zâmbesc cu atâta blândețe când mă întind, încât, dincolo de toată trauma zilei, le-ntorc zâmbetul. Mama a spus că nu putem cunoaște cu adevărat pe cineva, dar când fetele se trag în lături, îndesându-se una într-alta și ducându-și genunchii scheletici la piept: știu. Acestea sunt cele mai frumoase suflete dezgolite pe care le-am văzut vreodată.

Sunt atât de obosită, că adorm pe loc, chiar și ghemuită cum stau și cu stomacul strâns. Dar nu mult după ce mă cuprinde toropeala, mă dezmeticesc auzind-o pe Leah cum plânge. Mă ridic într-o fracțiune de secundă.

— Nu poți veni aici să ne iei spațiul, aud cum îi spune o voce și apoi sunetul surd al trupului ei lovit.

Mă salt imediat, căci nimeni nu are dreptul să se poarte așa cu sora mea. Îmi ridic trupul și mă uit la patul de deasupra.

— Nu vă e rușine de voi? le spun eu. E o fetiță. Cum vă puteți lua de ea în felul acesta? Abia a ajuns și deja o necăjiți? Trebuie să avem grijă unele de altele.

Se uită la mine fără să spună nimic.

— Dacă nu vă opriți, mă duc direct la *Blockälteste* și vă pârăsc pe toate – și vorbesc serios!

Clocotesc de mânie. Nu-mi pasă că sunt mai mari ca mine, că eu sunt una, iar ele, multe. Sunt gata dacă vor să-mi facă rău, să mă zgârie, să mă muște, pentru că le privesc în ochi și nu mai văd nici o urmă de umanitate. Sunt pregătită pentru ce-i mai rău, dar fetele mă iau prin surprindere. Mă ascultă. Dau din cap și-și întorc privirea.

— Mă înghesuiau toate odată, șoptește Leah.

Îmi împing capul mai aproape de ea și-i șterg lacrimile.

— Îmi pare rău, Leah.

— Mulțumesc, Rozi.

— Ar trebui să mă întorc înainte să-mi rup gâtul.

Adorm la loc imediat ce trupul atinge iar scândura. Colegele mele de pat își țin picioarele strânse la piept chiar și-n somn.

12

CRASNA, 1935
LA VÂRSTA DE NOUĂ ANI

Frumos este să lăudăm pe Domnul
și să mărim Numele Tău,
Preaînalte.

Psalmii, 92:1

Pentru mine, vinerea este cea mai bună zi din săptămână. De *Șabes* mergem la școală împreună cu ceilalți copii. Prietenii noștri care nu sunt evrei ne duc gențile, pentru că de *Șabes* noi nu avem voie să le cărăm, dar de mers la școală tot trebuie să mergem (ni se permite, cu toate acestea, să plecăm de la școală mai devreme).

Când ajungem acasă, o găsim pe mama așezată la masa de bucătărie, întinzând straturi de aluat subțire. Peretarul pe care l-a brodat atârnă deasupra capului ei. Pe el, lângă imaginea cusută a unei vaci, scrie: „Carnea și laptele nu trebuie să se amestece niciodată."[1] Crema de ciocolată este într-un vas, lângă ea.

— Ium! Prăjitură cu șapte straturi! exclamă încântată Leah. Pot să iau o linguriță de ciocolată?

— Leah, dă-i pace mamei, nu vezi că muncește la prăjitură? zic eu. Te porți exact ca la doi ani, când voiai să

---

1. Unul dintre principiile koșer, a cărui origine se regăsește în Șmot/Exodul, 34:26: „Să nu fierbi iedul în laptele mamei sale" și Dvarim/ Deuteronom, 14:21. Evreii practicanți au veselă separată pentru carne și pentru lapte. Mulți au o chiuvetă pentru carne și una pentru lapte.

mănânci prăjitura înainte ca mama s-apuce s-o pună pe masă.

— Nu făceam așa!

— Ba da, îmi amintesc. Te smiorcăiai și te tot smiorcăiai, iar *tate* zăcea atât de bolnav în pat, i se rupea inima pentru mama, și tu i te tot plângeai cât era ziua de lungă. Așa că s-a dat jos din pat, să încerce să-ți distragă atenția, iar mama a trebuit să se oprească din gătit ca să-l ajute să se așeze la loc în pat.

— Mama, tu auzi?

— Aveai doi ani, îi răspunde mama. *Tate* nu suporta să vadă că mă agit din pricina ta, mai ales când veneau bunicii tăi, lucru ce, în sine, mă neliniștea.

Zâmbește și adaugă:

— Dar Rozi, de ce o râcâi acum cu ceva ce a făcut pe când avea doi ani?

Ridic din umeri.

— E doar caraghios că și acum, la opt ani, face la fel.

— Nici măcar nu mai vreau ciocolată!

— O, Rozi, suspină mama. Du-te, rogu-te, să bați covoarele.

Rulez covorul din sufragerie și-l scot afară. E dintr-un amestec de ițe aurii și turcoaz, iar peste modelul lor sunt mănunchiuri de fire galbene precum niște pete strălucitoare de soare. Mama l-a țesut împreună cu prietena ei cea mai bună, Kokish Emma, care are la ea acasă perechea asortată a covorului nostru. Îl așez pe un scaun de lemn și-l bat cu un băț de lemn până când iese tot praful și mă împresoară ca niște nori, apoi se risipește în aer. Îl întind la soare, după care mă întorc în casă să mătur.

Mama a terminat prăjitura și stă acum lângă plită împletind aluatul de *coilici*. Mâinile îi zboară când prinde fâșiile de aluat și le așază unele peste altele, formând o împletitură. Deschide repede dulapul și ia un ou, îl sparge și-l amestecă bine de tot cu furculița, până când devine spumos. Pe aluatul împletit, întinde amestecul auriu cu pensula, cu mișcări rapide și sigure[1]. Mama mea este o albinuță harnică.

— Mulțumesc, *ziskeit*[2], îmi spune, în vreme ce eu mătur.

— Cu plăcere.

Leah spală oalele după ce mama a terminat cu ele, iar eu le iau de la Leah și le umplu cu apă, pe care o încălzesc pe plită. Sunetul apei care fierbe este blând, pentru că vine *Șabes*. Cât fierbe apa, aduc înapoi covoarele de afară și le aștern pe podelele curate. Totul este proaspăt și perfect.

— Eu sunt prima la baie, îi spun lui Leah.

Strânge din umeri. Nu te poți pune cu sora mai mare! Apuc cu grijă oala cu apă fiartă și o duc afară, în copaie. Torn apa și adaug puțin din săpunul mătăsos și parfumat. Mă scufund și mă relaxez în căldura acesteia. În baie este o fereastră în partea de sus. E suficient de sus ca nimeni în afară de păsări să nu ne vadă. Privesc pe-acolo la un copac contorsionat pe fondul cerului senin. Cânt cât mă ține gura, și copacii dansează în ritmul cântecului meu precum o formație de dansatori veseli de muzică populară. Râd și cânt până când Leah bate în ușă.

— Ieși, că începe *Șabes*-ul, iar noi nu mai avem timp!

— Bine, gata, ies acum, îi strig prin ușa groasă de lemn.

Ies cu un suspin. Mă îmbrac și mă simt minunat, strălucitor de curată.

---

1. Rezultatul e o pâine împletită, *Geflohtener coilici.*

2. Dulceață. (N. a.)

Mama a pus mâncarea pe *blech*[1]-ul de pe plită și acum aprinde repede lumânările. Le privim cum strălucesc, iar atmosfera este așa cum trebuie, și cântăm *Șabes în pace*, iar mama își acoperă chipul și se roagă. Pe masă este fața de masă apretată, pe care o călcasem chiar eu cu o zi înainte, și singurul nostru set de farfurii bune. Un loc din capul mesei este pentru unchiul Duvid. Săptămâna aceasta este rândul lui să vină de *Șabes* la noi, de vreme ce nu mai avem un tată care să rostească *kiduș*[2]-ul pentru noi când se întoarce acasă de la *șul*.

— Mama, putem să ne jucăm afară până când se întorc bărbații de la *șul*?

— Bine, dar să vă întoarceți la timp.

Leah și cu mine o zbughim pe ușă afară. Iehezkel e deja în curte, așteptând să vină cineva să-l ducă la *șul*, și mai mult ca sigur că domnul Birnbaum, tatăl lui Shmuel, o să-și facă apariția, îi va oferi mâna stângă, căci de dreapta deja se ține Shmuel, iar cei trei vor urca împreună treptele ce duc la *șul*-ul lui Waldman. Ghitta și Lili sunt și ele afară. Ne așezăm în cerc, nu înainte însă de a fi curățat băncuțele, ca rochiile noastre frumoase de *Șabes* să nu se murdărească. Un apus delicat coboară peste noi, iar lumea este colorată toată în violet și albastru.

— Hai să mergem iar la familia Goldbaum, spune Ghitta.

— Nu, că nu le place, zice Lili. Ultima dată s-au supărat tare pe noi.

— O să ne pitim bine, nu te teme! Vreau doar să mă uit, zice Ghitta.

---

1. *Blech*: protecție de tablă care se pune peste zona de gătit a plitei, în ziua de Șabat. (N. a.)

2. *Kiduș*: rugăciune recitată înainte de a bea vin de *Șabes* sau la anumite sărbători evreiești. (N. a.) În ebraică, *kiduș* înseamnă literalmente sfințire, sanctificare.

Ne privim și chicotim.

— Bine, ne spune Lili.

Fugim la casa familiei Goldbaum și găsim un loc în tufișuri, unde domnul Goldbaum nu ne poate vedea. Râdem pe înfundate în palme, în vreme ce domnul Goldbaum se apropie de casă. Storurile de la fereastra mare nu sunt trase până jos. Din ascunzătoarea noastră îl vedem cum deschide ușa și strigă: „*Șabes* în pace, draga mea!" O vedem pe doamna Goldbaum ridicându-se de pe canapea și zâmbindu-i și, într-o clipită i se aruncă în brațe. El își trece o mână pe după talie, cu cealaltă îi prinde mâna și valsează în jurul mesei, cântând imnul[1] care îi invită în casă pe îngerii de *Șabes*. Îi văd ochii lui, care nu se dezlipesc de-ai ei. Ea nici nu clipește, nici nu-și întoarce privirea de la el. Parcă s-ar topi unul în altul, până când sufletele le-ar deveni unul. Suspin. El o răsucește. Chiar dacă i-am văzut așa și înainte, tot rămânem cu gurile căscate. Când se opresc din dansat, ea aduce la masă sticla de vin, iar noi ne trezim din reverie.

— Leah, trebuie să mergem acasă, nu-i putem face să ne aștepte, îi spun eu.

— Bine, zice Lili.

Ne târâm încetișor din tufișuri și o zbughim spre casă.

Leah și cu mine mergem acasă împreună și spre norocul nostru ajungem la ușă odată cu unchiul Duvid și cu Iehezkel. Mamei nu-i place s-aștepte după noi. În fiecare zi mă rog ca Duvid să nu se însoare curând. Acum doi ani, când s-a însurat, unchiul Tzadok și-a pierdut orice interes față de noi și, desigur, n-am mai venit nici în serile de vineri. Am plâns ore la rândul când s-a întâmplat asta.

---

1. Este vorba despre cel mai cunoscut imn – *Șalom Aleihem* –, cântat vinerea seara, la cina de Șabat, când se adună întreaga familie. Este imnul care invită îngerii păcii.

Duvid cântă imnul care-i invită pe îngeri în casa noastră și mama zâmbește și aduce la masă vinul și *coilici*-ul, din care ies vălătuci de aburi. Îmi plouă în gură și stomacul îmi ghiorăie. Ne spălăm pe mâini și Duvid taie *coilici*-ul, care este atât de fierbinte, că în primul minut nici nu putem pune mâna. Înmuiem bucățile în uleiul cu usturoi. Mama scoate peștele umplut, și *hrein*[1], și maioneză, apoi avem și supa aurie de pui. Cât mama ne servește felul principal, Duvid cântă un cântec de *Șabes*.

Binecuvântat este Cel preaputernic
care Ne-a dat odihna
pentru liniștea sufletelor noastre –
de la nenorociri și suferințe;
Iar El va căuta Sionul
orașul năpăstuit,
Câtă durere mai este
pentru un suflet care suspină?[2]

Reușim să facem loc și puiului cu *kugel* de cartofi care urmează. La desert, mama aduce un minunat ștrudel cu mere și taie câte o felie pentru fiecare. Merele sunt tăiate foarte fin și pudrate cu zahăr, iar aluatul e moale și subțire. Pe fiecare farfurie pune și câte o lingură de înghețată

1. Pastă condimentată din hrean ras. (N. a.) Este un condiment obișnuit pentru preparatele din carne și pește în bucătăriile din Europa de Est și Centrală. *Chrain* provine din idiș, care este, la rândul său, un împrumut din limbile slave.

2. Baruch El Elyon este un *piyyut* (poem liturgic care se intonează, se cântă sau recită la sărbători) atribuit lui Baruch ben Samuel din Mainz (c. 1150–1221). În comunitățile de evrei ashkenazi este un *zemer* (imn intonat în ebraică sau aramaică, dar uneori și în idiș sau ladino) care se cântă la prânzul de Șabat.

făcută în casă, iar vanilia cea albă și cremoasă se topește peste felia de ștrudel. Nu știu cum se face, dar avem mereu loc în stomac pentru un ștrudel cu mere. Mama aduce la masă și niște nuci, și am stat mult după ora noastră de culcare, descojindu-le cu spărgătorul de nuci și vorbind de toate și nimic.

13

AUSCHWITZ, IUNIE 1944

Aveam dreptate
când ziceam:
„Sunt foarte nenorocit!"

Psalmii, 116:10

Mă trezesc cu fruntea plină de broboane de sudoare. La început nu știu unde mă aflu. E umed și întunecos, dar, pe măsură ce ochii mi se adaptează la lumină, îmi amintesc. Evenimentele de ieri mi se rostogolesc în minte, iar eu le dau la o parte. Mă uit la scândurile de lemn de deasupra mea, și la cele șapte fete slabe-moarte din stânga mea, și la cele șapte din dreapta. Sunt atât de înghesuite una-ntr-alta. Îmi duc mâna la frunte să-mi șterg transpirația și suspin adânc în clipa când îmi simt capul ras. Mă simt dintr-odată de parcă aș fi dezbrăcată. Capul meu nu e făcut să stea dezgolit. O senzație familiară de panică îmi prinde gâtlejul precum o gheară. Pe frunte îmi cade o nouă picătură, mă uit în sus și văd că din scândura de lem de deasupra picură un lichid.

Respir încercând să-mi temperez spaima, dar mirosul mi se face nod în gâtlej și-mi vine să vomit. Îmi forțez stomacul să se liniștească. Una dintre fetele din dreapta mea se foiește, deschide ochii și vede că mă uit la balta de lângă mine.

— E totul în regulă, micuță Crasna, îmi spune ea. Probabil sunt lăturile cuiva de deasupra.

Îmi curăț îngrozită mâna pe o porțiune de lemn uscat de lângă mine.

Dar nu am timp să mă gândesc prea mult la acea scurgere pentru că se aude un fluierat puternic și ușa se deschide, dând la iveală o lumină palidă, cenușie, și o femeie masivă în uniformă. A sosit Eidy, femeia cu minciunile răutăcioase.

— Trezirea, strigă ea, în vreme ce-și lovește una de alta palmele uriașe.

Se ridică repede și celelalte fete, iar raftul nostru mic devine haotic când fiecare dintre noi se opintește să coboare.

Leah sare de pe patul de deasupra mea. Aproape calcă pe piciorul cuiva care iese de sub patul cel mai de jos. Nu-mi dădusem seama că până și pe podea se dormea, de parc-ar fi fost tot un prici. Camera e ticsită cu trupuri. E cenușie și înghesuită – par să fie cel puțin o mie de fete în jurul meu.

Ne îndreptăm spre câteva găleți cu un lichid maroniu aflate în mijlocul încăperii.

— E micul-dejun. De fapt, nu tocmai micul-dejun, ci ceea ce ei numesc cafea. Are gust de noroi, însă bea cât de multă poți, îmi spune una dintre fetele cu care împart priciul.

Cafeaua-noroi e dată din mână-n mână în gamele din care bem cu rândul. Aștept la coadă până când fata de lângă mine se întinde și apucă gamela cu cafea. Mi-o pasează, după ce ia repede o înghițitură. Limba mi se lipește de cerul gurii, iar degetele îmi tremură nerăbdătoare. Duc gamela la buze. Aproape că uitasem senzația de lichid ce-ți curge printre buzele strânse și se-adună-n gură precum un izvor. Gâtlejul meu așteaptă un lichid care să ostoiască setea, dar izvorul are gust de noroi, exact cum îmi spusese fata. Cu toate acestea îl înghit și-l simt cum călătorește prin trupul meu până în stomacul pe care îl umple nițel. Pun gamela în mâinile lui Leah, care așteaptă tremurând.

Lângă Leah stă o fată înaltă, numai piele și os. Arată ca o fetiță de cinci ani care a fost trasă și-ntinsă. Pe craniul ei emaciat se vede un puf blond, și are ochii mari și verzi. Buzele sunt singurele părți ale trupului ei care par să mai dețină un strop de grăsime. Mâinile îi atârnă ca lipsite de viață pe lângă trup, iar când Leah îi dă gamela nu schițează nici un gest că le-ar ridica s-o apuce. Mă aplec, iau gamela din mâna lui Leah și i-o duc fetei la buze. Suge lichidul, trăgându-l în gură. Câteva picături îi curg pe bărbie – le prind cu degetul și i le bag în gură. Ai zice că e o căprioară rănită, și știu pe dată că am să îi port de grijă.

— Cum te cheamă?

— Bailu, Bailu Turnover.

— Eu sunt Rozi Greenstein, iar ea este sora mea, Leah.

Leah schițează un zâmbet slab.

— Turnover? zice Hanki. Te știu din Satu Mare.

— Liniște! Ieșiți afară și alinierea, strigă Eidy.

O ascultăm și ne precipităm repede pe ușă. E primăvară, dar soarele încă nu a răsărit, iar aerul dinaintea zorilor e rece. Leah tremură ca varga-n vânt. Uniforma noastră nu are și lenjerie, și este atât de subțire.

— Alinierea! Alinierea! zice Eidy și pare înspăimântată. Alinierea, porci smintiți, alinierea!

— Femeile acelea în uniformă sunt din SS, îmi șoptește Bailu, care e lângă mine. Sunt naziste. Ține-te departe de ele.

— SS, naziste, repet eu.

— Da da, șșșșș... Acum trebuie să fim stană de piatră.

Ne aliniem în rânduri de câte zece. Cerul e întunecat, dimineața nu dă semne că s-ar apropia, iar pământul e noroios. Stau lângă Leah și Bailu și tare aș vrea să îi mai spun ceva lui Bailu, dar exact când întind mâna ca s-o ating pe-a ei, una dintre femeile din SS vine spre noi. Toată lumea stă băț. Încerc să nu tremur sub privirea dură, de piatră a femeii și mă uit fix la ceva drept în față. Ofițerul mărșăluiește dintr-o parte în cealaltă a rândului nostru, iar nazista numără. Ne numără și Eidy.

Mă doare stomacul de foame, iar picioarele îmi sunt moi ca piftia, dar nu mă clintesc nici un milimetru. Răsare soarele și se face cald, și acum este dificil să respiri, dar nu mă clintesc. Mă dor picioarele și sunt atât de slăbită, dar nu cutez să mă mișc. Transpirația îmi curge de pe capul ras și-mi intră în ochi, și încerc să clipesc ca s-o dau la o parte. Picioarele abia dacă-mi pot susține trupul drept, dar mă concentrez din răsputeri și-mi încordez mușchii ca să sprijine oasele să nu se prăbușească.

Un soldat se apropie de rândul nostru. Mărșăluiește plin de importanță. Ne numără din zece în zece.

— Șase! spune el și trece de mine.

— Șapte, după ce trece de Leah.

— Opt, după ce trece de Hanki.

— Nouă, după ce trece de Bailu.

— Zece, după ce trece de următoarea fată, care este și mai scundă decât mine.

O trage afară din rând și un alt ofițer SS vine și o conduce spre un grup de fete care așteaptă mai la o parte. Mă întreb unde se duc.

Timpul se oprește-n loc, lăsând în urma sa doar agonia. Stomacul ghiorăie, apoi nu mai scoate nici un sunet, de parcă s-ar fi dat bătut. Tremur din fiecare celulă a corpului. Privesc în jur fără să-mi mișc capul. În fața mea sunt rânduri de fete în uniforma scurtă, albastră. Sunt rânduri de fete în dreapta și-n stânga mea. Toate au capetele rase. Toate stau drepte, fără să se miște. Nu știu de ce stăm așa. Oare în ce ne-am transformat?

Într-un târziu, tot acel proces se termină. Nemții suflă în fluiere și toată lumea se împrăștie. Eidy vine la noi.

— Unde se duc? întreb eu, arătând spre fetele care au fost date mai deoparte, și care sunt păzite de o femeie din SS.

— La camerele de gazare, răspunde ea. La moarte. Nimeni nu iese viu de aici. E inutil să gândiți altfel. Să nu vă faceți speranțe deșarte, ați înțeles?

Până să răspund, lângă mine apare o nazistă. Poartă un costum bleumarin la două rânduri de nasturi, cu o fustă care îi ajunge până sub genunchi. Mă apucă violent de ceafă.

— La ce stai aici ca un porc leneș? E de muncă aici pentru tine.

Îmi dă drumul și le adună în jurul ei pe fetele de lângă mine. Parcă i-a tras cineva pielea de pe față-n jos și-a lăsat-o apoi să atârne. Are cearcăne adânci și obraji căzuți. Îi tremură de furie.

— Urmați-mă!

Când ajungem la muncă, îmi dau seama că nimic nu s-a schimbat față de cărămidărie. Aici cărămizilor le-au luat locul bolovani de ciment. Mai mulți soldați, bărbați și femei, stau lângă morman și răcnesc tot soiul de ordine. Trupul meu știe acum ce are de făcut. Iau cimentul și merg de-a lungul câmpului.

Eidy vine să ne ia de pe câmp când soarele începe să apună. De-acum nu mai pot gândi. Munca de aici e mai grea pentru că nu am mâncat nimic toată ziua. Inima îmi bate cu sălbăticie.

— Veniți! spune Eidy.

Soldații ne lovesc cu bastoanele de cauciuc ca să ne așezăm cât mai aliniate pe rând. Suntem cinci pe câte-un rând, cinci, după cinci, după cinci. Pornim în marș spre barăci.

Când ajungem la barăci, Eidy iese din încăpere și apoi se întoarce cu o bucată de pâine neagră. Pe-o parte e puțină margarină.

— O parte din pâinea asta este pentru dimineață, spune ea. Nu o mâncați pe toată acum.

Toate membrele îmi tremură. Eidy îi dă fiecărei fete o mică porție din pâine. Îmi pune pâinea în palmă și cu o mână tremurătoare bag un dumicat în gură. Încerc să păstrez și pentru mai târziu, dar apoi îmi vâr toată bucata-n gură.

— Am să vă arăt acum unde sunt băile, spune ea.

Nu avusesem nevoie la baie toată ziua pentru că nici nu mâncasem, nici nu băusem nimic.

Ne ținem după ea afară. La câteva clădiri de baraca noastră este o construcție de cărămidă, lungă și îngustă. Înăuntru – un rând de găuri, una lângă alta, deasupra cărora să te poți ciuci. Nu e nici pic de intimitate – doar aer, acolo unde ar fi trebuit să existe uși. Stăm la coadă să ne facem nevoile. Când ne întoarcem, văd un soldat SS care însoțește un grup de femei. Nazista râde-n barbă.

— Astea au fost medici! ne anunță Eidy.

Femeile privesc în gol.

— Nu-i așa? întreabă ea.

— Da, răspunde una dintre femei.

Nu arată ca niște medici. Arată ca niște prizoniere scheletice ca mine.

— Ei bine, respectabilelor și simandicoaselor doamne doctor, spune nazista printre izbucniri de râs, acum puteți curăța toaletele.

Chipurile femeilor pălesc. Femeia din SS o împinge pe una dintre doctorițe cu bastonul, iar aceasta cade în toaletă.

— Hai, medicilor, curățați latrinele!

Femeile se îndreaptă cu capetele plecate spre latrine.

— Așa! Cu mâinile alea îngrijite, luați tot ce e în toalete și aduceți afară, apoi o luați de la capăt, până când nu mai rămâne nimic în ele.

Câteva femei din SS intră în clădire.

— Veniți să vedeți doctorițele la noua lor muncă, spune prima femeie SS.

Celelalte se uită și râd. Se uită în găurile latrinei. Au fețele roșii. Soldații SS își încrucișează mâinile pe piept și privesc cum doctorițele își bagă mâinile în dejecții, adună fecalele umede și maro și le aduc afară. Îmi vine să vomit.

Femeile din SS chicotesc și râd.

— Acum nu mai sunteți cu nasul pe sus, nu? strigă una dintre ele către o doctoriță a cărei rochie e plină de fecale.

— Haideți! spune Eidy. E timpul să ne întoarcem.

Mă întorc cu spatele la doctorițe și mă țin după fete până la baracă.

Când ajungem înapoi nu mai avem nimic de făcut. Eidy se retrage și câteva dintre noi ne strângem să vorbim.

— E o poartă care dă spre lagărul bărbaților, ne spune Hanki. Vreau să mă duc să văd dacă reușesc să-i văd pe Duvid și Iehuda. Poate că și ei ne caută. Vrei să mergi cu mine?

— Sigur, spun eu. Leah, Bailu, haideți și voi!

Ieșim din baracă. Peste tot pe jos în jurul nostru e noroi, nici fir de iarbă. Soarele e la apus și nu-mi vine să cred că de când am ajuns au trecut doar un apus și-un răsărit.

— Aveți grijă, zice Hanki atunci când ne apropiem de poartă. E electrificată. Să n-o atingeți.

Poarta să tot aibă aproape patru metri înălțime. Are sârmă ghimpată în partea de sus și mici ieșituri ascuțite, precum spinii unei tufe de trandafiri. Acea poartă, cu țepușele ei, străbătută de curent electric, este cea care ne ține captive aici.

O fată trece pe lângă noi.

— Atenție la gard, îi spun eu. Curentează!

Mă ignoră. Pe chipul ei se poate citi disperarea. Se duce direct spre gard.

— Oprește-te!

Merge mai departe, ignorându-mă. Pășește, întinde mâna și prinde gardul electric. Se agață bine de el cu degetele-i osoase, de parcă s-ar agăța de propria viață. Convulsiile îi străbat tot trupul. Se zguduie din toate încheieturile, apoi nu se mai mișcă. A murit în fața noastră, ținându-se încă de gard.

Hanki suspină surprinsă.

— O, murmură Leah.

— Dumnezeule! spun eu.

Nu pot să cred că am asistat la așa ceva.

— Poate că asta este singura ieșire... zice Leah.

— Să nu îndrăznești să spui asta! De aici vom merge acasă!

Ne întoarcem pe călcâie și ne îndepărtăm de fata moartă.

14

CRASNA, 1935
LA VÂRSTA DE NOUĂ ANI

Și soarele, ca un mire care
iese
din odaia lui de nuntă,
se aruncă
în drumul lui
cu bucuria unui viteaz...

Psalmii, 19:5

Pincas a murit în iunie, și primăvara nu a mai existat mult timp pentru mine. Avea șase ani. Înainte, iubeam primăvara, când se făcea suficient de cald să ne putem juca ore în șir afară, dar nu într-atât încât să te indispună și obosească. Mereu mi-a plăcut mirosul florilor abia deschise și al ierbii proaspăt cosite. Aerul de primăvară părea atât de viu și plin de posibilități! Dar apoi Pincas a murit în iunie, și acel iunie care a urmat a adus aer proaspăt, care mirosea exact ca cel din ziua când a murit el, și m-am temut că anotimpul va aduce din nou ceva rău. Și fiecare iunie declanșa în mine aceeași senzație apăsătoare.

Domnul Raizomovici și-a construit o tarabă specială unde să-și expună pânzeturile la târgul artizanal din piața centrală. A făcut-o din scânduri de lemn pe care le-a depozitat la noi în curte când nu a mai avut nevoie de ele. Noi ne-am bucurat să avem ceva nou cu care să ne jucăm. Pincas a fost veșnic un copil cuminte, dar când se juca era neînfricat și-și distrugea încălțările, așa că mama i-a spus să se descalțe când se prinde în câte-un joc mai năbădăios – și așa a făcut. Îmi amintesc cum și-a desfăcut tacticos șireturile și cum a pus încălțările deoparte înainte să alerge încolo și-ncoace pe scânduri. Chicotea, și râdea, și sărea, iar părul său roșcat flutura în sus și-n jos. Apoi a țipat. Mama a ieșit afară într-un suflet.

— Ce s-a întâmplat? l-a întrebat ea, întinzând brațele spre el.

— Am călcat într-un cui! s-a smiorcăit el.

Mama l-a strâns în brațe când el și-a vârât fața în pieptul ei, și l-a mângâiat, și l-a alinat cât a plâns. Când piciorul i s-a inflamat și s-a înroșit tare, l-a dus la medic, însă era prea târziu. Se infectase și a murit câteva săptămâni mai târziu. Mama a spus că l-a strigat pe tata înainte să moară. Gândul că măcar acum erau împreună m-a mai înveselit. Dar din acel moment mama nu a mai zâmbit.

Până într-un iunie, doi ani mai târziu, când se întâmplă ceva minunat, care îi readuce zâmbetul pe buze.

— Fetelor! ne strigă mama într-o dimineață, făcându-ne semn să venim lângă ea la masa unde pregătea o prăjitură *kokosh*[1]. Am ceva să vă spun.

— Ce anume? Spune-ne! zice Leah.

Ne repezim la masă.

— Vă spun vouă pentru că nu am cui altcuiva, dar este încă secret, așa că să nu-l ziceți mai departe până când nu este oficial.

— Sigur că nu! îi promitem noi.

— Care-i vestea? întreabă Leah.

---

1. Ca o *rugelah*, dar mai bună. Făcută dintr-un aluat dospit care se împăturește în formă dreptunghiulară, se presară cu zahăr și ciocolată, apoi se rulează până devine tubular ca un șarpe, apoi se răsucește ca un opt și se coace. Când îl tai, ciocolata curge peste aluatul dulce și, pentru câteva clipe, înainte să termini de mâncat toată prăjitura, ești în paradis. (N. a.)

— Cineva se logodește, spune mama.

— Nu Duvid, nu? Este atât de tânăr! zic eu.

— Nu, nu Duvid.

— Pfu, zic eu eliberată. (Pe-atunci aveam nevoie de Duvid în viața noastră.) Tu? îmi iese pe gură.

— Nu, nu eu, răspunde mama.

Zeide se chinuia de nu mai știu când s-o convingă pe mama să se recăsătorească. Ea refuza de fiecare dată. Îi găsea mereu cei mai potriviți bărbați cu care să se mărite, dar ea nu accepta nici măcar să-i vadă la ochi. Pe *zeide* îl întrista asta, dar mama spune că nu va iubi niciodată pe altcineva așa cum l-a iubit pe tata.

— Nu, prostuțo! mă apostrofează Leah. Nu poate fi decât Hana.

Mama dă din cap că da, iar eu rămân gură-cască. Credeam că asta nu se va întâmpla niciodată. Poate pentru că *zeide* spunea mereu că *tante*[1] e atât de deșteaptă că ar fi trebuit să se nască bărbat. Mereu m-am gândit că și arată ca unul. Nu mi-o pot închipui pe *tante* Hana măritată.

În ziua următoare ne ducem acasă la *zeide* și o găsim pe Hana lângă un bărbat slăbănog. Pare foarte de treabă. Ea zâmbește din toată inima, și slavă Domnului că nu fâstâcește așa cum au făcut celelalte mătuși ale noastre după ce s-au logodit. Hana e neschimbată. Mama pune pe masă prăjitura *kokosh*, o strânge în brațe pe Hana și o sărută. Sosesc și unchii mei împreună cu soțiile, și pe dată casa se umple de oameni.

— Doar eu am rămas singur, zice unchiul Duvid.

— Nu-i nici o grabă, dragule. Ai doar șaptesprezece ani, îl tachinează mama.

— Cine zice ceva de grabă? îi răspunde Duvid, roșind puțin.

---

1. Mătușă. (N. a.)

Zeide vine din sufragerie cu o sticlă într-o mână și câteva păhăruțe în cealaltă. Toarnă câte unul pentru fiecare, ni le dă și spune, ciocnind cu fiecare: *L'chaim!*[1] Radiază de bucurie. *Tante* Hana logodită!

Din acel moment, aerul e plin de bucurie. Trebuie să ne pregătim de nuntă! Mama ne comandă rochii. Sunt atât de frumoase, că vreau s-o îmbrac pe a mea imediat ce e gata, dar, desigur, trebuie să așteptăm până la nuntă. Sunt dintr-un material albastru închis și au un plastron amplu în față și guler alb cu o dungă albastră. Chiar și apretate rămân foarte moi. Mama spune că li se zice costum de marinar.

În dimineața nunții mă trezesc înainte de răsăritul soarelui.

— Leah, șoptesc, azi este ziua cea mare.

Leah mormăie:

— Fugi de-aici! E încă întuneric.

— Dar azi este nunta!

Zâmbește când își aduce aminte.

— Chiar și așa, fugi de-aici până vine dimineața, zice ea, întorcându-se pe cealaltă parte și adormind la loc.

Când se trezește mama, mâncăm de dimineață ca într-o zi oarecare. Cum putem să ne prefacem că totul este ca de obicei când azi e nunta? Oare țăranul își mulge vaca? Mai deschide cineva tarabele din piață? Cum poate ca ziua de azi să fie doar pentru mine cea mai frumoasă zi, și pentru ceilalți, nu?

— Acum pot să mă îmbrac? întreb, țopăind.

Iehezkel râde.

— Te porți de parc-ai avea anii lui Iehezkel, îmi spune mama. Știi bine că mai întâi trebuie să termini tot ce ai de făcut.

---

1. Să trăim! (N. a.)

Dar zâmbește – un zâmbet larg, uriaș – și e minunat să îi vezi astfel chipul.

În sfârșit, în sfârșit a venit vremea să ne îmbrăcăm. Mângâi plastronul albastru amplu, apretat. Abia aștept să văd rochia de mireasă a Hanei. Croitoreasa a lucrat luni de zile la ea, dar e o surpriză, așa că azi am să o văd pentru prima dată.

— Să mergem, zice mama, răsucindu-i lui Iehezkel *peyos*[1]-ul în jurul degetului până când formează o buclă perfectă.

— Să mergem! spune și Leah.

— O clipă, să-ți prind florile în păr, îi răspunde mama.

Ia din glastră câteva fire de floarea miresei și le scutură de apă. Observ că s-a rujat. Îmi place când folosește un ruj atât de frumos și roz. Rupe câteva flori diafane de pe tijă și le prinde în părul meu și al lui Leah.

— Acum putem porni, ne spune ea și ne deschide ușa.

Mergem împreună acasă la *zeide*. Trecem pe lângă vecini de-ai noștri îmbrăcați în hainele lor de toată ziua și care-și văd de treburile curente, și nu-mi dă pace cum de se poate ca ei să-și vadă mai departe de corvezile zilnice în vreme ce noi mergem la nuntă!

Când intrăm, constatăm că întreaga casă a fost transformată. Hana stă pe un scaun în sufragerie. Acesta e acoperit cu dantelă albă, drapată pe margini. Și rochia ei e de dantelă. Ajunge de pe trupul ei pe jos și i se adună la picioare asemenea unui pârâu minunat. Pe rochie sunt prinse flori care parcă plutesc precum nuferii. Pe creștetul capului are un voal fin pe care-l poartă ca pe o coroană. Când intrăm, ne privește plină de strălucire.

---

1. Perciune. Aceștia sunt purtați de toți bărbații evrei ortodocși. De obicei, sunt șuvițe de pe tâmple. Evreii hasidici poartă șuvițe mai lungi, care se ondulează într-o singură buclă de-o parte și de alta a capului.

— *Mazel Tov*[1], Hana, îi spun eu și dintr-odată mă simt sfioasă în prezența ei.

— *Mazel Tov*, îmi răspunde ea și mă pupă cu foc pe obraz.

Apoi vine rândul lui Leah să o îmbrățișeze. Se încurcă puțin în faldurile ample ale rochiei.

— Iat-o pe *kallah*[2]! exclamă *zeide*.

Întinde brațele și zâmbește larg. Mai că nu țopăie de bucurie.

Nu l-am văzut niciodată atât de fericit.

— O, ce *kallah* minunată! spune imediat ce o zărește.

Își ridică mâinile în aer și adaugă:

— Ce mireasă frumoasă!

— O, tata! zice Hana, râzând.

Intră țigani, unul cu o scripcă, altul cu o muzicuță și-un altul cu o tobă. Încep să cânte și oamenii bat din palme în ritm cu ei. Leah și cu mine ne uităm la masa îmbelșugată. Ne uităm la mama, și mama râde.

— Hai, mâncați ce vreți, fetelor!

Nu așteptăm să ni se mai spună o dată. Fugim la masă. Sunt prăjiturele cu frișcă, pandișpanuri mari și pufoase și fâșii de hering pe bucățele de pască. Parcă toate felurile de mâncare se uită direct la mine. Aleg o prăjiturică portocalie cu frișcă și o bag în gură. Biscuitul se rupe pe din două și frișca îmi inundă gura. Aroma de portocală și lămâie îmi îmbracă limba.

Muzica devine mai alertă. Leah și cu mine ne răsucim și ne tot răsucim. Din ce în ce mai mulți oameni se strâng în sufrageria cea mică a bunicului meu. Și când ai impresia că nu mai este loc să intre nimeni, mai apare cineva și casa

---

1. Literal, înseamnă noroc, dar este folosit și pentru a felicita pe cineva. (N. a.)

2. Mireasa. (N. a.)

parcă se mărește. Doamnele sunt toate îmbrăcate frumos și se duc să stea cu Hana în sufragerie. Bărbații stau cu Mendel, mirele, în camera de zi. Muzica e și mai rapidă acum. *Zeide* și tatăl lui Mendel îl iau pe mire de câte-o mână. Bărbații din sat pășesc în spatele lor, bătând din palme în timp ce înaintează spre sufragerie pentru a o întâmpina pe Hana. Fug repede lângă Hana ca să pot vedea tot. Mendel pășește spre Hana, care o ține strâns de mână pe *bobe.* Hana parcă e gata, gata să explodeze de fericire. Mendel se apropie și se-ntinde să-i ridice vălul de pe chip, șoptindu-i ceva la ureche, care pare s-o fi luat prin surprindere, căci Hana își ridică fața spre tavan, râzând.

Ieșim și ne îndreptăm spre *hupa*[1], sub cerul ca de catifea și stelele care ne înconjoară. În muzica țiganilor, Mendel se apropie de altar, cu *zeide* într-o parte și cu tatăl său în cealaltă. Mama are ochii în lacrimi și buzele ei șoptesc ceva. Hana stă lângă Mendel; cineva citește o grămadă de cuvinte apoi el calcă pe pahar.

— *Mazel Tov!* strigă toată lumea.

Și sunt cununați!

Mai târziu rămâne doar familia și mâncăm în casă. Toți au ocazia să danseze cu Hana, mai puțin Iehezkel, care a adormit pe două scaune trase unul lângă celălalt. După ce dansez cu Hana, o iau pe Leah de mână și ne învârtim prin cameră. Muzica îmi dă o senzație de amețeală și mi-aș dori ca picioarele să ni se desprindă de podele și să zburăm de colo-colo prin încăpere. Camera, când mă învârt, se mișcă în jurul meu în mici decupaje: țiganii care dansează cu scripca lor într-un colț al camerei, deserturile de pe masă, Hana dansând cu *bobe*, chipul lui Leah. Toate îmi trec fulgerător

---

1. Baldachin special pentru nunți. (N. a.)

prin fața ochilor. Dintr-odată Leah mă trage prea puternic și cădem pe jos într-un șir de chicoteli.

După ce marea majoritate a musafirilor au plecat, *zeide* dansează cu Hana și apoi îl ia pe Mendel de mâini și i le așază pe umerii Hanei. Mendel pare un pic dezorientat la început, dar apoi o conduce încet pe Hana prin cameră. Se uită unul în ochii celuilalt, iar Mendel o privește cu atâta tandrețe pe Hana, de parcă ar fi singurul om de pe lume.

Mama râde puțin.

— Viața merge înainte. N-aș fi crezut, dar așa este!

Ne uităm tăcuți la Mendel, care dansează prin cameră cu Hana, la viața lor care tocmai începe.

15

AUSCHWITZ, IUNIE 1944

Cerurile
sunt ale Domnului,
dar pământul
l-a dat fiilor oamenilor.
Nu morții laudă pe Domnul
și nici vreunul din cei ce se coboară în locul tăcerii,
ci noi, noi vom binecuvânta pe Domnul,
de acum și până în veac.
Lăudați pe Domnul!

Psalmii, 115:16–18

Mă trezesc în dimineața următoare în sunetul strident al unui fluierat. Femeile se rostogolesc de pe priciuri și se îmbulzesc, călcând una peste alta, ca să-și ia porția de cafea. Mă strecor și eu jos de pe prici și mă uit la cel de sus, după Leah. O privesc cum deschide ochii și văd cum pe chip îi revine amintirea zilei de ieri. Se forțează să coboare de pe prici și ne alăturăm cozii la cafea. Mergem spre centrul încăperii, unde Eidy așteaptă cu un bol în mâini. Baraca este maro închis, precum o temniță. De jur împrejurul meu umblă de colo-colo fete numai piele și os.

— Nu-mi vine să cred că toate astea chiar se întâmplă, zice Hanki cât așteptăm ca bolul cu lichid maro să fie dat din mână-n mână.

Nu știu ce să îi răspund. Privim în tăcere cum grupul de fete trece prin fața noastră, spre coada la cafea. O văd pe Bailu, care pășește încet, ca-ntr-un vis.

— Uite-o pe Bailu. Bailu, vino lângă noi, strig eu spre ea.

— Am vrut să-ți spun ieri, dar am uitat, zice Hanki. Îi cunosc familia lui Bailu din Satu Mare. Erau cei mai bogați. Bailu n-a muncit o zi în toată viața ei. Probabil că toate astea sunt mai cumplite pentru ea decât pentru noi.

— În cazul acesta, trebuie să avem grijă de ea, spun eu.

— Vom avea.

— Vino, Bailu, și mă apropii de ea de parcă ar fi un pisoiaș care trebuie ademenit.

Bailu se strecoară între noi, mișcându-se în continuare ca în transă. Când ajunge la noi bolul cu cafea, i-l duc la buze.

— *Zeilappell!*[1] Apelul! Afară! spune Eidy.

Să fiu sinceră, ea pare mai înspăimântată decât noi. Bănuiesc că e bătută dacă nu reușește să ne controleze.

Stăm afară ore întregi, cum am făcut și cu o zi înainte. Soldații trec printre rânduri călcând apăsat și ne numără iar.

— Unu, doi, trei, patru, cinci, unu, doi, trei, patru, cinci.

E ceva foarte umilitor în felul în care suntem numărate, precum vitele. Câteva fete se prăbușesc pe jos, și sunt trase deoparte. Mai târziu văd cum sunt înghesuite într-un camion.

După ce termină cu apelul, o femeie din SS ne organizează cu bastoanele în rânduri de câte cinci.

— Alinierea! Alinierea! strigă ea.

Printre toate gândurile care-mi trec prin cap se naște și întrebarea dacă n-o fi luând-o durerea de cap de la atâta zbierat.

— După mine! Mai repede!

Ne conduce până la un spațiu deschis în mijlocul căruia este un morman de bolovani. Mai mulți soldați din SS,

1. Apel zilnic al deținuților din lagărele de concentrare, deseori brutal și aspru. (N. a.)

femei și bărbați, privesc. Alte grupuri de prizonieri care ajunseseră acolo înaintea noastră lucrează deja la pietre.

— Ascultați aici, porcilor! Luați ciocanele astea și sfărâmați bolovanii, apoi puneți-i în grămada de colo. La treabă, acum! *Schnell!* De ce vă ia atât de mult?

O apucă pe-o fată și-o îmbrâncește spre morman. Fata se împiedică, iar femeia din SS o izbește puternic de pietre.

— *Schnell!*

Alergăm spre morman și luăm ciocanele mici împrăștiate peste tot pe jos. Soarele deja e sus pe cer și mă orbește. Când ridic ciocanul și crăp unul dintre bolovani, transpirația îmi șiroiește de pe țeasta cheală. Nu se clintește. O femeie din SS se apropie de mine din spate și mă lovește peste spinare.

— Muncește mai cu putere, prizărito! Vrem doar fete care pot munci!

Își duce arma într-o parte. Respir adânc, ridic ciocanul până deasupra umărului și lovesc cu putere bolovanul. Se ivește o crăpătură subțire ca un fir de păr. Verific dacă femeia din SS continuă să se uite ce fac. Dar ea deja lovește pe altcineva. Suspin și ridic iar ciocanul până deasupra umărului. Lovesc direct crăpătura, care de-abia ce se mai cască puțin. O izbesc încă o dată și o bucățică, nu mai mare decât degetul meu, sare pe pământ. O ridic de parcă ar fi un diamant și-mi sumețesc rochia ca s-o pot ține acolo. Afară parcă ar fi cincizeci de grade și nu adie nici cea mai firavă briză.

Câteva ore mai târziu continuăm să spargem bolovanii în pietricele cât mai mici. Femeia din SS nu se mai vede, probabil s-a dus să mănânce de prânz. Îmi simt stomacul de parcă ar fi fost eviscerat. Mă uit să văd cine e pe lângă mine și-mi dau seama că în cercul mic în care ne-am strâns sunt fete de la mine din sat. Imediat lângă mine sunt Lili Lieberman și sora ei, Reizi, lângă care s-a ghemuit Ghitty Stein. Chani Raizomovici adună pietre lângă Leah, iar Razel

Sternweitzel lovește un bolovan, în timp ce transpirația îi curge pe capul ras și pe chip. Sunt cele mai bune prietene ale mele din copilărie. Mă opresc din izbit piatra și le cercetez chipurile. Arată atât de diferit chele, de mai că nu-ți vine să crezi că ar fi aceleași persoane. Reizi pare mai mare fără părul ei negru des, care îi încadra fața cu o încrengătură de șuvițe crețe. Ochii ei întunecați, de culoarea alunei parcă, sunt mai mari acum, dar buzele i-au rămas tot roșii și pline. Ghitty, mai scundă decât Reizi, e mlădioasă precum o salcie, dar tot e cu câțiva centimetri mai înaltă ca mine. Avea părul galben-pai, dar acum nu a mai rămas nici urmă din el. Chiar și acum e frumoasă ca-ntotdeauna. Chani arată puțin caraghios fără cozile ei împletite, lungi, care îi mai mascau roșeața din obraji. Pomeții i se conturează proeminenți când își mușcă buza fără oprire. Toate sunt înalte, bine făcute, cu umeri lați și șolduri puternice. Eu sunt cel puțin cu un cap mai scundă ca ele și fata cu care împart priciul a avut dreptate, sunt deja o *muselmann*[1].

Lili își pune mâna pe umărul meu.

— Nu fi atât de tristă, Rozi, îmi spune ea. De aici ne ducem în paradis.

Lili a fost mereu cea mai credincioasă dintre noi. Mă uit la ea. Și celelalte fete își îndreaptă atenția spre ea și dau aprobator din cap.

— E în regulă, să știi. Chiar este, continuă Lili. Simt că e ca și cum m-aș duce acasă. Nu mă mai tem. Viața noastră a fost o călătorie, și a fost minunată, dar acum am ajuns la capătul drumului.

Pare într-adevăr liniștită când ridică pietrele de lângă picioarele ei.

1. Jargon pentru numele pe care îl primeau în lagărele naziste de concentrare prizonierii care sufereau deopotrivă de înfometare și extenuare. (N. a.)

— Lumea asta de aici nu este decât pentru cealaltă, știi? Lumea asta este doar culoarul care duce la palat. Aici ne pregătim, ca să ne putem bucura de palat. Asta ne-au învățat sacerdoții noștri. Lumea care urmează este pentru veșnicie; lumea aceasta este trecătoare.

— Aștept cu bucurie să văd ce urmează. Ce fel de lume ne este rezervată, spune Ghitty,

— Probabil că vom ajunge în cercurile superioare ale cerului, zice Chani.

— Bineînțeles, intervine Lili. Știi că, dintre cei care mor, evreii se duc în cerurile cele mai de sus.

— Va fi frumos, spune Ghitty. Pacea adevărată și liniștea, și vom fi în vecinătatea lui Dumnezeu.

Soarele-mi intră în ochi și-mi încinge spatele. Sunt leoarcă de transpirație. Vreau să deschid gura și să las sudoarea să-mi picure-n jos, prin gâtlejul care e atât de uscat. Îmi ridic ochii spre cerul albastru fără nori și apoi spre prietenele mele înalte și puternice de la mine din sat și la obrajii lor îmbujorați.

— Paradisul, suspină Reizi. De aici ne ducem direct în paradis.

Fumul negru acoperă cerul precum niște valuri.

— Voi n-aveți decât să vă duceți de aici în paradis, spun eu, dar eu de aici mă duc acasă.

Toate își ridică privirea spre mine.

— Ce spui acolo, Rozi? întreabă Lili.

— Că voi puteți merge unde doriți, dar eu de aici mă duc acasă. De-acolo o să văd încotro mai departe, dar de aici, eu mă duc acasă.

Pentru o clipă nimeni nu spune nimic.

— Visezi, zice Ghitty în cele din urmă.

Lili mă bate ușor pe umăr de parcă aș fi un copilaș. Îi îndepărtez mâna cu o strângere din umeri.

— Înțeleg ce spui, Lili. Chiar înțeleg. Dar eu de aici mă duc acasă. Vedem după aceea dacă și-n paradis.

Lili scutură din cap cu tristețe. Se uită în sus la cer. Valurile s-au oprit, iar acum nu se mai văd plutind decât fâșii de fum negru.

— Rozi, fii cu picioarele pe pământ. Nu cred că cineva de aici se mai întoarce acasă. Să murim nici măcar nu va fi un lucru atât de rău, și știi asta!

— Mă duc acasă! aproape că urlu-n gura mare.

Apoi cobor vocea și zic:

— Leah, de aici ne întoarcem acasă.

Se uită la mine de parcă mi-aș fi pierdut mințile. Dar eu știu că de aici mă voi înapoia acasă.

După clipa aceasta, nu-mi mai văd prietenele niciodată.

16

CRASNA, 1937

Cât de mari sunt lucrările Tale, Doamne,
și cât de adânci sunt gândurile Tale!
Omul prost nu cunoaște lucrul acesta,
și cel nebun nu ia seama la el.

Psalmii, 92:5–6

Când împlinesc unsprezece ani – Leah are aproape zece –, mama ne duce la o croitoreasă de la care să învățăm. Lucrăm gratis pentru ea, iar ea ne învață lucrurile de bază ale meseriei și cum să facem rochii. Se dovedește că Leah nu este doar un geniu la matematică și geometrie, dar și unul într-ale croitoriei. Se așază dinaintea mașinii de cusut, iar croitoreasa îi dă o bucată mare de material gri și îi spune să facă o rochie. Leah stă la fel de nemișcată precum acele din pernița în care sunt înfipte, apoi șoptește pentru sine: „22 x 16, 17x55, 33x4". Se apleacă deasupra mașinii de cusut și, fără să mai spună ceva, se apucă de treabă. În câteva zile a reușit să facă o rochie frumoasă. Leah are mâini vrăjite. Este prințesa care a țesut aur din fân[1]. Eu nu sunt atât de pricepută. Mă uit la material și m-apucă disperarea. Cum să croiesc o rochie din ditamai bucata aceea? Mi-ar fi mai ușor să înot până în America, sau poate să învăț să zbor. Întind neîndemânatică materialul cel gri. Încerc să calculez corect. Mă înțep cu boldurile. Într-un târziu, când am terminat și probez

1. Referință la basmul *Rumpelstiltskin* (*Fata morarului*) cules de Frații Grimm și publicat prima dată în germană în 1812, în culegerea de basme *Kinder- und Hausmärchen.*

rochia, nu reușesc să o trag pe cap – i-am făcut decupajul de la gât prea mic. Cusătoreasa mă mută la călcat. Într-un colț al încăperii este un fier de călcat mare și, înainte să pot călca, trebuie să încing cărbuni cu care să-l încălzesc. Fierul de călcat e mai mare ca mine și trebuie să trag după mine până la haine toată drăcia aceea. Când termin sunt nădușită, dar și mândră foc că nu s-au văzut rochii mai bine netezite ca cele care au avut norocul să treacă pe sub talpa fierului meu de călcat.

Ucenicia noastră la croitoreasă se încheie, și primim de la familia Keller prima comandă.

Benny Keller fusese cândva învățăcel al tatălui meu. Acum o plătesc pe mama să se ducă să le gătească la ei acasă. Tatăl lui e medic, iar mama lui organizează niște petreceri grandioase. Într-o zi, când mama se întoarce de la munca ei la familia Keller, ne adună în jurul mesei pe Leah și pe mine să vorbim.

— Știu că sunteți foarte tinere și n-aș vrea să fiți nevoite să munciți din greu, dar aceasta este o ofertă pe care nu cred că e bine s-o refuzăm.

— Ce ofertă? întreabă Leah.

— Astăzi, când m-am dus la familia Keller să gătesc, doamna Keller mi-a lăudat rochia, spune mama, zâmbind spre Leah. Bineînțeles că i-am spus că mi-a făcut-o fiica mea, Leah.

— Mda, mormăie mândră Leah.

— Ești foarte talentată, nu e loc de modestie aici, spune mama serios, dar Leah roșește.

— Bine, și ce a spus? întreb eu.

— Nu i-a venit să creadă că Leah a croit o astfel de rochie la vârsta ei, așa că, înainte să plec, mi-a spus că se întreba dacă vara asta Leah ar putea merge zilnic acolo și să croiască toate rochiile de nuntă pentru ea și fiicele ei.

— Dumnezeule! Ca una dintre croitoresele acelea binecunoscute din oraș, care vin înaintea unei nunți?

— Da, ce zici de una ca asta? A spus că te va plăti binișor.

— Ce bine! a exclamat Leah. Și Rozi?

— I-am spus că Rozi calcă mai bine ca oricine altcineva și mi-a spus că are cu siguranță nevoie de ajutor pentru nuntă și pentru toate petrecerile care vor urma. Așa că a invitat-o și pe Rozi. O să fie foarte distractiv pentru voi! Are o casă mare și frumoasă și, Doamne Dumnezeule, să vedeți biblioteca, e parcă de pe altă lume. Cărți dintr-un perete până în celălalt și de la podele până în tavan.

Familia Keller e bucuroasă să ne vadă, și eu sunt bucuroasă să fac parte din echipa aleasă pe sprânceană care va ajuta la pregătirea recepției de nuntă.

— Știam că o să fii pricepută, i-a spus doamna Keller lui Leah în timp ce ea desena rochia pe care și-o dorea doamna Keller. O să arăt precum Anne Chevalier[1], suspină ea. Poți începe acum. Cinăm la 19.30 – vă rog să mâncați cu noi.

— Nu putem merge la cină, spun eu după ce doamna Keller iese din încăpere.

— De ce nu?

— Pentru că nu e koșer.

Leah își dă ochii peste cap.

— Dar ar fi nepoliticos să refuzăm cina în fiecare zi. De ce să nu stăm la masă cu toată familia și să mâncăm doar legume și fructe?

— E o idee bună.

Cât a fost vara de lungă, noi am stat în camera de cusut și am croit rochie după rochie. Fiecare dintre cele patru fete

1. Anne Chevalier (1912–1997), actriță franco-polineziană, cunoscută pentru filmele: *Tabu: A Story of the South Seas* (1931), *Black Pearl* (1934), *The Hurricane* (1937).

ale doamnei Keller are nevoie de o rochie, alte șapte rochii apoi pentru săptămâna de petreceri de după nuntă. O ajut pe Leah la cusăturile mai simple și calc totul la perfecție. Într-o seară, când deja ne pregăteam să plecăm, doamna Keller ne-a arătat biblioteca.

— Parc-aș fi-ntr-un vis, spune Leah când intrăm, și doamna Keller râde.

— Fetelor mele nici măcar nu le place să citească. Bucurați-vă de ea.

Mă uit de-a lungul pereților. Sunt acoperiți cu rafturi încastrate, din lemn de cireș, pline de sus până jos cu cărți. Mai sunt două scări de bibliotecă, o fereastră ogivală sub care se află o banchetă moale și trei fotolii uriașe de un roșu închis, în fața unui șemineu în care arde un foc liniștitor. Pe dată începem să căutăm cărți. Leah ia *Război și pace*, iar eu, *Anna Karenina.*

În seara aceea ne întoarcem acasă cu cărți în trăistuțele noastre și cu un leu pe care să i-l dau mamei.

Sunt mândră ca nimeni alta când fug cu el la mama. Acesta este cel mai bun lucru legat de munca la familia Keller. Când pâinea de pe masă ni se datorează lui Leah și mie.

În timpul liber, citesc cărți din bibliotecă. Pe cele mai multe nu le înțeleg, dar iubesc cărțile și poveștile lor. Iubesc felul în care câte o viața întreagă a trecut în cuvinte, iar atunci când le citesc, povestea de pe pagină se ridică, litere-litere, în aer, și apoi pătrunde în capul meu. Fiecare personaj reprezintă o viață care-ar fi putut fi și, odată cu ea, adevăruri, visuri, iubire și ură. *Zeide* zice că în Talmud se spune că fiecare om trebuie să creadă că întreaga lume a fost creată pentru el[1]. Chiar dacă ar fi fost singurul om care să

1. Trimitere la Sanhedrin, 37 a, 15: „Fiecare în parte trebuie să-și spună: lumea a fost creată pentru mine.“ Sanhedrinul face parte din Seder Nezikin (parte a Mișnei referitoare la „codurile“ civil și penal) și se ocupă de aspectele privitoare la jurisdicție.

se nască pe pământ, Dumnezeu tot ar fi creat această lume minunată pentru el. Parcă înțeleg mai bine asta când citesc despre viețile altor oameni. Fiecare este plină de revelație și frumusețe, și mi se pare că merită ca lumea întreagă să fie pentru fiecare om în parte.

Îi luăm pe Tolstoi și Dostoievski. Ne pierdem în paginile lor și când le terminăm, li le împrumutăm lui Lili, Reizi, Ghitty și Chani. Lev Tolstoi este, în unanimitate, autorul nostru preferat. Cărțile lui sunt suficient de groase ca să ne ajungă până la următoarea comandă pe care-o căpătăm de la familia Keller, și ne ia destul de mult să le citim. Îmi plac cărțile, dar să fiu sinceră până la capăt, nu am înțeles temele din poveștile lui. Mi-a făcut plăcere să citesc despre iubire, dar trădările nu mi-au plăcut.

Lili Lieberman a fost cea care a sugerat să începem un grup de literatură. Ne întâlnim la ea în grădină, în fiecare după-amiază de *Șabes*. Lili pregătește pepene și uneori avem și fursecuri.

Ne așezăm pe banca de lemn din grădină, făcută de tatăl ei, lângă masa de lemn acoperită cu un ștergar alb brodat tot cu libelule. Lili ține cartea. Ea este cea mai deșteaptă dintre noi și ea conduce grupul. Probabil că este și singura care a înțeles ce voia să ne spună cartea, dar ne străduim să ținem pasul cu ea.

— Așadar, *Război și pace*, spune Lili. Ați citit-o cu toatele?

Dăm din cap că da.

— Bine. Discutăm atunci ce credem despre temele din ea? Sunt atât de multe! spune Lili.

— Mi-a plăcut partea unde Pierre spune că trebuie să crezi în posibilitatea fericirii pentru a fi fericit, spune Reizi. Am rezonat cu asta. „Să lăsăm morții cu morții și, cât suntem vii, să trăim și să fim fericiți."[1]

---

1. L.N. Tolstoi, *Război și pace*, Editura Univers, București, 1985, traducere de Ion Frunzetti și N. Parocescu, în vol. 2, partea

— Și mie mi-a plăcut, spune Lili. Uneori mă întreb dacă avem voie să fim fericiți, când atât de mulți oameni sunt plecați la război. Dar trebuie întotdeauna să încercăm să fim fericiți.

— Iubeau atât de frumos! adaug eu. Atât de romantic!

— Acum, că am citit-o, de-abia aștept să mă căsătoresc și să-mi întemeiez o familie, spune Reizi.

— Și eu la fel, spun eu.

Zâmbim.

— Să sperăm că pentru noi nu va fi la fel de complicat cum a fost pentru ei, adaugă Ghitty.

Râdem. Pipăi fața de masă și-mi imaginez că e o rochie albă, mătăsoasă.

— Deși uneori, fără puțin război, nu-i rost de pace, spune Lili.

— Mi-aș dori ca lucrurile să nu se întâmple așa, răspunde Reizi. De ce nu poate fi doar iubire?

— Ce bine ar fi!

— De ce Dumnezeu n-a putut face o astfel de lume? Doar e Dumnezeu! El poate să facă orice.

— Probabil că sunt multe răspunsuri la întrebarea aceasta, spune Lili. Dar îmi place cum a răspuns Tolstoi. Unde e locul? Am îndoit pagina.

— Nu poți să îndoi paginile! Este cartea familiei Keller. Doar ți-am spus! exclamă Leah.

— Scuze, o îndrept acum.

— Nu o să mai fie la fel.

— Unde este citatul? întreabă Reizi, încercând să înlăture tensiunea care se iscase.

— Uite-l. „Tot ce putem ști noi e doar că nu știm nimic. Și asta-i încă treapta cea mai înaltă la care a ajuns

---

a 3-a, cap XIX, p. 243. Toate citatele următoare urmează această ediție.

înțelepciunea omenească."[1] Aici Tolstoi a avut dreptate. Mi-a plăcut mult. Cu cât încerc mai mult să înțeleg, cu atât descopăr că nu știu nimic. Mă depășește, spune Lili.

— Tata spunea că suntem precum o furnică pe-o frunză, contemplând de ce există mici denivelări pe suprafața ei, peste care suntem nevoiți să trecem, spune Chani.

— Îmi place, zice Lili. Știați că pe cer sunt milioane de stele, toate mai luminoase decât Pământul? Prin comparație, suntem cu mult mai mărunți decât furnicile.

Nu știam asta. Dar capul mi-a rămas la iubirea Natașei, și în fața ochilor mei, fața de masă se transformă într-o rochie frumoasă și elegantă.

---

1. Ed. cit., vol. 2, partea a 2-a, cap I, p. 88.

17

AUSCHWITZ, IUNIE 1944

Oare pentru morți
faci Tu minuni?
Sau se scoală morții
să Te laude?
Se vorbește de bunătatea Ta în mormânt
și de credincioșia Ta în Adânc?

Psalmii, 88:10–11

Plutesc pe cer. Văd pe pământ o pereche de pantofi roșii pe care vreau s-o încalț, dar plutesc prea sus în aer, deasupra ei. Îmi tot întind picioarele în jos, spre ea, dar, de îndată ce tălpile mele goale ating pământul, mă împing la loc în sus și plutesc iar. La început îmi place senzația asta de salt și de plutire și-mi ridic mâinile și fâlfâi din ele de parcă, zburând așa, când sus, când jos, aș fi o pasăre. Apoi începe să mă irite că perechea de pantofi devine tot mai mică, iar eu zbor tot mai departe de ea. Mă forțez să cobor și-mi îndrept spre ea degetul mare de la picior. Abia dacă mângâie puțin pantofii și încerc să-i agăț cu picioarele, că mă și înalț iar în aer. Zbor mai sus, și de-acolo, pe kilometri întregi, nu văd decât pământul tare și pantofii roșii. Iar mă forțez în jos, dar de data asta nici măcar nu ajung la ei, că sunt iute trasă în sus ca o marionetă. Împing nasul înainte și-mi orientez trupul în jos, ținând brațele întinse în față. Știu că dacă reușesc să ajung la pantofi, voi putea să rămân cu ei pe pământ. Plonjez spre ei, centimetru după centimetru, dar trupul meu face o rotire ca un „U" și, înainte să pot ajunge la ei, sunt iar sus în aer.

Lacrimile care mi se adună-n ochi mă înțeapă.

— Nu plânge, spune o voce de lângă mine.

Mă uit în direcția vocii și-mi dau seama că nu sunt singură. Cu cât mă înalț mai sus, cu atât sunt mai mulți oameni și pentru o clipă uit de pantofi și privesc miile de fete care zboară în sus împreună cu mine. Una dintre fete se apleacă spre mine și-mi întinde mâna.

— Nu plânge, spune ea din nou. Vino cu noi. Totul va fi bine.

Mă uit la chipurile fetelor. Zâmbesc în vreme ce plutesc în sus. Par fericite și, dintr-odată, sunt și eu fericită, iar în mine licărește un sentiment de pace profundă. Apoi mă uit în jos și pantofii, pe pământul dur, par doar o distragere a atenției, iar fericirea mea se transformă în panică. Pantofii! Trebuie să ajung la pantofi! Mă întorc dinspre fată și un ultim plonjon frenetic îmi împing încă o dată trupul în jos spre încălțări. În căderea mea, îmi intră ceva în ochi și mă uit încă o dată în sus, spre fată. Încă zâmbește, însă din ochi îi curg lacrimi. Lacrimi mari, fiecare dintre ele repezindu-se ca un șuvoi și izbindu-mi-se de față precum valurile. O ignor, încercând să mă răsucesc mai tare-n jos și în sfârșit ating pantofii și reușesc să-i prind.

Mă trezesc și din nou ceva-mi picură pe față. Eidy, *Blockälteste*, suflă într-un fluier. Camera este întunecoasă și e plină de izul acela oribil, iar pereții de cărămidă parcă se prăbușesc de jur-împrejurul meu. Fetele de pe priciul meu stau și acum cu picioarele aduse către față. Așa dorm în fiecare noapte pentru ca eu să am loc. Sunt amețită de foame. Mă trezesc încet și văd că Eidy trage niște fete brutal de pe prici.

— Afară pentru *Zeilappel*! spune ea.

Ne dăm jos repede de pe priciuri și ne ducem spre strachina cu cafea. Merg împreună cu Leah și Bailu. Suntem burdușite una-ntr-alta de fetele cu capetele rase, slabe, care trec pe lângă noi. Sunt atât de multe femei în jurul meu cu capetele rase și rochii murdare, numai piele și os, parcă se răsucesc și se rostogolesc prin fața ochilor mei. Suntem ca o adunătură de furnici pe-un pesmet, toate cățărându-se una peste alta. Pereții ca de temniță se mai strâng puțin în jurul meu și simt că mă sufoc în mijlocul lor.

— Leah, când ies de aici, mă mut undeva la munte unde să nu fie nimeni lângă mine, îi spun.

Închipuiți-vă un munte, și o casă mititică în vârful lui, și kilometri după kilometri de aer proaspăt și spațiu gol.

Leah nu-mi răspunde. Iau o gură de cafea din strachină și i-o dau mai departe ei. Bea și i-o dă lui Bailu, care i-o trece mai departe lui Hanki.

— *Schnell! Schnell!*

Femeia din SS intră în baracă pentru a ne împinge mai repede afară. Stăm aliniate, drepte precum militarii. Soldații SS trec printre noi cu chipuri reci, înăsprite. Suntem prizonierele lor. Uneori trag din rând câte-o fată și râd când o împing într-o parte.

— Știți unde se duce asta, strigă una dintre naziste.

O alta râde și o împinge pe fată la pământ. Eu mă închid în mine. Nu simt sudoarea de la subsuori, nici pe cea de pe șira spinării. Nu simt cum mă împunge stomacul sau picioarele care mă dor. Stau dreaptă precum o statuie și nu simt absolut nimic.

Termină de numărat și apoi suntem împărțite în grupuri.

O femeie din SS stă în fața noastră. Mă acoperă cu totul. Capul meu abia dacă-i ajunge la piept. Are picioare zdravene ca de elefant, însă talia îi e subțire. Are fața brăzdată de parcă cineva ar fi schițat hașuri în lut și ochii, mici și albaștri.

— O să veniți să lucrați unde vă arăt eu, ne spune.

O urmăm până la un câmp mlăștinos. Cu fiecare pas pe care-l fac, picioarele mi se înfundă tot mai tare. Sunt și alte femei acolo, care stau deja cu trupurile aplecate peste blocuri uriașe de mortar. Mută mortar în cealaltă parte a câmpului, iar oamenii care se află acolo îl mută înapoi aici. Un soldat din SS o înghiontește pe o femeie care se mișcă puțin mai încet decât restul și ea cade și rămâne prinsă în mâzga mlăștinoasă.

— Mutați astea, ne spune femeia din SS.

În fața ei este o grămadă mare de mortar. Ne ducem să luăm fiecare câte o bucată.

— Duceți-le în cealaltă parte a câmpului, zice tăios. Și repede!

Scoate bastonul și o lovește în spate pe-o fată. Când fata se împiedică și cade direct cu fața în mortarul pe care îl căra, râde.

Iau o bucată de mortar. Îmi ajunge de la genunchi până la bărbie. Pornesc. Aerul îmi rămâne captiv în piept. Cu fiecare picior pe care-l pun jos, câmpul mlăștinos mi-l prinde de parcă ar fi o cupă de aspirare și trebuie să mă răsucesc și mă mă strofoc să îl scot de-acolo. În cele din urmă ajung în cealaltă parte a câmpului și las jos mortarul. O găsesc pe Leah.

— Vino cu mine, spun eu.

— Unde?

În brațe are o cărămidă cât jumătate din ea, iar transpirația îi curge șiroaie de pe capul chel. E roșie la față.

— Nu o să supraviețuim dacă facem asta. O să murim. N-avem în trup nici hrană, nici apă, și nu putem duce mortarul pe căldura asta. Tu vino cu mine, o să ne ascundem.

Se uită la soldații SS, care ne privesc cu armele la umăr.

— Eu nu mă duc nicăieri altundeva decât unde ne cer ei să mergem.

— Leah, nu o să supraviețuiești aici.

Mută cărămida la spate și se apleacă.

— Nu fug.

Merg împreună cu ea până la capătul câmpului și apoi verific ce-i în dreapta și-n stânga. Nu se uită nimeni la mine. O iau la sănătoasa.

Una dintre fetele cu care împart priciul mi-a spus că, în fiecare zi, femeile dintr-o baracă nu trebuie să iasă la muncă. Există un sistem de rotație. Am de gând să găsesc baraca aceea din care azi nu se iese la muncă. După ce alerg câteva minute mă uit în urmă. Mă aștept să fie cineva pe urmele mele, dar sunt singură. Mă strecor într-o baracă. E goală. Pe una am tăiat-o de pe listă, încă vreo douăsprezece de verificat. Ies repede din baraca goală și intru și ies din clădiri până dau peste cea care e plină. În sfârșit, dau peste o mie de fete care stau întinse pe priciurile lor. Nu-și ridică ochii spre mine. Mă duc în colț și stau acolo până când văd prin crăpături că lumina începe să scapete.

E deja întuneric afară când mă întorc în baraca mea. Sunt năucă de epuizare. Eidy e înăuntru și trece un bol de la o fată la alta. De data asta pare că ne dau și supă pe lângă pâine. Supa arată ca nămolul. Una dintre fetele care doarme pe priciul meu stă lângă mine. Nu-i știu numele și nici nu o întreb cum o cheamă. Are ochi închiși la culoare și buni.

— Faci diaree de la supă, îmi spune ea. Așa îți vine să o mănânci, dar ascultă la mine, una peste alta, nu merită. Te umpli acum, dar mai târziu îți va fi și mai foame. Pun pământ în ea. Ăsta e motivul.

Mă uit cum bolul cu mizerie este trecut de la o fată la alta, și cum fete care arată ca niște schelete deschid larg gurile dințoase și-o hăpăie. Ia fiecare o gură zdravănă înainte de a-l da mai departe.

— Mulțumesc, îi spun prietenei mele, în vreme ce dau supa mai departe spre persoana următoare, înainte să fiu tentată să beau.

Eidy dă apoi fiecărei fete câte o bucățică de pâine neagră și o fărâmă de brânză. Mă uit la pâinea și brânza pe care le-am căpătat. Mâinile îmi tremură de nerăbdare. Sunt gata, gata să bag pâinea în gură când dintr-odată mă gândesc la mama. Suntem la micul-dejun, iar masa e bogată: pâine proaspătă, și brânză, și o salată de roșii cu busuioc.

— Nu uita să-ți mănânci brânza, ne spune mama mie, lui Leah și lui Iehezkel. O să vă țină de foame mai bine decât pâinea. Brânza are ceva special.

Râdem și înghițim brânza cu ardei iuți. Merge. Mai târziu, când toată lumea își mănâncă prânzul la școală, eu am doar castronul meu cu fructe. Brânza mi-a ostoit foamea.

Mă întorc spre fata de lângă mine.

— Ai vrea pâinea mea în schimbul brânzei?

— Vrei brânza asta mucegăită? zice, și-mi smulge pâinea din mână, lăsând în loc brânza. Facem schimb oricând.

— Mulțumesc,

Îndoi brânza, desprind o mică bucată pe care o bag în gură. Are un gust delicios.

După ce mâncăm, pornesc spre priciuri împreună cu celelalte fete, dar Eidy vine la mine și-și pune mâinile pe umerii mei înainte să ajung la pat.

— Tu, spune ea. Am nevoie de cineva care să-mi curețe camera. Hai cu mine.

Mă uit în jur. Mă întreb de ce m-a ales pe mine dintre miile de fete din jurul meu, dar nu o întreb nimic.

O urmez până în camera ei, care este doar un ungher împrejmuit cu câteva pături. Dă deoparte colțul păturii și intrăm. Ungherul ei are un pat mic, o măsuță de lemn și un covor pe jos.

— Am tăiat pâinea pentru voi. Se face o mizerie de nedescris. Curăță!

Mă uit pe jos și văd că sunt firimituri mari de pâine care se împrăștiaseră peste tot. Mă las în patru labe să adun firimiturile, în vreme ce ea stă pe pat și se uită la mine.

— Știi, toate celelalte *Blockältese* au câte-un mândru pe-aici...

Mă uit la ea în semn că o ascult, dar mi-e prea foame să vorbesc, iar cu coada ochilor văd firimiturile strălucind precum diamantele.

— ...dar nu știu ce să zic. Eu sunt fată de rabin, știai? Sunt prea bună să umblu după nădragi.

— Așa e! spun, întorcându-mă cu spatele la firimituri.

Îmi lasă gura apă. Stomacul mi s-a lipit de șira spinării, membrele devin repede numai oase, fără pic de carne pe ele. Tânjesc după firimiturile alea. Le pigulesc de pe covor cu degetele mele ostenite și slabe. Vor ajunge în gunoi, nu cred că Eidy s-ar supăra. Vreau să deschid gura, să mă așez cu burta pe jos și să le ling, precum un câine. Deschid gura. Nu pot. Nu am să mănânc firimituri de pe jos, asemenea unui animal. Nu am să fac asta! Firimiturile parcă se uită la mine. Strălucesc. Când le culeg cu degetele mele ostenite și slabe înghit saliva din fundul gâtlejului. Oi fi înfometată, dar sunt lucruri mai importante ca mâncarea, hainele și adăpostul. Încă mai am propria demnitate.

Eidy se uită la mine cum scutur firimiturile în gunoi.

— Poți pleca acum.

Mă duc la priciul meu și de epuizare abia dacă îi pot spune noapte bună lui Leah, așa că îi trimit doar un zâmbet slab. Încearcă și ea să-mi răspundă cu un zâmbet, dar în loc de asta doar îi tremură buzele.

— Noapte bună, Rozi, șoptește ea.

Mă sui pe prici lângă celelalte fete. Se întind toate ca la un semnal și-și ridică iar picioarele la piept.

— Întinde-ți liniștită picioarele, pe rând, o să facem toate la fel, îmi spune prietena mea.

— Oricum așa obișnuiam să dorm, spune fata ale cărei degete de la picioare sunt la câțiva centimetri de ochii mei. Pentru mine e o poziție confortabilă.

Știu că nu este, dar îi zâmbesc, cu toate acestea, recunoscătoare. Fata din stânga mea mă lovește la cap când se întinde și dintr-odată simt un junghi. Mereu am împărțit același pat cu Leah și acum, chiar și strivită pe lemnul ăsta oribil, mă bucur să împart patul cu femeile astea atât de amabile. Și cu acest gând oarecum liniștitor, alunec într-un somn înfometat.

18

CRASNA, 1937
LA VÂRSTA DE UNSPREZECE ANI

Căci cel nenorocit
nu este uitat
pe vecie,
nădejdea celor sărmani
nu piere
pe vecie.

Psalmii, 9:18

În ajun de Sfântul Nicolae, dăscălița Dumitru mă cheamă după ore. Stau cu mâinile la spate lângă biroul ei mare de lemn și aștept să văd ce vrea de la mine.

— Comunitatea de la școală a pregătit niște cadouri de sărbători pentru câteva familii speciale din sat, îmi spune ea.

Zâmbind larg, se întinde după birou și scoate un pachet îmbrăcat în hârtie maro și mi-l dă.

— Mulțumesc, îi spun când iau pachetul.

Ies din clădirea rece a școlii, în fața căreia mă întâlnesc cu Leah. Are și ea un pachet.

Mama desface pachetele imediat ce ajungem acasă. O catifea albastră se revarsă de sub hârtia maro de ambalat.

— Cât de frumoasă este! spune mama.

Își trece degetele peste colțurile finisate perfect și-apoi mângâie materialul moale. Albastrul se mătuiește sau lucește odată cu mișcările ei. Pentru mine numai frumos nu este. Este pomană. Și cu pomana eu nu vreau să am nimic de-a face. Uneori oamenii săraci trec prin satul nostru să adune bani pentru ei, și atunci când se întâmplă, mama îi invită mereu înăuntru, la o băutură caldă sau rece, și are mereu câțiva bani să le dea. Odată, mama a auzit un vecin spunând: „Nu te duce la casa aceea, acolo locuiește o văduvă care nu are bani", iar asta a supărat-o pe mama.

A ieșit în fugă din casă pe urmele cerșetorului și, spre surprinderea lui, i-a pus niște bani în mână.

— Nimeni nu mă va văduvi de posibilitatea de a dărui, a spus mama.

Dar pare-se că n-o deranja nici să capete. Leah ne face rochii din materialul acela.

Termină rochiile care sunt frumoase, dar numai când mă uit la ele devin arțăgoasă. Mama fredonează când le agață în dulap.

— Mâine amândouă puteți îmbrăca rochiile noi, spune ea.

— Ai făcut o treabă pe cinste cu rochiile, îi zic lui Leah după ce iese mama din cameră, dar le urăsc. Sunt căpătate de pomană. Mai bine-ar arde.

Leah ridică din umeri.

— Eu cred că sunt foarte drăguțe.

Dar ea pur și simplu nu înțelege.

A doua zi, îmbrac rochia și mă duc la bucătărie.

— Uită-te și tu ce rochie frumoasă! îmi spune mama când intru.

Eu mă simt ca și cum aș purta o mantie a rușinii.

— Aș vrea să-i dau foc rochiei ăsteia! îi spun lui Leah șoptit, ca mama să nu audă.

Câteva zile mai târziu mama mă trimite după lapte la domnul Balan. Când mă întorc sunt înghețată bocnă așa că mă trag, tremurând toată, mai aproape de sobă să mă încălzesc. Dintr-odată am o senzație stranie în stomac.

— Ai luat foc, ai luat foc! strigă Leah.

— Vai de mine! Am luat foc!

Dau buzna pe ușă afară și mă arunc cu burta direct pe pământ, iar flăcările se sting cu un foșnet slab. Mă întorc pe spate și Leah aleargă să mă ajute. Încremenește. Ne uităm una la alta nevenindu-ne să credem.

— Cred că trebuie să am grijă la ce scot pe gură, mormăi eu.

— Așa zici? spune Leah și rămâne cu gura căscată.

Preț de-o clipă ne privim cu aceeași uimire întipărită pe chipuri, apoi izbucnim în râs. Rochia mea are o ditamai gaura în mijloc. E arsă zdravăn.

După acea aventură, când cina e aproape pe terminate, iar eu mă simt cât se poate de confortabil și onorabil într-o rochie veche, cineva bate la ușă.

— *Zeide!* exclam eu.

Ne îmbrățișează, apoi ne așezăm toți la masă.

— Mă gândeam, zice el după ce înghite o gură sănătoasă din ceaiul pe care i-l pregătise mama, poate una din voi vrea să vină să ne țină companie mie și lui *bobe* în noaptea asta?

— Eu vreau! Mama, mă lași? Te rog! spun eu, întorcându-mă spre mama și încercând să nu țopăi de fericire.

Mama îmi zâmbește.

— Te rog, te rog, te rog! Data trecută ai lăsat-o pe Leah!

Leah nu mă contrazice. Ei nu-i place atât de mult ca mie să meargă la *zeide* și la *bobe.* Sunt convinsă că de fapt vrea să aibă tot patul numai pentru ea.

— Hai, bine, spune mama. Dar să nu uiți să-ți faci temele.

— Sigur, nu o să uităm, zice *zeide*, făcându-mi cu ochiul, pentru că uneori, când ne prindem în jocurile noastre, uităm de ele.

— Da! zic eu și dau fuga să-mi iau geanta pentru școală.

Mama îmi pune un rând de lenjerie, pijamaua și șosetele.

Ieșim din casă ținându-ne de mână și pășim în aerul rece din curte. Auzim în depărtare forfota animalelor. Copacii ne șoptesc noapte bună, însoțiți de susurul râului. Îmi plac nopțile; ai zice că sunt o lume secretă din care în sfârșit fac parte. Satul pare pustiu în această noapte, iar noi, singurii oameni din toată lumea asta mare.

— Rozi a mea, spune bunicul, zâmbindu-mi.

— *Zeide* meu! îi răspund, și fac leagăn din mâinile noastre împreunate, mișcându-le înainte și-napoi.

— Știi că sunt foarte mândru de tine, nu?

— Serios? De mine?

— De tine, da! Te așteaptă lucruri mărețe, copila mea!

Simt că-mi crește inima-n piept, mai, mai să-mi plesnească.

— Nu fac nimic special.

— Tu ești specială.

Își pune brațul pe după umerii mei și mă trage mai aproape de el.

— Sunt atât de mândru că sunt *zeide* tău.

Inima mi se umflă și dă pe din afară, punându-mi pe chip un zâmbet uriaș.

— Te iubesc, *zeide.*

— Și eu te iubesc, Rozi.

Ajungem acasă la el și urcăm treptele din două-n două, așa cum facem mereu. *Bobe* ne așteaptă în bucătărie.

— Văd că a fost de acord să vină, spune ea, de parcă cineva ar fi trebuit să muncească să mă convingă.

— Îți vine să crezi ce norocoși suntem?

— Cum se descurcă Haia Neha azi?

— E bine, mulțumesc lui Dumnezeu!

— Câte o zi pe rând, zice *bobe.*

Pare tristă pentru o clipă.

— Câte o zi pe rând, repetă *zeide.*

Bobe nu este bunica mea bună, pentru că bunica mea bună a murit cu mult înainte ca eu să mă nasc, așa că această *bobe* este cea care-i ține locul. Este destul de drăguță, dar nici pe departe extraordinară cum e *zeide*, și uneori mă uit la ea, scutur din cap și mă întreb: *Cum Doamne Dumnezeule s-a însurat* zeide *meu cu această doamnă?*

Zeide se așază la masă și scoate o foiță din buzunar, o pune pe masă și o netezește cu mâna. Mă așez lângă el, îl ajut să pună tutunul pe foița pe care o rulez cu vârfurile degetelor, ca să iasă o țigară strânsă bine.

— Ai rulat-o perfect, spune el. Oare cine te-a învățat?

— Tu! Tu m-ai învățat!

— Eu? Chiar așa? Înseamnă că am fost un dascăl bun.

Râdem amândoi.

Când vine vremea de culcare, *bobe* îmi spune că pot dormi cu ea în pat. Mă spăl pe mâini și pe față în baia din spatele casei, apoi îmi pun pijamaua. *Zeide* studiază în continuare în camera din față. Dau fuga să-l pup înainte de culcare. Mă sărută pe creștet și continuă să studieze. Are o voce puternică și dulce, și cântă în vreme ce studiază.

Amar Abaye[1]... cântă el. Toată casa capătă o strălucire caldă de la cântarea lui. Mă întreb dacă există pe lume vreun sunet mai frumos. Fug în pat la *bobe* și mă cuibăresc între cearșafuri și plăpumi. Este mai moale și mai mare decât patul meu. Vocea lui *zeide* urcă, apoi coboară, uneori se oprește, murmură ceva foarte încet, apoi iar urcă și coboară. Ochii încep să mi se-nchidă, dar aș vrea să rămân trează, ascultându-l cum cântă. Simt cum alunec ușor către somn și imediat dorm buștean.

---

1. Literal, „Abaye a spus". Abaye a fost un rabin din epoca talmudică, iar Talmudul citează deseori învățăturile lui. (N. a.)

Când mă trezesc este încă întuneric afară. Aud mișcările lui *zeide* și cu ochii abia întredeschiși văd că deja s-a îmbrăcat. Se apropie de pat, mă ridică în brațe cu blândețe și-mi spune: „Șșșșș", iar pleoapele mele se zbat pentru o clipă. Mă așază cu grijă la el în pat, ca să mă lăfăi singură acolo, și mă acoperă bine. Mă sărută pe frunte. Sărutul zboară direct înăuntrul meu și strălucirea blândă mă încălzește, ca o flacără de nădejde. Iese tiptil din cameră. „*Amar Abaya*..." Cântarea începe, iar eu, când adorm la loc, sunt la căldură, și în siguranță, și într-o crisalidă de fericire.

Când deschid iar ochii, soarele deja pătrunde pe fereastră. Sar din pat și mă îmbrac repejor. *Bobe* e în bucătărie și face terci de ovăz. Mirosul dulce de scorțișoară umple întreaga casă.

— Uite-o și pe fata noastră! spune *zeide*, și se așază lângă mine.

După ce terminăm de mâncat, ieșim împreună. *Zeide* mă conduce până acasă, ca să pot merge la școală împreună cu Leah.

— Bună dimineața domnule Heilbrun, spune un bărbat când trecem pe lângă el. Văd că aveți oaspeți în dimineața asta.

— Cel mai special dintre oaspeți, răspunde *zeide*, iar eu strălucesc de bucurie. Să aveți o zi bună!

— Bună dimineața domnule Heilbrun, spune o femeie când trecem pe lângă ea. În brațe duce un bebeluși, iar găinile croncăne la picioarele ei.

— Bună dimineața doamnă Hanganu! spune *zeide*, și-și duce mâna la pălărie în semn de salut.

Mă simt precum o prințesă care merge împreună cu regele, la care toți vor să dea fuga să-l întâmpine când pornește la plimbare prin regat.

Leah ne așteaptă afară. Se repede la *zeide* și-l îmbrățișează.

— Tema e aici, îi raportez mamei, lovind ușor geanta când iese și ea afară să ne vadă.

— Bine, răspunde ea. Iar acum ați face bine s-o luați din loc până nu întârziați la școală.

Îi trimit bezele lui *zeide*. El ne face cu mâna și pornim spre școală.

19

AUSCHWITZ, IULIE 1944

Ce vei câștiga
dacă-mi verși sângele
și mă cobori în groapă?
Poate să Te laude țărâna?
Poate ea să vestească credincioșia Ta?

Psalmii, 30:9

Mă trezește bubuitul unui tunet, și pentru o clipă sunt înapoi acasă, Leah e lângă mine în pat, și plapuma călduroasă ne acoperă. Apoi când bâjbâi cu mâna după învelitoare, ca să mi-o trag peste umeri și până sub nas, amintirile se prăvălesc toate peste mine într-o clipită. Mă aflu într-o baracă, laolaltă cu alte o mie de femei. Nu am o plapumă care să-mi țină de cald. Patul meu este o scândură de lemn pe care o împart cu alte paisprezece femei. Lemnul mi-a julit tot trupul, iar mic-dejunul de astăzi va fi tot cafeaua noroioasă, și nu un terci de ovăz. Închid ochii, dorindu-mi ca toate acestea să dispară.

Ușa se deschide brutal și Eidy intră apăsat, cu o lanternă în mână. Plimbă lumina de la aceasta peste noi toate.

— Trezirea! Trezirea! strigă ea. Toată lumea afară! *Zeilappell!*

Merg spre cafea cu Bailu de mână. Arată tot mai rău de la o zi la alta. Are numai șaptesprezece ani și pare pierdută precum un copil.

— Bailu, și tu tot la cărat mortar muncești? Trebuie să fugi cu mine. Nu o să supraviețuiești dacă o ții tot așa.

— Nu, spune ea. Lucrez în fabrică. Fac arme.

— Totuși, Bailu, trebuie să fugi. Vino cu mine. În fiecare zi, câte o baracă nu este trimisă la muncă. Stau toate pe priciuri. Fă ca mine. Du-te la muncă dimineața, dar fugi imediat de-acolo și întoarce-te în baracă.

— Nu pot. Sunt la un banc de lucru. Vor vedea că lipsesc. O să mă bată, așa cum au bătut-o pe prietena mea care a întârziat câteva minute.

Bailu se scutură de groază amintindu-și de prietena ei.

— Încetați cu vorbăria! Ieșiți afară! urlă Eidy din mijlocul încăperii.

Mă uit afară. Plouă cu găleata, cerul este de un negru profund, acoperit de nori gri, repezi. Sunt îmbrăcată doar în rochia subțire pe care mi-au dat-o ei. E sfâșiată într-o parte, până sus, pe coapsă. Nu am chiloți.

Ne îndreptăm spre ușă, pășim afară, și ploaia mă izbește pe loc. Pământul gâlgâie și curge precum un râu nămolos. Nu am încălțări. Bărbații din SS sunt afară, în haine negre rigide, cu gulerele ridicate. Sunt încălțați în cizme înalte care le ajung până aproape peste genunchi, iar în mâinile cu mănuși de piele țin umbrele. Rochia mea e precum o hârtie pânzată muiată toată. Ne aliniem fără să scoatem o vorbă, exact ca ieri, și ca alaltăieri. Vântul ne biciuie și fac eforturi să mă țin dreaptă pe picioare. Bărbații din SS trec printre noi și ne numără.

— Unu, doi, trei, patru, spune soldatul când trece pe lângă mine.

O fată se prăbușește pe jos. Soldatul calcă pe ea, vârând-o mai abitir în noroi. Încerc să nu tremur din pricina frigului. Ploaia cade nemiloasă peste capetele noastre chele, îmi intră-n ochi, însă privesc drept înainte și nu-mi șterg fața. Îmi curg muci din nas, ploaia se transformă în grindină, iar cioburile agresive de gheață se lovesc de obrajii mei amorțiți, tot atâtea ciupituri câte cioburi. De sub umbrelele lor, SS-iştii îmi pare că zâmbesc atunci când rostesc deliberat de încet numărul în dreptul fiecărei fete. Ei sunt uscaţi, iar noi suntem nişte zdrenţe ude, dar nu-mi pasă.

După ce ne numără pe toate, un soldat din SS se postează în faţa noastră şi zice:

— Nu iese numărătoarea, trebuie s-o luăm de la capăt.

Aproape că pufneşte-n râs când spune asta.

Îmi ridic puţin de tot ochii spre cer. Este cenuşiu, dar, la câte ore au trecut de când stăm aici, sunt convinsă că soarele a răsărit deja. Soarele este aici, iar noi nici măcar nu-l putem vedea. Privesc în jos la lacul gâlgâitor care-mi trece agitat peste picioarele desculţe şi se duce la vale cu o viteză care m-ar putea lesne culca la pământ. Până şi apa nu vrea decât să scape mai repede de aici. Sunt amorţită din cap până-n picioare. Stau dreaptă precum o scândură, iar naziştii ne înconjoară iar.

Câteva ore mai târziu, apelul ia sfârşit. Nu lipseşte nimeni. Ploaia conteneşte, iar soarele se iveşte discret dintre norii gri, leneşi. Ai zice că cerul este precum chipul unei femei care s-a oprit în sfârşit din plâns, e epuizată, dar liniştită. Mărşăluind alături de celelalte femei spre câmpul unde muncim nici nu gândesc, nici nu simt, dar când ajungem acolo îmi amintesc unde ne aflăm. O trag pe Leah de umăr:

— Te rog, vino cu mine să ne ascundem.

— Nu ştii ce ne-ar face dacă ne-ar prinde?

— Ştiu doar ce se va întâmpla dacă stau aici şi muncesc.

— Nu pot, Rozi.

— Dar aşa nu vom supravieţui. Trebuie să mergem acasă, şi nu putem merge acasă dacă facem munca asta grea. O să murim!

Strânge din umeri şi ridică nişte bucăţi de mortar.

— Mi-e prea frică, îmi zice ea.

Mă întorc și fug către barăci. Mă ascund după clădiri. Se zvonise ieri că baraca paisprezece nu va ieși azi la muncă. Alerg printre clădiri până când o găsesc pe cea cu numărul paisprezece și mă strecor.

— Cine ești? întreabă cineva când intru.

Mă uit în sus și văd o fetiță care îmi vorbește de pe priciul ei.

— Sunt Rozi Greenstein.

— Ce cauți aici?

— Fug de muncă.

Fata se dă jos de pe prici și se apropie de mine.

— De unde ești?

— Din Crasna.

— O, eu sunt din Zenta[1], zice fata. Crasna... am o prietenă al cărei văr locuiește în Crasna. Cum o cheamă pe mama ta?

— Haia Neha Greenstein.

— Știu! Heilbrun, numele de fată?

— Da, cum de ai știut?

— O fată vorbea despre rudele ei din Crasna. E din baraca asta. Te duc la ea.

Nu-mi vine să cred.

Pornim împreună prin baracă. Mă duce la o fată înaltă, care șade pe jos.

— Ea e Rivka Heilbrun, îmi spune fata, apoi ne lasă.

— Tu cine ești? mă întreabă fata pe nume Rivka.

— Eu sunt Rozi. Rozi Greenstein. Cred că suntem verișoare. Bunicul meu a fost Heilbrun.

— Rozi? Am auzit de tine. Tatăl meu e Avraham Chaim. Cine a fost bunicul tău?

---

1. Oraș care la vremea aceea se afla în Iugoslavia, acum pe teritoriul Serbiei.

— Iehuda, ai auzit de el?

— Sigur că da! E fratele tatei. Hai, stai aici lângă mine!

Mă așez lângă ea pe podea.

— Am un *hossen*[1] care mă așteaptă acasă. Și el ne e văr.

— I-auzi! Fantastic! Cum îl cheamă?

— Ițhak. Vrei să-ți povestesc despre el?

— Mi-ar face plăcere!

Dintr-odată însă tace, ceea ce mă face să o îmboldesc mai departe:

— Cum arată?

— E foarte frumos.

Zâmbește. Și ea e frumoasă.

— Are părul blond și ochi albaștri. Ne-am întâlnit în urmă cu câteva luni. Nu l-am văzut înainte să ne aducă aici. Mă întreb pe unde o fi.

— Probabil că aici.

— Sper că nu.

— Și eu. Dar spune-mi mai multe despre el.

Zis și făcut, până când vine vremea să mă întorc în baraca mea pentru cină.

— Ce bine că te-am întâlnit, îmi spune ea, strângându-mă în brațe.

Trupul ei este doar oase ascuțite și nimic altceva.

— Și eu pe tine, vară Rivka. Ne vom revedea.

Dar nu o mai revăd niciodată.

1. Mire (în idiș, în orig.). (N. a.)

20

CRASNA, 1937
LA VÂRSTA DE UNSPREZECE ANI

Cerurile spun
slava lui Dumnezeu,
și întinderea lor
vestește lucrarea mâinilor Lui.

Psalmii, 19:1

În noaptea aceea furtuna a huruit fără întrerupere. O aud de câteva ori. Mă trezește din somn și mă uit pe fereastră la pomii zgâlțâiți de vânt și la zăpada albă care lovește pământul. Mă vâr la loc în pat, cuibărindu-mă sub pături, recunoscătoare că încă nu este dimineață. Mă trezesc când ne strigă Iehezkel.

— Rozi, Leah, mama, veniți repede!

Ne repezim toate în camera din față. El e la geam, cu mâinile și chipul lipite de suprafața înghețată. Agitate, ne grăbim s-ajungem la fereastră, lângă el, știind deja ce vom vedea. Întreaga curte este albă și sclipește. Acoperișurile, și străzile, până și coșurile de gunoi au fost acoperite de un alb mătăsos. Soarele încă nu s-a ridicat de tot pe cer, iar în atmosferă e o pace secretă. Parcă Dumnezeu a luat o plapumă din rai și-a așternut-o peste noi, ca să avem sub ce ne cuibări. Plapuma sclipește ca mii de diamante, și nimeni nu a ieșit încă pe-afară, să o strice. Pentru o clipă stăm cu toții împreună, acolo, privim la curtea liniștită.

— Ai zice că-i mană cerească, spune Iehezkel.

Mama surâde și-l ciufulește.

— Numai că mana asta nu o să vă țină de foame până la prânz, zice ea, prima care ne scoate din vraja hibernală în care ne-am prins cu toții. Ceea ce-mi aduce aminte: Rozi, du-te să vezi cum mulge domnul Balan vaca și adu niște lapte, iar tu, Leah, poți pune masa.

Nu mă deranjează să ies în frigul dimineții. Am de lăsat o mulțime de urme pe zăpadă!

Lacul, până când a venit sfârșitul de săptămână, a înghețat bocnă – salciile plângătoare se drapează peste marginile sale ca niște mămici protectoare – și a fost în sfârșit declarat sigur pentru patinaj. Leah și cu mine îl ducem pe Iehezkel la lac și începem imediat să patinăm. Nu avem patine simandicoase precum alți copii din jurul nostru, însă gheața este atât de alunecoasă, încât n-avem nici o problemă să lunecăm doar în pantofii noștri obișnuiți. Reizi Waldman mă lasă să împrumut o vreme patinele ei. Sunt albe, de piele, cu șireturi până sus de tot. Ea insistă că-i place s-alunece doar în pantofi, dar știu că de fapt vrea să le împartă cu mine. Ne dăm de jur-împrejurul lacului, iar și iar, tot mai repede, și aerul tăios mă trezește ori de câte ori schimb direcția. Abia când soarele coboară spre apus, iar vântul devine mai violent, ne amintim și noi că avem o mamă și o casă pe la care trebuie să ne-adunăm. Ne târșâim picioarele înapoi la mama, prin zăpadă, împreună. Când intrăm, ne scoatem cizmele și șosetele ude leoarcă și ne mișcăm degetele de la picioare, roșii de la frig, ca să le reînsuflețim.

— În ce hal v-au înghețat mâinile, ne spune mama.

Îi ia palmele lui Iehezkel într-ale ei și le freacă bine până când el îi spune că i s-au încălzit. Apoi face la fel cu mâinile lui Leah și ale mele. Palmele mele se dezmorțesc de la căldura celorlalte mâini, mai în vârstă.

— Putem porni focul? întreabă Iehezkel.

— Îmi pare rău, *sheifale*[1], este prea scump astăzi. Trebuie să economisim gazul pentru când va fi mai frig.

Iehezkel pare dezamăgit.

---

1. Adresare afectuoasă, care înseamnă „mielușel“ (în idiș, în orig.). (N. a.)

— Hai, să încălzim și degetele de la picioare, spune mama și îi masează picioarele.

După sfârșitul de săptămână, e vremea să mergem iar la școală, în ciuda zăpezii. Încalț cizmele groase și-mi înfășor capul cu un fular. Pe stradă, Leah se lălăie-n urma mea. Îmi vine să mănânc aerul rece, tăios.

— Așteaptă-mă! strigă Leah.

Mă întorc spre ea, și-mi aruncă un bulgăre drept în față.

— Așa carevasăzică! Am să mă răzbun! îi strig și iau un pumn de zăpadă.

Țipă și se ferește, apoi o fugăresc până la școală. Elena, o prietenă din clasa mea, stă în fața porților școlii.

— Nu e minunat? exclamă ea.

— Știi care e cel mai bun lucru când ninge? întreabă Reka, prinzându-ne din urmă.

— Că pot să-ți fac asta? zice Elena și-i strecoară Rekăi un pumn de zăpadă pe spate, pe sub haine.

Leah chicotește.

— O! E rece! E rece! E rece! E rece! strigă Reka, neputându-se opri din râsul isteric.

Se zvârcolește precum un șarpe, chinunidu-se să-și scoată zăpada de pe spinare, de sub haină.

— Și ce-i atât de amuzant? ne întreabă ea, aplecându-se să ia mai multă zăpadă și ochind-o pe Leah drept în față.

Izbucnim toate în râs.

— Serios acum, zice Reka. Partea cea mai bună când ninge e că se apropie Sfântul Nicolae.

— Ce-i așa de special cu Sfântul Nicolae? întreb eu.

— Ce-i așa de special cu Sfântul Nicolae? întreabă și Maria. Ce-i atât de special cu Sfântul Nicolae?

Scutură din cap și-și dă ochii peste cap la așa o întrebare.

— Cu ce să-ncep: pe de o parte, vine Sfântul Nicolae și aduce ciocolată. Nu e de ici, de colo.

— Multă, multă ciocolată, adaugă Elena.

— Pe care o ascunde în pantofi, spune Reka.

— De Hanuca[1], primim bani, zic eu.

— Îhî, confirmă Leah. Mulți, mulți bani. (Partea asta nu este *cu totul* adevărată.)

— Ne place ciocolata, spune Elena.

Și mie îmi place ciocolata.

După cina din seara aceea se aude cioc-cioc-cioc-ul familiar în ușă, și *zeide* intră. Fulgii de nea care i s-au prins în barbă strălucesc de parcă ar fi pulbere de stele.

— *Zeide!* exclam eu. Ai venit prin zăpadă!

— Nu sunt făcut din zahăr, îmi răspunde el. Nu mă topesc!

Se așază la masă și-și scoate foița și tutunul.

— Cu toate acestea, dacă nu mă încălzesc chiar acum, s-ar putea să înghet.

Mă așez, și el împinge spre mine foița cu mâinile înmănușate. O rulez perfect, exact așa cum m-a învățat el.

— Foarte bine, zice el, dând aprobator din cap. Cred că ai avut un dascăl de excepție la rulatul țigărilor.

— Pe tine, *zeide*! Tu ai fost ăla!

— Chiar așa?

— *Zeide*, Sfântul Nicolae le aduce ciocolată fetelor de la mine din clasă, mă reped să zic.

— Îți amintești, Rozi, că pe noi nu ne interesează? intervine Leah.

— Zic și eu așa. E rău să spui că le aduce ciocolată?

Zeide se uită la mine. Sper că nu s-a supărat c-am zis asta. Îi place atât de mult de Hanuca! Și mie îmi place. Îmi place

1. Sărbătoare evreiască cunoscută drept Sărbătoarea Luminilor (sau Sărbătoarea inaugurării), celebrată anual, în a 25-a zi a lunii kislev (aprox. luna decembrie), vreme de opt zile, pentru comemorarea rededicării Templului din Ierusalim, după victoria macabeilor împotriva monarhiei seleucide din Siria. Cu ocazia acestei sărbători, copiii primesc în dar dulciuri și bani de ciocolată.

să îl văd cum aprinde menora la fereastră și îmi place să cântăm împreună. Îmi place să joc *dreidel*[1] cu el, deși trișează de fiecare dată și ne lasă pe noi să câștigăm toate monedele. Nu vreau să creadă că nu mă bucur de timpul petrecut împreună. Totuși, ciocolata…

— Mm, ciocolată? întreabă *zeide*.

Leah și cu mine dăm din cap.

— O pune în pantofi, zice Leah.

— Hmm, face *zeide*, scărpinându-se în barbă. Poate că Sfântul Nicolae, dacă tot trece prin vecini, o să se oprească oricum și aici. Eu aș sugera să vă lăsați pantofii la vedere.

Câteva zile mai târziu, când dau să mă încalț, ceva parcă nu mă lasă să împing piciorul până la capăt. Bag mâna în pantof și scot un pachețel învelit într-o foiță argintie. Leah se încalță și ea.

— Ah! exclamă surprinsă.

Se apleacă și scoate din pantoful ei același lucru. Ne uităm una la cealaltă, și pe chip ni se ivește aceeași expresie. Desfacem foița și ne trezim în palmă c-un pătrat maro de ciocolată cremoasă. O senzație de căldură mă străbate încet. Rup o bucățică de ciocolată și-o bag în gură. Leah face la fel, iar, o clipă mai târziu, ochii i se luminează de bucurie. Ciocolata este precum un râu catifelat și dulce, dar, spre deosebire de bomboane, ascunde o aromă mai intensă, care îți rămâne pe limbă. Mi se topește în gură.

Când vine *zeide* în ziua următoarea îi dau o îmbrățișare suplimentară.

— Primul Nicolae evreu, îi șoptesc eu la ureche.

— Habar nu am despre ce vorbești, spune el și zâmbește.

Mă sărută pe frunte, și eu am încă pe limbă gustul ciocolatei.

---

1. Titirez cu patru laturi, folosit în jocuri din perioada Hanucăi. Este o variantă a sfârlezei din multe culturi europene.

21

AUSCHWITZ, AUGUST 1944

Chiar dacă ar fi să umblu
prin valea umbrei morții,
nu mă tem de nici un rău,
căci Tu ești cu mine.
Toiagul și nuiaua Ta
mă mângâie.

Psalmii, 23:4

Fiecare zi este mai toridă decât cea care a precedat-o. În fiecare dimineață stăm ore la rândul desculțe, pe pământul crăpat, înăbușindu-ne sub soarele arzător. Transpirația îmi șiroiește pe față și trupul mi-l simt ars de soare și uscat. Într-o noapte mă trezesc și văd lângă mine o pată umedă de la fecale scurse de pe priciul de deasupra. Tot trupul mi-e ca o crustă crăpată de la mizeria care s-a acumulat pe mine și care-i peste tot în jur. Dintr-odată, mi-e peste puteri să mai îndur. Nu mai pot sta murdară nici o secundă în plus. Mă ridic în fund și mă trag apoi în sus până când pot vedea pe priciul de deasupra. Dau de Leah, strivită pe jumătate de o fată înaltă. Îmi bag mâna între ele și o împing pe sora mea. Se încovrigă să se facă mai mică.

— Leah, sunt eu, Rozi. Trezește-te.

— Ce-i?

Încearcă să se ridice și se lovește cu capul de scândura care e deasupra ei.

— Coboară cu mine.

— Ce e?

— Trebuie să ne spălăm, altfel ne îmbolnăvim. Sunt boli peste tot, trebuie să ne curățăm.

Leah nu zâmbește.

— Asta te macină pe tine acum, să te cureți? Ce mai contează?

Îi privesc chipul mânjit de mizerie și noroi.

— Contează. Să ne îmbolnăvim e ultimul lucru care ne-ar mai lipsi!

— N-ai decât să te duci să faci duș. Eu mă culc la loc.

Îi prind mâna. Trei insecte minuscule i se plimbă pe încheietură.

— Hai cu mine!

— Rozi, sunt obosită. Te rog, lasă-mă să dorm.

N-am de ales, așa că o las acolo. Mă strecor afară din clădire.

Lagărul e nefiresc de tăcut. Pe deasupra clădirilor, de jur împrejur, trece o rază de lumină albă. Inima bate de să-mi sară din piept când pășesc spre construcțiile mari unde e latrina. Aud sunetul pașilor pe pământ, și parcă răsună în tot lagărul. Aproape că fac stânga-mprejur, dar apoi îmi amintesc de fetele care au murit de boli și merg înainte.

Un singur soldat din SS patrulează. Inima îmi bate tare, în ritmul cu care lumina de la lanterna lui se mișcă înainte și-napoi. Raza cea albă trece peste clădirile înalte, de cărămidă. În afară de soldat, sunt singura făptură însuflețită de afară. Sunt precum o fantomă care bântuire. Vine direct spre mine. Mă ascund după colțul barăcii. Trece de mine și respir. Mai aștept câteva minute, până când văd că s-a îndepărtat suficient, și pornesc iar. Dacă mă vede, va trage. Mă îndrept cu băgare de seamă către latrine. În jur totul este nemișcat. Ajung în cele din urmă la latrine și respir ușurată.

Aici sunt șiruri, șiruri de toalete, toate emanând mirosul dejecțiilor trupului. De partea cealaltă e un rând cu șase chiuvete. Răsucesc robinetul celei dintâi, nu se întâmplă nimic. Încerc la a doua. Cea de-a cincea merge. Apa rece se curge din robinet cu un susur. Lângă una dintre toalete este un bol cu leșie. Pusesem ochii pe leșia aia de când am ajuns aici.

Îmi scot uniforma împuțită și o pun în chiuvetă. O ud cât pot de bine apoi iau câțiva fulgi de leșie pe care-i presar pe uniformă. Îmi ud mâinile și o frec, apoi las rochia plină de clăbuci la înmuiat. Trec la trupul meu. Îmi întind leșie pe piele, mă arde un minut, dar apoi, cu mâinile făcute căuș, mă stropesc cu apă, și pișcăturile se mai potolesc. Apa e rece, dar e o adevărată plăcere pe pielea mea transpirată. Mă frec violent cu leșia, întinzând-o peste tot. Privesc apa de la picioarele mele, care se face maro, și pielea, căpătând iar culoarea piersicii. Când termin să mă spăl, clătesc bine rochia și o atârn de robinetul chiuvetei de-alături și o las să se usuce. Trebuie să rămân trează și vigilentă, așa că îmi fredonez ceva încet. Într-un târziu, uniforma este suficient de zvântată s-o pun pe mine. Mă îmbrac. Mă fofilez înapoi prin lagăr. Mă ascund după colțuri când văd lumina albă apropiindu-se de mine. Mă strecor pe prici și adorm înainte chiar ca ochii să mi se închidă de-a binelea. Sunt tot în baraca puturoasă, și stau în continuare întinsă lângă un morman de fecale, și împart scândura priciului cu mai mult de-o duzină de fete, dar sunt curată, și mă simt mai bine decât am făcut-o vreodată în ultimele săptămâni.

O dată la câteva zile mă întorc la latrine. Îmi frec trupul cât de puternic pot. Nu am tot timpul tăria să-mi spăl hainele și să aștept să se usuce, dar mereu îmi spăl trupul până când nu mai există nici urmă de murdărie pe el. De fiecare dată, înainte să ies din clădire mă uit uimită la râurile de fecale ce debordează din gaura fiecărei toalete. În cea mai murdară încăpere din lume, eu sunt curată lacrimă.

Într-o zi, Bailu se întoarce de la muncă trăsnind a benzen.

— Bailu! îi spun când se apropie de mine.

Îi simt mirosul de la un kilometru depărtare.

— Ce?

— Puți a benzen.

Ridică din umeri.

— Lucrăm cu benzen în fabrică.

— Dar de ce acum e atât de puternic mirosul?

Se uită în jos la picioare. Îi urmăresc privirea. Picioarele ei lungi și noduroase sunt înfășurate în cârpe din care curge ulei.

— Îmi țin de cald.

Vara se apropie de sfârșit. O simțim din aerul ceva mai rece al nopților. Bailu este atât de slabă, că nu se mai poate încălzi.

— Dă-mi-le, ți le curăț eu.

— Nu vreau să le pierd.

— Ți le dau înapoi, numai dă-mi-le.

Se uită în ochii mei și spune:

— Nu.

O așez pe jos și îi desfac cârpele de pe picioare. Se încordează, însă nu-mi opune rezistență. Când eram mai mică, încălțam pe toată lumea cu pantofi de dans. Le-ncălțam pe toate fetele în restul de material de la magazinul cu materiale. Le înfășuram picioarele exact așa cum sunt acum cele ale lui Bailu, doar că în bucăți de material moi, colorate puternic, nu în cârpe din care picură ulei inflamabil.

— În noaptea asta, Bailu, ți le spăl și ți le dau înapoi ca noi, mă auzi?

— Să mi le dai înapoi.

— Îți promit.

Se uită cu disperare la cârpele ei.

În noaptea aceea mă strecor în cea mai mare liniște din baracă. Verific ușa și aștept ca raza de lumină albă să treacă de mine. Pășesc prin lagărul pustiu spre clădirea cu latrine.

Nici țipenie de om pe kilometri întregi, doar paznicul singuratic cu lanterna lui și raza de lumină care face zigzaguri deasupra mea.

Ajung cu bine la baie și respir ușurată. Mă pun pe spălat cârpele lui Bailu, apoi propriul meu trup. Când termin, cârpele lui Bailu sunt impecabile. În dimineața următoare, înainte de apel, o așez pe podea și-i înfășor la loc picioarele-n cârpe. Bailu admiră cât sunt de curate.

— Nu e pic de ulei pe ele, zice ea uimită.

— Vezi? Am grijă de tine.

— Știu, spune ea, și ieșim împreună la apel.

22

CRASNA, 1936
LA VÂRSTA DE ZECE ANI

El le întocmește inima
la toți
și ia aminte
la toate faptele lor.

Psalmii, 33:15

Primăvara aduce după sine sunetul gheţurilor care se sparg și se topesc în râu. Apa rece se prelinge pe povârnișurile munților până jos, în râul pe care-l face să gâlgâie și să murmure și căruia îi dă o răcoare delicioasă. Odată cu primăvara, vine și circul la noi în sat. Numai despre asta se vorbește la școală.

— Erau elefanți și tigri cât toată curtea asta! spune Reka. Elefanții și-au ridicat picioarele uriașe până la cer, dar femeia care îi călărea nu a căzut. După care au venit niște gimnaste, li se spune artiste ale trapezului, și puteau să zboare!

— Să zboare? Cum puteau să zboare? întreb eu.

— Stăteau pe o platformă undeva sus de tot, mai sus decât, uite, fereastra aia de la etajul doi, se țineau cu mâinile de bara de la trapez și apoi au plonjat, agățate de lemnul trapezului doar cu buricele degetelor, apoi i-au dat drumul și au făcut o răsucire în aer, iar cei de la celelalte trapeze le-au prins la timp.

Mi se strânge stomacul și numai să mă gândesc la asta!

— Spune-i și despre jongler! îi zice Hannah Rekăi.

— A! Jonglerul stătea în mijlocul ringului, dar nu jongla cu mingi, ci cu cuțite lungi și ascuțite!

Eu rămân gură-cască.

— Apoi cuțitele au luat foc! zice Hannah. În mijlocul numărului, au început să iasă flăcări din cuțite.

— Apoi le-a înghițit! exclamă Reka.

— Și să fi văzut fetele care mergeau pe sârma întinsă hăt, sus pe cer. O sfoară mai subțire ca un fir de păr de-al tău. Spectatorii și-au ținut cu toții respirația – dacă ar fi căzut, ar fi murit; dar au trecut desăvârșit dintr-o parte în cealaltă.

— Trebuie să mă duc, spun eu.

— Partea ta favorită va fi, cu siguranță, dansul, zice Reka. A fost atât de frumos.

— Nu cred că evreicele se pot duce la circ, spune Hannah.

— Ai dreptate, nu am văzut-o pe nici una dintre evreicele de la școală, o completează Reka.

Știu că are dreptate, că evreicele nu se pot duce la circ. Cu toate acestea am un neastâmpăr în inimă și nu mă pot gândi la nimic altceva ce mi-aș dori la fel de arzător ca să văd reprezentația circului. Mă gândesc la circ în timpul orelor, când ar trebui să fiu atentă la aritmetică. Mă gândesc la circ atunci când spăl vasele. Mă gândesc la circ în dimineața următoare, când mă dau jos din pat, și apoi seara, când mă pregătesc de culcare. Trebuie să merg!

Nici nu mă obosesc s-o întreb pe mama. Parcă văd privirea consternată pe care mi-ar arunca-o. Dar nu-mi pot scoate circul din cap. La noroc, mă duc să îi fac o vizită lui *zeide*.

Stă așezat la masă când intru eu.

— Rozi, cărui fapt îi datorez această vizită?

Mă așez pe scaunul de lângă el.

— *Zeide*, trebuie să-ți spun ceva, zic, bâțâindu-mi picioarele înainte și-napoi.

— Orice, Rozi dragă, zice el.

— Știu că nu ar trebui să-mi doresc asta, dar chiar îmi doresc. Îmi doresc foarte tare.

— Cam așa se întâmplă de obicei, spune el și zâmbește.

Înainte să-mi pierd curajul, scot repede pe gură:

— Circul e în sat, *zeide*, și chiar îmi doresc să îl văd.

La început doar mă privește, cred că e supărat pe mine, dar nu-mi pot împiedica acele sentimente. Pendulez între dorința de a fi bună, ca toată lumea, și dorința de a vedea dansul și costumele. Mă uit la el, și inima-mi bate cu putere. Zâmbește discret, și am impresia că vede direct în conflictul deschis care se petrece în inima mea. Bagă mâinile în buzunare și scoate câteva bancnote.

— Cu astea ar trebui să-ți poți lua biletul de intrare, spune el și-mi pune banii în palmă.

N-avusesem habar că trebuie să plătești ceva ca să intri.

— Ești o fetiță atât de bună, Rozi. Distrează-te, *mamale.*

Îmi petrec brațele pe după el și îi dau o îmbrățișare uriașă, o îmbrățișare de urs. Mă strânge și el în brațe și mă mângâie pe cap, iar eu mă bucur de clipa aceea când cineva mă înțelege complet și din toată inima.

Mă duc singură la circ și mă uit la reprezentație de la început până la sfârșit. Îmi plac numerele de dans și le memorez ca să le pot exersa când ajung acasă. Îmi place fata care merge pe sârmă și artiștii trapezului, care zboară. Nu-mi place că obligă sărmanele animale să facă paradă, deși arată caraghios, iar bărbatul care dresează leul mă întristează. Când ajung acasă, dansez fără întrerupere dansurile. Țopăi de jur împrejurul curții, răsucindu-mi încheieturile și rotindu-mă.

— De ce te-a lăsat *zeide* să mergi la circ pe tine și nu pe mine? bombăne Leah.

— Tu n-ai întrebat.

Fac o piruetă spre ea.

Ea scoate limba la mine.

Cânt melodia mai tare și încerc s-o fac să danseze cu mine.

— Mă duc să învăț, spune ea.

— Bine, răspund eu și mă îndepărtez de ea în pași de dans. Dintr-odată, îmi vine o idee cum s-o fac pe Leah să simtă că face parte din asta.

— Leah, zic eu. Hai să ridicăm un circ doar al nostru! Doar cu partea cu dans.

Se răsucește pe călcâie și vine spre mine.

— Și cum facem asta?

— Îți arăt eu. Hai cu mine!

O conduc la casa lui Reizi Fishman. Tatăl ei are un negoț cu ouă, și mereu are pe lângă casă lădițe de lemn pentru ouă. Bat la ușă.

— Bună, Rozi și Leah, zice mama lui Reizi.

— Bună ziua, doamnă Fishman. Reizi este acasă?

— Reizi, au venit prietenele tale! strigă doamna Fishman.

Reizi dă fuga la ușă.

— Salut, zice ea. Mamă, ies, se poate?

Mergem în curte.

— Așadar, Reizi și Leah, încep eu, am un plan. Vreți să faceți parte din circul nostru?

— Da! exclamă amândouă deodată.

— Dar tot nu mi-ai spus cum anume o să îl facem, zice Leah.

— Din cutii de ouă! O să construim un podium.

— Foarte bună idee, zice Reizi.

— Îl rogi tu pe tatăl tău? întreb eu.

— Imediat ce-ajunge acasă.

— Și tu, Leah, mă poți ajuta cu costumele. O să le învățăm un dans pe toate prietenele noastre. Apoi o să ținem o reprezentație pentru sat.

Tatăl lui Reizi ne lasă să luăm lădițele pentru ouă, așa că le ducem la mine în curte, unde le stivuim ca să facem din ele un podium. Apoi le adunăm pe toate fetele care sunt interesate și le învăț un dans, pas cu pas. În noaptea de dinaintea reprezentației, pornim să batem din ușă-n ușă, invitând oamenii. Punem bănci și scaune pentru toată lumea. Leah face niște costume frumoase din resturi de materiale precum hârtia colorată. Fustele sunt scurte, așa că le înfășor picioarele fetelor în hârtie pânzată, ca să se asorteze. Vin foarte mulți oameni. Se așază în curte, iar noi dansăm în fața lor, și atunci când terminăm, se ridică și aplaudă, și tot aplaudă.

Reprezentația noastră se reia câteva săptămâni la rând. Apoi ne plictisim și reprezentațiile devin tot mai rare, până când uităm cu totul de ele. Odată cu venirea verii, circul pornește spre alt sat. Uit și de dorința arzătoare pe care o avusesem să-l văd. Uit de elefanți, și de omul care înghițea flăcări, și de fetele care dansau de le săreau scântei din picioare; dar, de atunci, nu am uitat niciodată cum m-a făcut *zeide* să mă simt.

23

AUSCHWITZ, SEPTEMBRIE 1944

Domnul îl sprijină,
când este pe patul de suferință:
îi ușurezi durerile
în toate bolile lui.

Psalmii, 41:3

Diminețile și serile devin mai reci. În jurul nostru nu este nici un copac, nici iarbă pe jos, și nu știu sigur, dar cred că momentul cel mai torid al verii ne-a ocolit. Tremurăm acum când stăm la *Zeilappell*, dar încercăm să nu ne mișcăm ca să nu fim scoase din rând. Toată lumea din jurul meu devine tot mai slabă de la o zi la alta. Pe Leah cea de-acum nu o mai recunosc. Ochii ei de culoarea alunei, cândva frumoși, parcă îi ies din orbite. Fiecare fărâmă a trupului pare tăios de la oase. Pomeții i s-au ascuțit, îi văd conturul oaselor pelviene și al șoldurilor pe sub rochie, ascuțite precum o foarfecă. Și Hanki a devenit un schelet. Fusese atât de frumoasă. Îmi amintesc că am fost geloasă pe ea când s-a logodit cu Duvid. Nu a fost niciodată o femeie subțirică. Avea coapse pline, iar fața-i era plină de viață și posibilități. Acum parcă a fost secătuită. Și eu probabil le par la fel. Mă tot chinui să înțeleg cum de ni se poate întâmpla așa ceva, dar foamea mi-a cuprins creierul și nu mai pot gândi. Nu mă gândesc decât la mama și la ce îi voi spune când mă voi întoarce acasă și-am s-o revăd.

Într-o zi, Eidy ne spune că se va face încă o selecție.

— Verifică numai dacă vreuna dintre voi e bolnavă, ca să fie trimisă la infirmerie, să se facă bine.

— Nu m-ar deranja să mă duc la infirmerie, îmi șoptește Bailu. Probabil că și munca e mai puțină.

— Cine știe ce se întâmplă acolo, zice Hanki.

— N-o fi mai rău ca aici, intervine Leah.

— Sau dimpotrivă, zic eu.

— Afară pentru apel! strigă Eidy.

Ieșim și ne aliniem pentru apel. Bailu stă lângă mine și arată de parcă ar fi gata, gata să dispară-n vânt.

— După mine, porci leneși! strigă o femeie din SS.

Are o față lătăreață și ochii mici, albaștri, iar părul blond îi e strâns bine într-o coadă la baza gâtului. Merge cât de repede îi permite fusta dreaptă de lână.

Mergem o vreme până când ajungem la un câmp.

Acolo sunt câțiva bărbați în uniformă cu dungi. Sunt sfrijiți și rași în cap precum noi.

— Alinierea! Am zis: Alinierea!

Ne înghiontim până ne aliniem cum trebuie.

— Dezbrăcați-vă!

Bărbații, cu mâinile la spate, privesc.

— Am zis să vă scoateți hainele! îi spune femeia din SS fetei care este prima din rând.

Fata se chinuie să-și scoată rochia, dar înainte să termine, femeia din SS o lovește cu bastonul în tâmplă, iar aceasta se prăbușește pe pământ.

— Asta se întâmplă când nu urmați suficient de repede instrucțiunile.

Ne scoatem hainele repede și așteptăm, despuiate și-n văzul tuturor. Suntem un rând de schelete vii, cu șoldurile ieșite-n afară, abdomenele, precum scorburile copacilor, și oricine ne-ar putea număra coastele.

— Nu aveți de ce să vă îngrijorați. Bărbații aceștia sunt medici și o să vă verifice pielea. Dacă aveți pe piele furuncule sau alte semne o să fiți trase deoparte ca să vă putem duce la infirmerie, să primiți îngrijiri, spune femeia din SS, făcându-le apoi semn medicilor: Veniți acum să verificați.

Medicii trec printre rânduri și ne examinează. Se apropie de noi, își trec degetele pe spatele nostru, ne ciupesc, scormonesc și ne caută de furuncule. Știu că nu am nici un furuncul. Sunt sănătoasă. Încet, încet, de cealaltă parte a câmpului se formează un nou grup de fete. Se îmbracă, apoi se așază în fund sau stau întinse pe pământ și așteaptă. Un medic se apropie de mine, iar femeia din SS face un pas în spate de parcă aș fi fost deja contaminată. Medicul mă inspectează de sus până jos, îmi pipăie obrajii și-mi deschide gura și se uită la limba mea. Apoi se duce în spatele meu și-și trece degetele peste spatele meu, oprindu-se la o julitură. Știu că nu e un furuncul, este doar o zgârietură pe care mi-am făcut-o noaptea trecută pe scândura patului.

— Este bolnavă? întreabă femeia din SS.

Te rog nu spune că sunt bolnavă, mă gândesc în sinea mea.

— Da, este bolnavă, zice doctorul.

Femeia din SS se trage mai în spate și-mi indică să mă duc în partea cealaltă.

Nu mă mișc.

— L-ai auzit! Hai, mișcă-te!

Bărbia îi tremură când arată spre celelalte fete bolnave care așteaptă. Leah stă împietrită lângă mine.

— M-ai auzit!

Nu mă mișc.

Leah îmi dă un ghiont discret.

— Nu sunt bolnavă, zic eu. E doar o zgârietură.

— MIȘCĂ-TE! HAI!

Stau pe loc, neclintită.

Femeia îl lovește pe medic cu bastonul și-i spune:

— Fă-o să se miște!

Doctorul mă apucă de subsuoară și mă duce în partea cealaltă.

Sunt acum lângă fetele care au fost considerate bolnave. Mă uit la tenul lor gălbui și la ochii roșii, înfundați în orbite.

— Locul meu nu e aici, le spun eu. Nu sunt bolnavă.

Strâng din umeri.

— Cui crezi că îi pasă dacă ești sau nu bolnavă? La infirmerie o să primim mai multă mâncare, zice una dintre fete.

— Da, poate că așa e, dar eu nu sunt bolnavă, și locul meu nu e aici. Știu ce sunt, și nimeni nu-mi poate spune contrariul.

Zicând asta, fug înapoi în cealaltă parte și mă așez lângă Leah.

— Rozi! Ce faci?

— Nu sunt bolnavă.

Femeia din SS se întoarce, încerc să-mi feresc privirea, dar mă recunoaște.

— Ce caută asta aici? urlă ea. Tu! zice, arătând spre medic. Du-o înapoi!

— Nu sunt bolnavă, zic eu.

— Doctorul spune că ești bolnavă, așa că ești bolnavă!

Și într-o clipită mă lovește cu bastonul peste umăr. Cad la pământ. Leah țipă. Bastonul mă nimerește în stomac. Nu pot să respir.

— Du fata asta în cealaltă parte!

Doctorul mă apucă iar de subsuoară și mă târăște în cealaltă parte. Până acolo mă zbat și-l lovesc. N-apucă să-mi dea drumul că imediat mă răsucesc și fug înapoi la Leah. O clipă doar stau lângă ea, până când femeia din SS mă vede iar. De-acum tremură de furie din tot trupul. Mă lovește cu bastonul peste obraz. Cad pe pământ și mă lovește peste spate. Mă doare, dar nu-mi pasă; nu mă duc în cealaltă parte. Nimeni nu-mi spune mie că sunt bolnavă, când eu mă știu sănătoasă! Încerc să mă ridic, însă mă lovește iar cu bastonul peste față. Urechile mă dor și-mi țiuie.

Doctorul se întoarce și mă târăște din nou.

Fug imediat înapoi.

— De ce-mi faci una ca asta? întreabă Leah.

Are lacrimi în ochi.

— Lasă-i să te ducă la infirmerie. O să îți dea ceva mâncare și medicamente, apoi te întorci înapoi.

— Nu sunt bolnavă, Leah! Și nimeni nu o să îmi spună că sunt, când știu că nu sunt bolnavă.

— Cui îi pasă? Nu merită!

Înainte să-i pot răspunde, femeia din SS mă dibuiește, și într-un acces de furie îl trage pe doctor din nou până la mine.

— Du-o de aici!

Iar mă târăște, dar mă eliberez din strânsoarea lui și fug înapoi la Leah. Fetele din grupul bolnavelor mă privesc cu gurile căscate, dar nu îmi pasă.

— De ce ești atât de încăpățânată? mă întreabă Leah.

Când femeia din SS vede că m-am întors, pornește cu pas mare spre mine, iar eu mă pregătesc pentru bătaia pe care mi-o va da și să fiu iar târâtă de doctor, dar apoi femeia își dă ochii peste cap și trece mai departe.

— Ha, zic eu abia auzit.

— Ești atât de încăpățânată! repetă Leah.

— E de la părul roșu.

— Care păr?

— Foarte amuzant!

— Data viitoare poți, te rog, să faci ce ți se cere?

— Nu și dacă este un neadevăr.

Leah scutură din cap, dar pe fetele bolnave nu le mai revedem niciodată.

24

CRASNA, 1937
LA VÂRSTA DE UNSPREZECE ANI

Tu faci să țâșnească
izvoarele în văi,
și ele curg printre munți.
Tu adăpi la ele toate fiarele câmpului;
în ele își potolesc setea măgarii sălbatici.
Păsările cerului locuiesc
pe marginile lor
și fac să le răsune glasul
printre ramuri.

Psalmii, 104:10–12

Zeide vine la noi după cină, și din clipa în care intră pe ușă, tușește atât de violent, încât abia dacă poate vorbi.

— *Tate*, nu sună bine deloc, ai fost la medic? întreabă mama.

— Parcă ai fi *bobe*, zice *zeide*, așezându-se la masă. Da, am fost la medic cu câteva luni în urmă. Mi-a spus că este numai o tuse.

Tușește în batistă și dintr-odată începe să se zgâlțâie incontrolabil. Batista se înroșește. Leah și cu mine ne privim cu ochii măriți de panică. Simt că mi se face rău. Știu că ceva nu este bine, dar nu vreau să mă gândesc la asta.

— Haideți, Iehezkel și Leah, trebuie să facem curat în camera noastră.

— Dar abia ce-am făcut dimineață.

— Acum e iar dezordine, le spun eu. Haideți!

Leah și Iehezkel mă urmează în cameră. Ne așezăm pe marginea patului fără a spune o vorbă. Dinspre camera din față auzim vocea joasă a mamei.

— E în regulă să mergi să te vadă un medic, știi? Te duc eu mâine. Mergem la unul bun din București.

— Nu, nu lipsi de la muncă. O să meargă *bobe* cu mine.

— Dar te vei duce?

— Da, mă duc, zice *zeide*.

Pare extenuat; vocea abia dacă e puțin mai tare de-o șoaptă.

Când ieșim din cameră și mama, și *zeide* ne zâmbesc, dar știm că doar se prefac, de dragul nostru.

— Cine vrea să doarmă la noi în noaptea asta? întreabă *zeide*.

Nimeni nu spune nimic.

— Hai, ce-i cu fețele astea atât de serioase? Arătați de parc-ar fi murit cineva! E doar o tuse caraghioasă!

Respiră șuierat, văd cum i se ridică pieptul și îmi dau seama că este mai slab ca oricând.

— Hai! Înveseliți-vă! Cine vine să doarmă la mine în noaptea asta? Leah, cred că era rândul tău, nu-i așa?

— Mă lași? o întreabă Leah pe mama.

— Da, sigur. Îți fac acum bagajul.

În ziua următoare, *zeide* o aduce pe Leah acasă și ne sărută pe toți înainte să plecăm la școală. Îl auzim când îi spune mamei că într-o oră se va duce la doctor.

— Toată noaptea a tușit, spune Leah.

— E doar o tuse! Tusea nu-i chiar un capăt de țară.

— Abia am putut să dorm.

Strâng din umeri:

— Hai să vorbim despre altceva.

Zeide se întoarce de la medic abia seara târziu, iar mama ne spune c-ar fi cazul să ne culcăm, iar ea va da o fugă până la el, să afle ce i s-a spus. Când se întoarce acasă ne prefacem toți că dormim, dar o auzim cum plânge în pat; Leah și cu mine ne ținem de mână și nu suflăm o vorbă. Adormim toți multe ore mai târziu.

Ochii mamei la micul-dejun sunt roșii, amestecă în terciul de ovăz și face o salată. Ne zâmbește obosit. Nimeni nu spune nimic pentru scurtă vreme, dar apoi Iehezkel întreabă:

— De ce sunteți așa tăcute în dimineața asta?

Mama se așază și îi face semn lui Iehezkel să vină să-i stea în poală. Îi prinde perciunii, cu care se joacă puțin și oftează.

— Medicul a spus că *zeide* e foarte bolnav.

Vorbește pe un ton egal și ciudat de calm.

— I-a prescris medicamente? Dă-i medicamentele, spune Iehezkel.

Mama scutură din cap.

— Da, va lua doctorii acasă. Dar este foarte, foarte bolnav. Și trebuie să știți asta.

Inima îmi stă în loc. Îmi dau lacrimile pe nepusă masă. Undeva, în adâncul meu, știam ce se întâmplă, dar vorbele mamei, odată rostite răspicat, fac totul prea real.

Dar el este zeide*-ul meu puternic*, îmi spun. *Nimic rău nu i se poate întâmpla. O să treacă de asta cu brio, și toți vom fi bine.*

Mergem să-l vizităm după școală. Șade pe scaunul lui din camera de lucru și se întoarce spre noi să ne privească atunci când intrăm.

Zâmbim timid, dându-ne seama că stăteam acolo cu gurile deschise, iar el chiar arată puțin fantomatic.

— Cum te simți, *tate*? întreabă mama și se apleacă să-l sărute.

— Sunt bine. Sau o să fiu bine de îndată ce nepoții mei îmi vor da o îmbrățișare.

Leah, Iehezkel și cu mine ne repezim să-l luăm în brațe.

— Haideți, să ne așezăm la masă pentru cină, zice *bobe*, trecând repede prin camera de lucru, mânându-ne pe toți spre masa de la bucătărie.

Cinăm și încercăm să ne purtăm firesc, și aproape că reușim până când *zeide* tușește cu sânge în ștergarul lui, după care devenim muți ca un mormânt.

Zeide nu mai vine pe la noi după cină, dar ne ducem noi la el. Câteva săptămâni mai târziu este prea slăbit ca să se mai dea jos din pat și se oprește oficial din munca lui de *șoihet*[1].

Orice pauză am între școală și sarcinile de acasă o petrec cu *zeide*, deși mă îngrozește să-l văd cum devine din ce în ce mai bolnav. *Zeide* mi-a fost mereu alături, iar acum a venit rândul meu să îi fiu aproape.

Într-o zi mă duc la el, iar de îndată ce intru, *bobe* îmi face semn cu degetul la gură să fac liniște.

— Abia acum a reușit să adoarmă, îmi spune ea, de parcă am fi vorbit despre un bebeluș. Are nevoie de odihnă așa că te rog să nu faci gălăgie.

— Pot să stau cu el? Nu am să scot un sunet.

Încuviințează din cap, și intrăm în camera lui.

Zeide e întins pe pat, acoperit doar cu un cearșaf subțire. Respiră greu, cu șuierături, de parcă ar încerca din răsputeri să tragă aer în piept printr-un pai subțire. Stau nemișcată și mă uit la bunicul meu care zace în fața mea. El este tatăl pe care nu l-am avut, soarele universului meu, el este cea mai adâncă dragoste pe care am cunoscut-o vreodată. Îmi așez mâna peste a lui, mare și fragilă, și după câteva clipe mă strânge slab, și știu că e conștient că sunt acolo. Îl veghez,

---

1. Persoană instruită în *șehita*, ritualul specific evreiesc de tăiere și exsangvinare a anumitor păsări și vite, în conformitate cu cutuma koșer. (N. a.)

ținându-l de mână, până când mama o trimite pe Leah să mă ia acasă.

Când ajung acasă iau ziarul românesc care ajunsese în dimineața aceea și decupez toate glumele de la pagina de divertisment. *Zeide* este bolnav, dar eu am de gând să-l înveselesc.

După școală mă duc direct la el, cu tăieturile din ziar burdușite în buzunarele hainei. Ajunsă la ei acasă, mă duc direct în camera lui. Obloanele sunt închise, e întuneric în cameră și miroase ca interiorul unui pantof și puțin tăios, de la alcoolul care încearcă să acopere damful. *Zeide* cel înalt și frumos stă întins pe pat și îi privesc pieptul care se înalță și coboară, încet, chinuit.

— Servus, *zeide*, îi spun, așezându-mă pe scaunul de lângă patul lui.

Se răsucește spre mine cu chipul schimonosit de durere, dar încearcă să zâmbească.

— *Zeide*, am pentru tine niște glume atât de bune, spun, desfăcând ghemotocul cu glume din buzunar.

Le netezesc frumos pe fustă.

— Iat-o pe prima: Ce i-a spus hornul mare de pe casă hornului mic? Ești prea mic să fumezi…[1]

Zeide are acum pe chip o urmă de zâmbet.

— Aha! exclam eu. Deci ți-a plăcut, *zeide* – mai am și altele! Spune-mi atunci, zic eu, netezind bucata de ziar: „Un bărbat intră într-o cârciumă cu un urs și spune: Serviți și unguri? Da, luați loc. Ce ați dori? îl întreabă cârciumarul. O bere pentru mine, și doi unguri pentru ursul meu."

Zeide râde șuierat.

— Știi că bunicul meu a fost împușcat de poliția maghiară, deci ăsta chiar îmi place.

---

1. Gluma din original mizează pe un calambur care nu poate fi păstrat în traducere.

— Dar acesta: „Un bărbat se plimbă prin București în miezul iernii și strigă spre imobilul de apartamente din fața lui: Închideți ferestrele că îngheț!"

Iau următoarea glumă și despăturesc hârtia.

— Ai păstrat toate glumele din ziar?

— Doar pe cele care mi s-au părut amuzante.

— Înseamnă că mă așteaptă o seară frumoasă, zice *zeide*, trăgând cu ochiul la ghemul de hârtii mare cât un munte de la mine din poală.

— Da, așa o să fie, zic și continui să-i citesc glumele până la ultima.

Adoarme la scurt timp după aceea, așa că mă aplec să-l sărut pe obraz. Îl pup cu grijă, să nu îl trezesc, și mi se pare atât de greșit să mă port cu el așa de delicat.

Cumpăr în fiecare zi toate ziarele pentru care-mi ajung banii și decupez glumele bune. După școală fug direct la el, mă așez lângă patul lui și-i citesc toate poantele, iar și iar. Chiar și atunci când nu îmi mai răspunde, eu tot continui să i le citesc. Cred că întrezăresc un surâs pe chipul lui. Știu că râsul este cea mai bună doctorie, iar dacă medicii nu au una mai bună, care să-și facă efectul, eu am să-l tratez cu glume, până când *zeide* își revine.

Într-o zi, pe când Leah și cu mine plecam de la școală, o vedem pe mama în fața porții.

— *Zeide?* întreb eu.

— L-au dus la spital, răspunde ea.

Leah începe să plângă pe loc, în stradă, dar eu rămân de piatră. La spital. Dar acolo îl vor vindeca, cu doctorii puternice, și el o să își revină cât ai zice pește! Trebuie să-și revină!

Peste numai două săptămâni suntem la înmormântarea lui *zeide*. Toți, împreună: mama, Iehezkel, Leah, *bobe* și cu mine – iar banca toată pe care stăm se zgâlțâie de suspinele noastre, de parcă ar plânge laolaltă cu noi. Au venit toate mătușile și toți unchii meu, *șul*-ul este plin ochi de toți cunoscuții noștri. Evrei, creștini, oameni de toate vârstele se înghesuie în micul *șul*. Plâng cu toții, dar eu plâng din adâncul sufletului. E ca și cum cineva m-ar fi despicat și prin toate toate părțile sufletului mi se prelinge durerea. Lacrimile îmi curg pe față și sunt puțin stânjenită de suspinele și gemetele pe care le scot, dar nu mi le pot reține. Sicriul este la vedere și nu-mi vine să cred că *zeide* a încăput acolo. Mai că mă aștept să se deschidă capacul iar el, cu statura lui impozantă, să se elibereze și să ne întrebe ce căutăm în *șul* în miezul zilei.

Rabinul se ridică să vorbească. Începe să plângă acolo, pe podium.

— Astăzi am pierdut un om mare, spune el. Un om care nu a spus niciodată o vorbă nepotrivită despre cineva și care întotdeauna găsea un temei pentru orice faptă a semenilor lui. Ce-i mai născocea mintea, zău așa!

Câțiva oameni râd, dar mama suspină și mai din rărunchi.

— Avea mereu o vorbă bună, un zâmbet luminos, o ureche dornică să asculte – și, când plecai de la Iehuda, plecai parcă săltând de bucurie, o bucurie a inimii, și cu speranță pentru prezent și viitor. Am pierdut un uriaș, și lumea aceasta îi va duce dorul.

Pierdut. Ciudat să folosești acest cuvânt. Mi-am pierdut cheile de la casă, sau manualul de matematică, iar acum chiar și pe *zeide*, care mi-a fost precum un tată. Îl caut ca pe un lucru de care ai cu disperare nevoie și știi exact unde ar trebui să fie, dar când te cauți din nou prin buzunare, nu dai decât de materialul din care sunt făcute și mâinile scotocesc furibunde fără să apuce nimic. Gem iarăși, și mama mă mângâie pe spate. Sunt recunoscătoare că e acolo, lângă mine, pentru că așa, în ciuda durerii, mă simt înconjurată de iubire.

După ceremonie, după ce *zeide* este coborât în mormânt, ne adunăm toți în casă la *bobe*, și mama, Hana și toți unchii mei se așază pe niște scăunele scunde. Câteva minute nimeni nu spune nimic. Copiii aleargă pe-afară. Iehezkel li se alătură și mi se pare bizar să-i aud pe ei râzând, și pe unchii mei, aflați în floarea vârstei, plângând. Vreau să-l strâng în brațe pe Duvid. Are doar optsprezece ani și deja și-a pierdut ambii părinți. Eu măcar o am pe mama.

— Cum se poate una ca asta? întreabă Hana. Era atât de tânăr!

— Medicii au spus că avea plămânii atât de stafidiți și negri, încât a fost un miracol că a trăit atât, zice *bobe.*

Duvid o privește cu tristețe.

— Ăsta numai miracol nu-i, spune el, lăsându-și capul în mâini.

Eu am doar unsprezece ani, dar știu că a fost un miracol. Fiecare secundă cât *zeide* a fost în viață a constituit un miracol neprețuit, frumos.

După cele șapte zile de doliu, toată lumea se întoarce acasă. Revenim la viața noastră obișnuită, dar e ca și cum ne-am preface. Mă simt goală pe dinăuntru, amorțită. Trec multe săptămâni până când încetez să mai privesc spre ușă, după cină, așteptând ca trupul lui înalt să apară în prag.

— Ah, o fărâmă din *Gan Eden*[1], obișnuia să spună când gusta din *ciolent*-ul[2] mamei, dar acum nu mai suntem decât noi când mama împarte tocana cu o lingură.

Mănânc cu sufletul amorțit și cu lacrimi în ochi. Uneori mă duc în pat și plâng cu fața ascunsă în perne.

Însă viața continuă, și într-o seară deschid fereastra de la camera mea, și broaștele și păsările își cântă melodiile

---

1. Grădina Raiului. (N. a.) Grădina celor drepți, respectiv *Gan Eden*-ul superior, este de fapt sensul mai corect, după Enoch, 58:3.

2. Tocană tradițională evreiască. (N. a.)

frumoase, și râul dansează în jurul lor. Îmi dau seama că, deși sunt tristă în continuare, sunt și fericită, din nou. Mai că-l aud pe *zeide* cum îngână broaștele. Mă gândesc la toți cei care nu mai sunt; tata, fratele meu, *zeide* – și mă întreb de ce eu mai sunt aici, ascultând cântarea dulce a lumii. Și, cu toate că nu am nici un răspuns, iar uneori durerea pe care-o port în inimă m-ar putea trage în jos, îngropându-mă, tot simt o pace ciudată și frumoasă în faptul că sunt aici, și știu că totul va fi bine. Privesc apa, și dealurile, și florile și mă simt una cu ele. Trupul meu emană iubire, și tristețe, și bucurie, așa că în această noapte, deschizând fereastra, m-alătur râului și broaștelor și cânt.

25

AUSCHWITZ, OCTOMBRIE 1944

Nu voi muri,
ci voi trăi
și voi povesti lucrările Domnului.

Psalmii, 118:17

Suntem din nou afară pentru *Zeilappell.* E mai rece. Nu-mi vine să cred că era primăvară când soldații au intrat la noi în sat. Parcă a trecut un milion de ani. Stăm drepte ca varga în frig și ne chinuim să nu-i permitem vântului să ne clatine.

După ce ne numără, o femeie din SS se postează în fața noastră.

— Atenție! O să faceți duș. Scoateți-vă hainele și lăsați-le aici.

O alta, patrulează printre noi cu bastonul în mână și începe să le lovească pe fete peste capetele rase.

— Dezbrăcați-vă! ne ordonă ea.

Are părul blond, ondulat, până la umeri. Poartă pantofi negri de lac și un costum la două rânduri de nasturi.

Fetele scheletice din jurul meu își scot rochiile.

Cu o senzație de amorțeală, îmi trag și eu peste cap rochia al cărei material subțire e plin de găuri. Aerul rece îmi înțeapă pieptul.

— *Schnell, schnell!* urlă la noi femeia din SS.

Se uită la noi și râde.

— Oscar! strigă o altă femeie din SS. Astea merg azi la duș!

Soldații SS din cealaltă parte a curții se întorc spre noi. Li se măresc ochii de excitare când văd fetele dezbrăcându-se.

— Mersi de pont, Irma, zice unul dintre ei, și râd cu toții.

Se apropie de noi, și noi ne dezbrăcăm. Își rânjesc unul altuia. Doi dintre ei bat palma. Îmi plec ochii-n pământ, iar tot trupul mă înțeapă de groază și de la aerul rece.

Femeia din SS pășește în fața noastră. E îmbrăcată într-un costum de lână albastră. Are și dresuri.

— Haideți! ne spune ea, iar râsul i se simte în voce. Aliniați-vă, animalelor!

Dacă măcar am avea demnitatea animalelor! Măcar animalele au blană care le acoperă trupurile.

— Marș! strigă ea.

Ne ținem după ea în pas de marș spre dușuri. Rânduri după rânduri de fete. Râsetele celor din SS îmi răsună în urechi. Aerul din jurul meu taie precum gheața.

Intrăm în clădirea cu dușuri. Lângă țevile care ies din tavan stau soldați din SS. Au bastoane de cauciuc în mâini.

Nazista care ne-a adus până aici ne împinge ca să strângem rândurile. Prima fată din rând se uită la apă.

— *Jetzt*[1]*! Schnell!* spune bărbatul din SS.

Fata face un pas în față și apoi, face un salt în spate, ca lovită de foc sau de gheață. Soldatul SS ia bastonul și i-l îndeasă-n gură. O ține așa sub apă. Ea țipă, din gură îi curge sânge, iar pielea i se face roz de la apă. O ține așa multă vreme. Ai zice că bastonul o va sufoca. Apoi o împinge într-o parte, iar ea se împleticește.

Soldatul SS îi face semn să intre sub apă fetei următoare. Aceasta ezită. Chipul soldatului se însuflețește de furie.

— Grăbește-te! urlă el. N-am toată ziua la dispoziție!

O lovește cu bastonul în stomac și o împinge sub apă. Fata țipă, dar el o ține acolo.

---

1. Acum (în germ., în orig.). (N. a.)

Și următoarea fată ezită, și pățește același lucru.

Rozi, îmi spun în sinea mea, *ascultă cu mare băgare de seamă. Apa e probabil bocnă. Ai două opțiuni. Ori intri fie ce-o fi și scapi de bătaie, ori te temi și aștepți să fii oricum împinsă sub apă și bătută cu bastonul pe deasupra.*

Coada se mișcă și-mi vine rândul. Fără să ezit o clipă, intru sub apă. Mă izbește ca mii de cioburi de gheață și foc deodată. E atât de rece, că arde. Parcă tot trupul îmi este luat cu asalt. Nu pot să respir. Dar apoi se termină. Soldatul SS mă împinge la o parte cu bastonul și sunt liberă. Tremur violent.

În celălalt capăt al încăperii, micile muncitoare evreice cărora li se spune *Häftlings*[1] distribuie uniforme noi. Abia aștept să primesc altceva decât mica mea rochie albastră, sfâșiată-ntr-o parte. O *Häftling* împarte pachete pentru fiecare. Mă duc la ea să-l iau pe-al meu. Este un cub perfect învelit în hârtie maro. Despăturesc rochia și mă uit. E plină de mici puncte negre. Punctele se mișcă. E infestată cu păduchi.

Mă uit în jur. Toate fetele se îmbracă. N-am de ales. Îmi pun rochia infestată. Pielea mea curățată proaspăt colcăie de gângănii.

Păduchii sunt peste tot. Baraca nu miroase nici pe departe la fel de rău ca în zilele caniculare, dar acum e infestată de păduchi. Camera parcă se mișcă singură. Somnul, singura noastră scăpare, atât de prețioasă, este acum întrerupt la câteva minute odată de ciupiturile păduchilor. Încălțările nu sunt altceva decât o nouă sursă de durere. Fac mersul și mai dificil, pentru că totul se lipește de lemn și sfârșim prin a le trage după noi, agățate de picioare.

La câteva zile după duș, soldații SS ne grupează, după apel, în rânduri de câte cinci. Am două fete de-a dreapta, și

---

1. Prizonier, deținut (în germ., în orig.). (N. a.)

două de-a stânga. Stăm așa în rânduri după rânduri. Cinci, cinci, cinci, după alte cinci. O vreme mergem fără să știm încotro. Ajungem la alte fete care așteaptă, aliniate la fel. Soldații SS ne îmbrâncesc să ne aliniem lângă ele și nu știm ce căutăm acolo. În cele din urmă ne mișcăm puțin, și reușesc să văd ce se petrece. Undeva în față, dinapoia unor mese, sunt câteva dintre prizonierele scheletice care ne răseseră capetele. Când o fată din rândurile noastre ajunge la masă, una dintre prizonierele care muncesc o prinde de braț și o împunge cu un băț de lemn, care are ceva metalic în vârf. Parcă ar scrie pe brațul fiecărei fete, dar nu văd cu ce anume. Când ajung mai aproape, trebuie să trag aer adânc în piept. Au ace în mâini. Îmi frec brațul. Bagă instrumentele care arată ca niște ace direct într-o flacără, însemnează apoi pielea și freacă locul cu o cârpă verde. Văd cum fiecare fată tresare puțin când semnele acelea le sunt arse pe piele. O țin de mână pe Leah.

— De ce fac asta? mă întreabă ea. Ce scriu?

Îmi mijesc ochii ca să văd mai bine.

— Cred că scriu câte un număr pe mâinile fetelor, răspund eu.

Pe măsură ce ne apropiem, le examinez pe prizonierele care scriu numerele. Cea care este în fața cozii noastre o apucă pe-o fată de încheietură și-i ridică mâneca. Își mișcă mâna în sus și-n jos, cu încheietura aproape nemișcată. Mă uit la brațul fetei. Pe antebraț, are niște cifre mari, inegale.

Mă uit la prizoniera de la cealaltă masă. Pare mai calmă. Nu se uită în ochii fetelor de la coadă, dar îi ridică manșeta cu blândețe celei căreia i-a venit rândul și scrie încet niște cifre mici și egale. Brațul fetei arată mai bine decât al celeilalte. N-am de gând să mă trezesc cu cifrele alea mari pe mână! Fără să mai stau pe gânduri, dau fuga la coada de lângă mine. Un ofițer strigă ceva, dar nimeni nu trage.

Este rândul meu să fiu tatuată. Întind mâna spre prizonieră. Mi-o apucă fără să mă privească și scrijelește cu atenție cifrele pe brațul meu. Îmi dau lacrimile, dar nu-mi dau voie să plâng. Apoi înmoaie cârpa în cerneala verzuie și o freacă de pielea mea găurită. A-13488. Scrisul e mic, perfect.

Leah iese din coadă după ce este tatuată și se așază lângă mine.

Îi văd cifrele ca niște scrijelituri mari pe braț.

— De ce ai fugit așa din rând, Rozi?

— Voiam cifre egale, zic și-i arăt brațul.

— Egale? Cifre egale? La asta te gândești tu acum? Cui îi pasă? Te puteau omorî pentru atâta lucru!

Vocea îi e plină de supărare și teamă.

— A meritat? continuă ea. Nu ești în toate mințile, Rozi? A meritat?

Privesc în jos la brațul meu, apoi mă uit la oamenii din jur. Merg năuciți, de parcă ar fi deja morți. Nu, nu mi-am pierdut mințile. Știu acum, știu mai bine decât sufletele deznădăjduite ale fantomelor din jurul meu, știu.

— Da, a meritat, Leah, îi răspund. A meritat, pentru că mergem acasă! De aici, ne întoarcem acasă! De aici, ne întoarcem acasă! A meritat, pentru că încă ne mai pasă. Mă auzi? Încă ne mai pasă, Leah!

Eidy ne conduce înapoi la barăci. Pielea mă înțeapă de la uniforma cea nouă, infestată cu păduchi. Păduchii parcă sar de pe rochie și mi se înfig în pielea subțire, întinsă tot mai tare pe oase. Înainte să adorm, îmi ridic brațul în dreptul ochilor. Pielea din jurul cifrelor este roșie, dar văd clar micile cifre închise la culoare – A-13488. Sunt frumoase și egale. Par să-mi spună: „De aici, te duci acasă."

În dimineața următoare, când ne aliniem pentru *Zeilappell*, ne strigă după numere. Durează și mai mult, pentru că se lălăie când rostesc fiecare număr. Când ajung la mine mă uit repede la număr. A-13488. Mi-e înscris perfect pe braț și mă liniștește să îl văd. Nu va trece mult și îl voi ști la perfecție și-n somn. Uneori ni se cere să ne spunem numărul, iar fetele care nu-l zic suficient de repede sunt bătute. Soldații din SS râd când le lovesc. Îmi memorez numărul, și dacă mă zgâlțâie să mă trezesc din somn și-mi cer să-l spun, voi fi în stare să-l zic. O să-l scuip înainte s-apuce măcar să mi-l ceară: A-13488.

26

CRASNA, 1940
LA VÂRSTA DE PAISPREZECE ANI

Căci tatăl meu și mama mea
mă părăsesc,
dar Domnul mă primește.

Psalmii, 27:10

După moartea lui *zeide*, lucrurile par să se înrăutățească. Nu ne dăduserăm seama cât de mult ne ajutase cu banii, iar după ce el nu mai este suntem mai strâmtorați. De la cele mai importante (banii, de pildă, pe care ni-i dădea în fiecare săptămână) la cele mărunte (cum ar fi făina pe care ne-o lăsa în cămară, când rămâneam fără). Una peste alta, ne e foame mai des decât ne îndestulăm, dar suntem bine. Ne avem unii pe ceilalți. Nu ne trebuie mai mult.

Lucrurile se schimbă și în jurul nostru, dar totul se petrece foarte încet, iar noi suntem prea aproape de evenimente pentru a vedea bine. Exact ca atunci când nu observi cât de înalt s-a făcut fratele tău numai pentru că îl vezi în fiecare zi. Și dintr-odată Iehezkel este mai înalt, și în sat percepem o schimbare. Se simte în aer.

Ocupația maghiară. După ani buni sub stăpânire română, suntem din nou ocupați de maghiari. Dar mama spune că s-a mai întâmplat așa înainte și că vom fi bine, exact ca în trecut. Ne adunăm toți să le oferim ungurilor o primire cum trebuie. Primul lucru pe care îl fac este să închidă ieșiva. Pentru toți ceilalți închiderea unei școli aflate atât de aproape, unde le mergeau fiii, este doar neplăcută, dar pentru noi înseamnă să ne pierdem mâncarea de pe masă. Mama era bucătăreasă cu normă întreagă la ieșiva, și acum, că a fost închisă, a rămas fără lucru.

La câteva zile după ce mama își pierde serviciul, când ne întoarcem acasă, o găsim așezată la masă cu o scrisoare în mâini.

— De la cine este? întreabă Leah.

— De la mătușa Hana, răspunde mama.

— O, cum îi merge? Nu am văzut-o de atâta vreme! De când s-a mutat la oraș cu soțul ei, ne-a vizitat doar de câteva ori.

— Ultima dată, când a murit *zeide*, adaug eu.

— Știu. Ei bine, îi e greu să călătorească așa, cu doi copii mici, zice mama. Însă tocmai de asta ne-a scris. I-ar prinde bine puțin ajutor cu cei mici.

— Putem merge s-o vizităm? întreabă Leah. Ador bebelușii!

— Hana spune că i-ar prinde bine încă două mâini acum, că Iaakov este ocupat cu afacerea.

Mama se uită la mine și continuă:

— Rozi, vrea să știe dacă ai putea sta o vreme la ea, ca să îi dai o mână de ajutor.

— Mi-ar plăcea, dar câtă vreme? Sau îți închipui că nu o să îmi fie dor de voi?

— Normal că îți va fi, dar te vei descurca. Câteva luni și apoi vedem ce facem. Cu puțin noroc, între timp îmi voi găsi și eu un serviciu nou și ne mai revenim.

— Pot să merg și eu? întreabă Leah.

— Da, da – poate să vină și Leah? mă strecor eu în discuție.

— Hana n-are nevoie de alte două guri de hrănit, doar de una. Iar unchiul Lipa mi-a scris săptămâna trecută să-mi spună că i-ar plăcea ca Leah să stea la el pentru o scurtă vreme.

— De ce nu mă pot duce cu Rozi la Hana? întreabă Leah.

— Sau de ce nu mă pot duce eu cu Leah la unchiul Lipa? întreb eu.

— Pentru că nici unul din ei nu are nevoie de voi amândouă, zice mama.

Vreau să plâng. Nu vreau s-o părăsesc pe mama și nici casa noastră. Dar îmi rețin lacrimile. Mama pare și așa devastată că a fost nevoită să ne spună că trebuie să plecăm; nu vreau să adaug și eu încă o povară.

— Hanei chiar i-ar prinde bine ajutorul tău, Rozi, și poate o ajuți și la cusut. Sunt sigură că îți va plăcea să fii în jurul mătușii tale preferate pentru o vreme. Și, Leah, și ție o să îți placă la verii tăi, iar aici, doar cu Iehezkel și cu mine ar fi cam plicticos pentru tine, nu?

Nu, îmi vine să zic.

— O să fie distractiv, spune Leah. Abia aștept!

— Da, și eu. O iubesc pe Hana, zic eu. Și ne întoarcem înainte să zicem pâs.

Ajung acasă la Hana după o călătorie cu șareta. Primul lucru care mă izbește când cobor în stația mea este zgomotul. Și mașinile! Huruie pe lângă mine, claxonând și scoțând scrâșnete în intersecții, în vreme ce oamenii traversează iute strada ca să le evite. Mamele le fac copiilor semn să grăbească pasul, iar oamenii de-abia dacă se privesc în ochi. Mă uit la ei cu gura căscată.

— Rozi! aud o voce mititică.

— Rozi! spune o alta.

— Bine ai venit, Rozi! zice Hana strunind copiii să nu sară pe mine. Rahel Chava, dă-i o îmbrățișare verișoarei tale Rozi. Iehudis, și tu!

Rahel Chava îmi zâmbește rușinată. Iehudis este prima care se apropie poticnit de mine și mă ia în brațe.

— A, ce dulce ești! îi zic eu, mângâindu-i buclele miniaturale.

— Rahel Chava, du-te și îmbrățișează-ți verișoara. Îți amintești că ți-am spus că vine?

Rahel Chava își ignoră mama și doar se uită cu atenție la mine.

— Nu e niciodată timidă, așa că bucură-te cât ține! zice Hana.

Se întinde peste copii și mă îmbrățișează, prinzându-mă cu o singură mână, și mă sărută cu foc pe obraji.

— Ce bine îmi pare să te văd, draga mea! Cred că ești moartă de foame și de oboseală. Hai la mașină. Mendel e acolo cu Devorah, care a adormit, și nu am vrut să o trezesc. E atât de drăgălașă! Abia aștept s-o vezi.

Unchiul Mendel e pe scaunul șoferului. Când mă vede îmi zâmbește.

— Bună, Rozi! Ne bucurăm atât de mult că ești aici!

Coboară din mașină și pune valiza mea mică în spate.

Hana deschide portiera și Rahel Chava sare în habitaclu de una singură, apoi Hana o ridică pe Iehudis și o așază în mașină. Bebelușul este într-un scaun special.

— Salut-o pe bebelușa Devorah, zice Hana.

— Dumnezeule, Hana, e atât de frumoasă!

— Un pic zdumpeșă, nu?

— Are obrăjorii mai mari decât tot trupul!

Urc în mașină lângă bebelușa adormită. Mendel se așază la loc în scaunul șoferului și pornește mașina. Văd magazine mari, unul după altul, fiecare cu alte lucruri în vitrine. Într-una atârnă hălci monstruoase de carne, o rochie pe un manechin într-alta, pălării de toate culorile în următoarea, apoi mașina accelerează și nu le mai pot distinge cu ușurință pe cele pe lângă care trecem. Sunt uimită cât de repede, dar lin înaintăm.

Trecem pe lângă câteva străzi cu case, fiecare având în față un pătrat de iarbă, înconjurate de multe, multe străzi pavate. Cotim și dăm de o stradă cu clădiri înalte, una lângă alta. Mașina încetinește în dreptul unei clădiri gri, de cărămidă.

Devorah începe să plângă din scaunul ei.

— Șșșșș, șșș iubita mea, zice Hana.

Devorah plânge și mai cu năduf.

— Te deranjează dacă te rog să-i miști puțin scaunul ca și cum ai legăna-o? întreabă Hana. O, uite, Mendel – e acolo un loc liber!

Mă ia amețeala când Mendel trage de volan repede și dă cu spatele aproape de trotuar. Încerc să o legăn pe Devorah, dar plânge și mai tare. Hana sare din mașină, deschide portiera și o ia pe Devorah din scaunul de mașină.

— Ia tu bebelușa, eu iau fetele, zice ea.

Țin bebelușa în brațe și sper să n-o scap, în vreme ce Mendel scoate valiza din spate.

— Sunt cam multe cu care să te obișnuiești, spune el.

— Da, o să mă obișnuiesc.

— Așa va fi, copiii o să te adore. Mulțumesc mult că ai venit să ne dai o mână de ajutor.

— Cum să nu! O iubesc pe *tante* Hana.

Zâmbește și se uită la Hana cum ghidează copiii să traverseze strada.

— E ceva Hana, nu? zice el.

Intrăm, Hana pregătește cina, și în seara aceea mănânc mai mult decât în toată săptămâna. Sunt atât de obosită după drum, încât atunci când Hana îmi arată camera, adorm pe loc, fără ca vreun gând să mai apuce să-mi străbată mintea.

A doua zi dimineață, când deschid ochii și aud claxoane în loc de păsări, îmi amintesc unde mă aflu. Sunt atât de obosită; noaptea a fost zdrențuită de plânsetele lui Devorah și de Mendel și Hana trebăluind prin casă și sâsâind-o să adoarmă. Nu-i de mirare că Hana este tot timpul ostenită.

Când cobor în bucătărie, Hana toarnă ceva dintr-o cutie în castroane. Rahel Chava și Iehudis stau la masă. Iehudis aruncă din scaunul ei cu bucăți dintr-un terci maroniu.

— O, nu, Iehudis! zice Hana.

Se apleacă să curețe, sărutându-i în același timp degețelele de la picioare. Iehudis chicotește.

— Cred că ai terminat aici, zice Hana și o ridică în brațe pe Iehudis, dându-i o îmbrățișare.

Devorah plânge din pătuțul ei din colț, iar Hana aleargă să o legene.

— Gata, gata bebelușa mea, mama te iubește, zice ea, apoi spre mine: O poți ține câteva minute? Trebuie s-o îmbrac pe Rahel Chava.

— Sigur, îi răspund eu și o ridic pe Devorah; o țin cam ciudat în brațe.

Hana se întoarce după câteva minute, cu Rahel Chava îmbrăcată și cu părul adunat la spate, și îmi pune un castron în față.

— Stai aici. Dă-mi copilul.

Mă așez cu grijă și încerc să nu-mi pătez fusta cu laptele care sărise pe scaun. Nu am adus cu mine decât două fuste și n-aș vrea să fiu nevoită să spăl una din ele taman din prima zi. Cât copiii se joacă puțin, am ocazia să privesc în jur. Hana are în bucătărie un cuptor în toată regula și două chiuvete, nu o putină de lemn ca noi.

— E puțin diferit aici față de Crasna, nu?

Râd:

— Foarte diferit.

— O să te obișnuiești repede, cum am făcut și eu. În fine, mă gândeam că poate duci copiii în parc după ce se satură de joacă, ceea ce se va întâmpla în următoarele trei minute. Este unul la câteva străzi mai jos; îți arată ei, și dacă i-ai scoate acum la o plimbare ar fi de-a dreptul minunat. Numai Dumnezeu știe câtă nevoie aș avea acum de un scurt pui de somn.

— Sigur că da.

— Ești o scumpă, nepoțico!

O pune în cărucior pe Devorah, care, de îndată ce se vede acolo, deschide gura pe loc și eliberează un urlet atât de puternic, că nu-mi vine-a crede că a putut ieși din plămânii ei mititei.

— Nu-ți face griji, o să se oprească imediat ce începi s-o legeni. Nu plânge, Devorah. Mergi la plimbare! Rahel Chava, Iehudis, vreți în parc?

— Da! strigă ei la unison, sărind în sus de lângă puzzle-ul cu care se jucau.

— Haideți aici să vă pun jachetele.

— Vreau să mă îmbrac singură, zice Rahel Chava.

— Bine, dar trebuie să plecați acum. Hai, îmbrăcarea și la drum!

Hana mă ajută să cobor pe trepte căruciorul. Rahel Chava coboară singură, iar Hana aleargă înapoi sus s-o ia pe Iehudis, iar eu aștept cu Rahel Chava și cu Devorah.

— Singură! Singură! spune Iehudis.

— Îmi pare rău, copiliță! Durează prea mult. Poate la întoarcere. Dacă ești ascultătoare. Rozi o să-ți cumpere o acadea.

— Și eu vreau o acadea, zice Rahel Chava.

— Și ție, dar trebuie să fii ascultătoare.

— Rozi, când traversezi, te uiți și-ntr-o parte, și-n cealaltă. Nu vorbi cu necunoscuți. O să ții minte unde stăm? E un parc drăguț la câteva străzi de aici; lui Iehudis îi place să se cocoațe pe bolovanii de acolo. Las-o. Uite niște sărățele dacă ți se face foame; pentru Iehudis trebuie să le rupi în bucăți mai mici, n-aș vrea să se înece, dar Rahel Chava le poate mânca întregi. Ai o sticlă de apă? O, nu, am uitat să îți dau. Așteaptă-mă, mă duc să ți-o aduc.

Încerc să asimilez tot ceea ce îmi spune. Parc, să rup sărățelele, apă. Devorah scâncește în căruț și dă din mânuțe. Mă holbez la ea. Urletele ei îmi zguduie creierii.

— Așa mă simt și eu, Devorah, îi șoptesc pentru ca Hana să nu mă audă.

Hana se întoarce cu apa.

— Gata, la drum! Leagăn-o, și o să se liniștească. Mulțumesc mult! Fetelor, țineți-vă de căruț până ajungeți în parc, da? Pa, vă iubesc, pe curând. O, uite niște mărunțiș. Pot să-și aleagă câte-o acadea de la prăvălia din capătul străzii.

Hana îmi dă banii, se întoarce și pornește pe scări în sus. O împing pe Devorah și, la început, fetele se țin de căruț cât pășim în jos pe stradă, dar imediat ce cotim, Rahel Chava o zbughește. Devorah țipă în continuare, iar Iehudis merge lălăit, cu vreo zece pași în urma noastră. Sunt disperată. Cum o să le adun pe toate la un loc? Fug cu căruțul.

— Șșșșșș, șșșșș, micuță Devorah, îi spun.

Se văicărește mai abitir. Inima îmi bubuie. Rahel Chava este la colț, aproape de mașinile care trec în goană, iar ea sare când jos de pe bordura trotuarului, când înapoi sus, pe bordură, când iar jos. O mașină trece foarte aproape de ea și scrâșnește frâna. Mă uit ca scoasă din minți în spate la Iehudis, care abia dacă își târăște picioarele spre noi, cu degetul mare în gură. Decid într-o clipită s-o las acolo. Fug spre Rahel Chava și o trag de pe caldarâmul șoselei.

— Vreau să sar! zice ea.

Inima îmi bubuie.

— Poți să sari în parc.

— Vreau să sar aici! urlă ea și o trezește pe Devorah, care adormise în cele din urmă.

— Șșșșș, Rahel Chava, nu poți să sari pe stradă, e periculos! Vrei o bomboană?

— Da.

— Atunci nu mai sări.

Strânge din umeri.

Am câștigat runda asta. Iehudis ne ajunge din urmă în sfârșit și stăm pe trotuar la intersecție, așteptând ca mașinile să oprească. Nu se opresc. Toți orășenii arată de parcă trebuie să ajungă neapărat undeva, și încă repede. Devorah țipă și mai tare, iar capul parcă mi-e îngălat de scâncelile ei tânguitoare. Îmi întind gâtul să văd mai bine, continuând să legăn cărucțul și în cele din urmă, când cea mai apropiată mașină care se vede pare suficient de departe încât să putem trece fără să dea peste noi, o iau pe Iehudis pe sus și-o sprijin de căruț, pe Rahel Chava o apuc cu cealaltă mână și împing puternic cărucțul până pe cealaltă parte a străzii. Când, într-un târziu, ajungem în parc, Iehudis și Rahel Chava se ceartă pe leagănul metalic de la mijloc. Le ridic și le pun pe amândouă în scrânciob. Le împing, ele se privesc și chicotesc.

Sunt epuizată când ajungem acasă. Hana zice că o va culca pe Devorah, iar eu îi spun că le însoțesc. Mă bag în pat și adorm pe loc.

Mă trezesc niște bubuituri. Mă dau jos din pat, mă spăl pe față și mă duc la bucătărie. Rahel Chava stă pe masă și de-acolo sare pe scaun. Apoi, cu talentul acrobatului pe care l-am văzut la circ, sare iute înapoi pe masă. Hana este lângă bufet, în fața unei tăvi cu pui și multe condimente, ignorând-o cu desăvârșire.

— Rozi! zice Rahel Chava. Uite cum sar!

— Poate ar trebui să te alături circului, îi spun.

— Nu-i da idei, spune Hana. Cum ai dormit?

— Destul de bine. Te ajut cu cina?

— Nu e nevoie, dar poți să îi distrezi pe copii un picuț, până termin eu aici.

— Sigur.

— Mulțumesc, Rozi. Ești salvarea mea!

Oi fi salvarea Hanei, dar sunt obosită până-n măduva oaselor. Când vine în cele din urmă vremea să ne așezăm la masă, e suficient pui pentru toată lumea și găluști cu mere, de asemenea. Îmi umplu farfuria cu mâncarea aburindă și mâncăm împreună, iar stomacul meu e plin, dar inima, goală de dorul familiei.

Săptămânile trec în același ritm. Hana îmi tot spune cât îi sunt de ajutor, dar, în secret, urăsc din toată inima să fiu aici. Într-o zi rămân acasă să am grijă de Devorah cât Hana le duce pe fetițe să le cumpere pantofi noi. În lipsa lor sosește poșta, aducând un plic pe care se vede un scris familiar. Inima mi-o ia la goană când golesc cutia poștală și pun toată corespondența pe masa de la bucătărie.

Ridic plicul, și ating hârtia moale, și mai că mă ia plânsul la gândul degetelor fine ale mamei îndesând hârtia în plic și adresându-i-l Hanei. De aici și dilema! Îi e adresat Hanei, dar este de la mama, și nu vreau să aștept să aflu ce face toată lumea.

Desfac plicul înainte ca propria conștiință să mă convingă altfel. Scrisul cald, rotunjit al mamei se revarsă de pe foaie, iar ochii mei vor deopotrivă să-l devoreze și să-l strângă în brațe. Mama scrie:

Hana dragă,

Îți mulțumesc că ai găzduit-o deja atâta vreme pe Rozi. Mă bucur să aflu că se simte așa de bine la tine. Ești neprețuită, surioară! Aici lucrurile merg bine. Iehezkel s-a făcut atât de mare și mă ajută mult prin gospodărie. Ne descurcăm, deși, n-am să-ți ascund, nu-i deloc ușor. Ce faci tu? Salută-l din partea mea pe Mendel, iar pe copii, îmbrățișează-i și sărută-i. Ne este tare dor de tine. Știu că ajutorul îți prinde bine, și, cu toate că e vremea s-o trimiți pe Rozi înapoi, poți să-i dai voie să mai stea o lună, dacă ai nevoie de ea. Mi-ar fi și mie de ajutor, deși nu-mi place s-o recunosc, dar încă îmi e dificil să-i hrănesc pe toți, și vă sunt recunoscătoare, ție și lui Mendel, pentru că aveți grijă de Rozi. Spune-mi dacă este acceptabil pentru tine, dacă nu, trimite-o acasă săptămâna viitoare. Ne e dor tare de ea! Spune-i c-o iubesc.

Cu toată dragostea și recunoștința,
Haia Neha

Încă o lună. Mi se strânge inima. Privesc pe fereastra mică ce dă spre stradă, la mașinile care gonesc, claxonând și dispărând, dar tot ce aud eu este susurul vesel al râului ce saltă dincolo de fereastra mea de acasă. Îl văd pe Iehezkel cum vine în goana mare acasă, după o zi lungă de școală, și cum ne face pe toți să râdem indiferent de cum ne-a fost ziua. O văd pe Leah lângă mine, în pat. O văd pe mama cum ne pregătește la plită un lapte îndulcit. Aud păsări care cântă vesele, nu claxoanele bădărane ale mașinilor. Nu voi sta în orașul ăsta un minut peste ce fusese planificat. O, nu! Eu mă duc acasă.

— Nu-mi pasă dacă nu am decât o felie de pâine de pus în gură toată ziua, zic tare spre bucătăria goală. Eu mă duc acasă.

Fac plicul și scrisoarea miș-fărâmiș cu mișcări rapide și-mi burdușesc palmele cu toate bucățelele. Fug la baie. Arunc totul în vasul elegant de toaletă de interior și trag apa. Mă uit mândră de mine cum bucățile de hârtie se învârt, se răsucesc și dispar în canalizare. Nimeni nu mă va face să stau aici nici măcar un minut în plus.

Inima îmi tremură puțin când se întoarce Hana și se uită printre scrisori.

— Aștept o scrisoare de la mama ta, spune ea. Poate că a fost prea ocupată să scrie.

— Poșta din Crasna este complet imprevizibilă, îi răspund eu, încercând să păstrez un ton normal.

— Da, îmi amintesc. Problemele satelor, spune Hana, zâmbind. Totul e în regulă, o s-o vezi destul de curând în carne și oase. De fapt, chiar lunea asta!

Acestea fiind spuse, toată vinovăția mea se învârte, se răsucește și dispare în canalizare, laolaltă cu scrisoarea. Mă duc acasă!

27

AUSCHWITZ, NOIEMBRIE 1944

Să ajungă până la Tine
gemetele prinșilor de război!
Scapă,
prin brațul Tău cel puternic,
pe cei ce pier!

Psalmii, 79:11

Timpul trece ca prin ceață. Nu mai pot ține socoteala zilelor și a nopților, căci fiecare zi parc-ar avea o mie de ore. Mă duc la baie cât pot de des să mă spăl, dar nu reușesc defel să împiedic ca păduchii încăpățânați să nu mi se agațe de trup. Sunt peste tot. Îi văd cum se târăsc pe buzele colegelor mele de baracă atunci când dorm. Văd cum o altă fată îi strivește pe cei de pe scalp. Se lovește cu capul de lemn ca să n-o mai irite.

Primim în fiecare dimineață aceeași cafea, noroiul negru, apoi stăm ore după ore în frig, cât ne numără iar și iar. În picioare, în pantofii de lemn care ne umplu tălpile de bășici și care sunt la fel de reci precum pământul. Scot din rânduri tot mai multe, pe care nu le mai vedem niciodată. Tânjesc neîncetat după hrana care nu ne este dată. Nu există mese, doar o gură de nămol dimineața și o bucățică de pâine, uneori și o felie de brânză, seara – asta e tot ce primim. Lucrurile după care tânjesc sunt precum un magnet ce mă atrage spre un puț secat.

În dimineața asta, când *Zeilappell*-ul totuși se termină, Eidy ne împarte în două grupuri.

— Toate fetele care lucrează la fabrică, pe partea asta! spune ea.

Bailu și cel puțin o sută de alte fete se mută într-acolo.

— Restul, treceți aici! zice Eidy și ne arată cealaltă parte.

Ne îndreptăm toate spre locul indicat.

Un gardian din SS se priponește în fața noastră.

— Fetelor, azi mergeți la duș. Nu vă fie teamă, o să fie un duș plăcut, cald, și apoi o să vă lăsăm să vă odihniți o vreme într-o cameră încălzită. Țineți-vă după mine și nu faceți multă gălăgie.

Mă bucur să fac încă un duș. Poate că de data asta vom primi haine noi, care nu sunt infestate cu păduchi. Îmi pare rău pentru Bailu, că nu apucă să facă azi un duș, dar poate că cele care muncesc în fabrică au un alt orar pentru duș decât noi.

Mergem în urma paznicului din SS până la o parte a lagărului unde nu mai fusesem înainte. Poate că ne ducem în clădirile care au apă caldă la dușuri! Ar fi plăcut! Dintr-odată împietresc; se aude muzică. E mai bine de un an de când nu am mai auzit o singură notă muzicală. În mine ceva învie, dar rămân și complet calmă. Muzica îmi cântă minciuni. Îmi spune că totul va fi în regulă. Grupul nostru de fete este numeros. Câteva sute, probabil. Înaintăm, câte cinci pe-un rând, de parcă am fi în transă, spre locul către care ne conduce femeia din SS. Văd cu coada ochiului că este amplasată o mică orchestră. Muzicanții sunt prizonieri, subțiri și sfrijiți precum noi. Cântă la violoncelele și la harpele lor ca niște marionete trase cu sfori. Privesc în jos și văd a doua surpriză a zilei. Cărarea pe care mergem e mărginită de flori. Flori fucsia, galbene și roz se ivesc din mici cuibare de iarbă maro și verde. Se unduiesc ușor în vânt, pe muzică, și eu le surâd.

— Veți face un duș, spune o femeie din SS care se află în fața noastră.

— Pare că o să fie unul cald, așa cum se cuvine, îi șoptesc lui Leah.

— Nu aveți de ce să vă faceți griji, continuă femeia din SS, iar noi clătinăm din cap.

Ochii câtorva fete sunt ca de sticlă. Muzica le vrăjește. Suntem conduse spre o clădire mare, de cărămidă. Una câte una, intrăm într-o încăpere spațioasă, cu bănci de-a lungul pereților.

— Acum dezbrăcați-vă, spune aceeași femeie din SS. Împachetați frumos hainele și puneți-le stivă pe bănci. Nu vă faceți griji. Vă așteaptă aici după ce terminați. Puneți-vă pantofii sub băncuțe. Țineți minte unde i-ați lăsat, ca să îi găsiți cu ușurință la sfârșit.

Fetele încep să-și scoată uniformele și să le împăturească repede.

— Acum aliniați-vă în dreptul acestor uși, le vom deschide curând.

— Pari o fată responsabilă, îmi spune un soldat SS, apropiindu-se de mine.

Dau din cap că da.

— Am nevoie să cauți prin toate hainele astea, căutăm aur, argint sau orice pare să aibă valoare. Uite o sacoșă, umple-o cu tot ce găsești și dă-mi-o.

— Bine, răspund eu. Apoi decid să fiu curajoasă și să-i pun o întrebare: Dacă nu vă deranjează, chiar mi-aș dori să fac duș. O să am ocazia să intru și eu când termin?

— O, nu-ți face griji! răspunde și râde. O să te aștepte!

Ușurată, mă apuc de treabă. Mă așez lângă mormanul tot mai mare de haine și le pipăi, verificând dacă în uniforme nu se ascunde ceva de valoare, apoi o împăturesc pe fiecare la loc, cu atenție, perfect. Ridic fiecare rochie și-mi trec palmele peste ea, căutând prin toate tivurile. Soldatul SS e în picioare lângă mine și urmărește dacă găsesc ceva.

Știu că nu vrea să atingă el însuși hainele acelea, din pricina infestării pe care o poartă-n ele. Nu găsesc nimic.

— Poți intra acum, înainte să închidă ușile, spune el când termin.

Fug repede spre ușa mică, deschisă. De îndată ce pășesc înăuntru o aud cum se închide în urma mea și cum lacătul e ferecat cu un sunet metalic. Mă uit de jur împrejur. Camera este uriașă, de ciment gri. Sunt sute de fete, uitându-se spre măciuliile dușurilor. Așteaptă ca apa să pornească. Unele dintre noi ne strângem în brațe pentru a ne ține de cald. Nu sunt ferestre, cu excepția uneia din tavan, care pare că s-ar deschide.

Mă strecor prin mulțime, căutând-o pe Leah.

— În sfârșit un duș normal, spun eu.

Ea sare.

— Nu te-am văzut.

— Da, mi-au dat ceva de muncă.

— Norocoaso! Eu am înghețat tot așteptând aici. Sper să pornească dușurile în curând și să fie fierbinți.

Leah își strecoară mâna într-a mea. O prind cu putere. Urăsc ce ni se întâmplă aici, dar când Leah își sprijină capul de umărul meu și se uită în sus, spre dușuri, știu că orice s-ar întâmpla, sunt norocoasă că-mi e soră. Sunt binecuvântată s-o am alături de mine prin tot ceea ce trecem. Împreună, privim în sus, la capetele dușurilor, și așteptăm să pornească.

Prin ele nu pornește nici un strop de apă. În schimb se aude un bocănit puternic în ușă, lacătul se deschide cu un clocănit, iar ușa de deschide dintr-odată. În dreptul ei, un soldat SS cu fața roșie, care urlă la femeia din SS de lângă el.

— Ți-am spus doar! Avem nevoie de mai multe fete care să lucreze în fabrica de armament! Ce-a fost în capul tău? Doar pentru că sunt disensiuni, nu mai e nimeni în stare să urmeze cele mai simple indicații? Aproape că ne-ai costat șapte sute cincizeci de muncitori buni, gratis; ce dezastru! Scoate-le! Acum!

— Cum adică? urlă la el femeia din SS. Fetele astea au fost selecționate pentru camera de gazare.

— Femeie, nu te pune cu mine! Avem nevoie de mai mulți muncitori. Scoate-le imediat!

Femeia din SS se întoarce spre noi și începe să tragă de fete cu propriile mâini.

— *Louse! Louse!* urlă amândoi.

Apucă fetele cu mâinile și le scot din încăperea dușurilor.

Ieșim una câte una pe ușa îngustă.

— Puneți-vă uniformele! Nu le căutați pe ale voastre! Luați prima uniformă pe care puneți mâna.

Înghit în sec dezamăgirea. Atât de mult îmi doream un duș bun. Ne îmbulzim toate să apucăm câte-o uniformă, s-o tragem pe noi și apoi să ne încălțăm.

Eidy stă sprijinită cu spatele de zid. Vocea îi tremură violent:

— Ce faceți?

Are ochii cât cepele. Eidy, care mereu parc-ar fi de piatră, arată dintr-odată precum metalul ce se topește în furnal. Tot chipul i se modifică, iar lacrimile încep să-i șiroiască pe obraji.

— Au nevoie de noi la muncă, zice cineva. Nu putem face duș pentru că au nevoie să lucrăm undeva.

— Copilași, oftează ea. Se uită la noi de parcă am fi niște fantome. Știți de unde tocmai ați ieșit? Știți oare de ce tocmai ați scăpat? Fete frumoase, copilași frumoși...

Suspină și apoi își recapătă suflul.

— Tocmai v-ați întors din morți. Sunteți vii. Știți de unde tocmai veniți?

Noi ne uităm la ea cu gurile căscate.

Atinge fețele câtorva dintre noi.

— Tocmai ați ieșit din iadul însuși. Ați scăpat. Niciodată nu s-a mai întâmplat. Ați ieșit din iad.

Nu știu despre ce vorbește. E neliniștitor s-o vedem pe *Blockälteste*, pe care nimic n-o mișca niciodată, plângând precum un copil. Simt că s-a întâmplat ceva important, dar nu înțeleg ce.

— Copii, nu știu unde vă duceți. Dar nu vă dați seama? Oriunde, însă nu aici!

Își lasă fața în mâini și cedează, plânge scoțând sunete disperate.

— Copii frumoși, sunteți în viață. Ieșiți de aici!

Strâng mâna lui Leah. Ieșim de aici!

SS-iștii ne aliniază iar în rânduri de câte cinci.

— *Louse!* Alergați.

Încercăm să ținem pasul cu ei. La început, am impresia că ne întoarcem spre barăci, dar curând devine evident că ne ducem în cu totul altă parte. Mărșăluim ore în șir. SS-iștii ne împing înainte.

— Continuați! strigă ei.

Mergem, și mergem, și mergem. Orele devin zile. Văd ca prin vis soarele care apune, și noi mergem tot înainte. Apoi îmi dau seama că soarele răsare. Nu mai pot gândi. Trupul meu nu mai are suficientă energie să gândească. Stau îndesată între sute de fete și lunec, aproape lipsită de viață, cu trenul.

28

CRASNA, 1940–'44

Ne faci să fim
mărul de ceartă al vecinilor noștri,
și vrăjmașii noștri
râd de noi între ei.

Psalmii, 80:6

Când mă întorc acasă de la Hana, mama arată altfel decât mi-o închipuisem în minte în toate lunile astea din urmă. O strâng tare în brațe și îi spun să nu ne mai lase niciodată să plecăm.

— Trebuie s-o aducem acasă pe Leah, spun eu când ne strângem în jurul mesei mamei și mâncăm la cină o pâine dospită și o mică salată.

Mă uit la camera unde este patul nostru și abia aștept să mă cuibăresc în el, dar numai cu Leah alături.

— Hana m-a dus într-o zi în vizită acasă la Lipa, s-o văd pe Leah, pentru că locuiește aproape de ea. Toți copiii familiei ședeau la masă, mâncau, iar Leah era undeva în spate, agitând apa pentru afacerea lor cu sifon. Nu vreau ca ea să stea într-o casă ca aceea.

— *Mamesheine*[1], spune mama, dar nu am ce să-i dau să mănânce.

— Mamă, ce mâncăm noi va mânca și ea. Vine acasă.

Mama dă din cap că da și pe loc se așază să-i scrie unchiului Lipa. O săptămână mai târziu Leah se întoarce acasă, iar casa noastră este din nou un cămin.

---

1. Mamă dragă (în idiș, în orig.). (N. a.)

Casa noastră este căminul nostru, dar apoi ne este luată. Într-o zi, o unguroaică ne bate în ușă, cu hârtii oficiale în mână.

— Aceasta este proprietatea Ungariei. Casa aceasta nu mai este a voastră. Trebuie să plecați până diseară.

Mama doar se uită lung la ea, dă din cap, apoi închide ușa.

Pe când mă întorc de la muncă în ziua aceea, Kokish Emma o ajută deja pe mama să împacheteze. Plânge, dar chipul mamei e stoic.

— Dar cum? Cum să te oblige să pleci? întreabă Kokish Emma. Nu are nici o noimă.

Mama nu-i răspunde. Ne împachetează puloverele și le așază în valiză.

— Rozi, du-te și adu-i lui Kokish Emma coșul pentru bani din dulap.

— O, Haia Neha, nu vreau banii, vreau ca cea mai bună prietenă a mea să-mi fie vecină. Vreau ca cea mai bună prietenă a mea să aibă casa ei.

Mă duc la dulap și iau un coș împletit care dă pe din afară de bancnote. Soțul lui Kokish Emma este patronul măcelăriei și nu-i plac băncile, așa că noi îi păstrăm banii. Nu o să mai putem face asta dacă vom locui hăt, taman în cealaltă parte a satului. Emma îmi ia coșul din mâini și-l pune pe podea. Ia puloverul de la mama și îl împăturește iar.

După un an de pus ban pe ban în propriul nostru coș de răchită, avem în cele din urmă suficient.

Mama se duce la magazin, iar noi așteptăm să vedem cu ce se întoarce acasă. Se întoarce cu o mașină de cusut cu pedală de picior atașată, jumătate cât ea de mare. O așază zâmbind pe masă, iar noi dăm fuga s-o vedem.

— E frumoasă! spune Leah și-și trece palmele peste partea curbată de sus, de ebonită albă.

— Arată atât de profesionist! spun eu uimită.

Îmi plimb degetele pe ea, apoi în sus și-n jos pe acul subțire, argintiu.

— Este, spune mama. Mi-au făcut o mică reducere; este cea mai bună mașină de cusut de prin părțile astea.

Sărbătorim cu castraveți murați și-o prăjiturică. Camera e mică, dar pentru noi pare ideală.

— Pentru succesul pe care îl vom avea în viitor... spune mama, în timp ce ne taie câte o bucată din prăjitura ei. (Deja simțim gustul dulce.) Nu mai sunteți niște fetițe; sunteți tinere doamne, ne spune când ne întinde bucățile de prăjitură.

Mă uit la Leah, e parcă o versiune mai tânără a mamei și devine atât de frumoasă, cu ochii ei atenți, cu nasul delicat, dar de femeie, și buzele roșii precum o panglică. Mă las pe spate, îmi încrucișez mâinile pe piept și mă întreb cum de am ajuns atât de repede aici.

Leah are imediat clienți. Cu degetele ei agile și mintea sa aritmetică, nu-i ia mult să devină o legendă – îi e de-ajuns să se uite o singură dată la un client ca apoi, în câteva săptămâni, din mâinile ei să iasă o rochie minunată, de măsura potrivită. Sunt mereu prin preajmă s-o ajut pe Leah cu măsurătorile și cu câteva cusături ici, colo, când este prea ocupată.

Într-o bună zi, o clientă nouă intră la noi în apartament și spune:

— Vreau ceva care să mă facă să arăt *cinuș*[1]. Poți face ceva pentru mine, Leah?

Leah o măsoară pe femeie din ochi.

— Vreți să fie dintr-un material anume, sau v-ar interesa unul de-al nostru? Dacă da, am materialul ăsta mov splendid, care cred că s-ar potrivi de minune tenului dumneavoastră.

---

1. Ceva între șic și suplu. (N. a.)

— Am adus ceva... spune doamna, dar deja se uită la metrajele care se află în spatele lui Leah.

— Sigur, atunci vă arăt doar la ce mă gândeam și poate că vă va fi mai ușor să vă decideți.

— Da, e o idee bună.

Leah îmi face semn din cap, iar eu mă duc să iau metrajul. Știu la care anume s-a gândit Leah. E moale, precum o catifea aproape, nici roz, dar nici violet. Mă întorc cu materialul în mână, iar Leah deja se răsucește în jurul femeii cu un metru de croitorie și rostește-n barbă măsurile.

— Iată, spune Leah, luând materialul din mâinile mele. Uitați-vă!

Drapează materialul în jurul umerilor femeii și o conduce mai aproape de oglindă. Femeii i se luminează ochii.

— Știi ce? Chiar mi-ar prinde bine o rochie care să nu fie precum toate cele bleumarin pe care le am, spune ea.

— Chiar că da, aprobă Leah. Meritați ceva în care să vă simțiți bine, nu? Nu mai trebuie decât să vă notez măsurile. O să fie gata în trei săptămâni.

Femeia pleacă într-o cascadă de „mulțumesc"-uri și instrucțiuni legate de tivuri, iar eu mă întreb de ce în mine se iscă o cascadă de ceva neplăcut când mă uit la sora mea. Mai întâi la școală, apoi în felul în care muncește – mereu a fost mai bună decât mine.

Femeia se întoarce câteva săptămâni mai târziu. Leah îi zâmbește și-i întinde rochia. Am pus-o la abur și-am călcat-o noaptea trecută până târziu. Este perfectă. Nici urmă de cută pe rochie. Măcar mă pricep să calc.

Femeia dispare în garderoba improvizată și iese după câteva minute. Pășește în fața oglinzii. Este o altă femeie! Rochia se mulează și se așază pe trupul ei, și o îmbrățișează ca pe un bun prieten, nu prea strâns, și plăcut, și apropiat, și mângâietor.

— Vă stă foarte bine, spun eu.

Leah își mușcă buza în așteptarea unui răspuns.

Femeia stă cu mâinile pe coapse cât se privește în oglindă.

— Trebuie să recunosc că ai făcut o treabă minunată, spune ea și zâmbește pentru prima dată de când am cunoscut-o. Mulțumesc mult! A, și iată plata.

Își scoate portofelul din geanta neagră, ponosită și numără câteva bancnote. Mă bucur pentru ceea ce Leah face pentru familia noastră, chiar dacă orgoliul meu are de suferit.

Anii trec, iar noi continuăm să coasem pentru cei din sat. Într-o zi, Ghitta se logodește, iar Leah și cu mine numai despre asta vorbim.

— Trebuie să facem rochii pentru nunta ei, trebuie să arăți bine! Ai deja optsprezece ani și e vremea să te căsătorești!

— Numai pentru că Ghitta s-a logodit de cum a făcut șaptesprezece ani nu înseamnă că toate trebuie să facem la fel.

— Ha! Abia aștepți să te căsătorești, nu-mi spune că nu e așa!

— Nu mor de nerăbdare să mă căsătoresc, îi răspund și roșesc. Adică, ar fi drăguț.

— Mă întreb cu cine te vei căsători. Eu vreau doar să fie cineva tare, tare drăguț.

— Eu vreau pe cineva drăguț și foarte chipeș.

— Ha! Nu m-ar deranja nici pe mine să fie chipeș.

Mergem spre casă.

Iehezkel stă la masă cu cartea lui. Când ne aude intrând, își ridică privirea. Sub ochi are o vânătaie de un violet intens cu mici spirale gălbui.

— Bună, Hezkel, zic eu. Cum te simți?

— Sunt bine, doar nu-i spune mamei că vin așa zilnic acasă de la școală.

Cu o săptămână în urmă, doi băieți mai mari l-au cotonogit când se întorcea acasă, după lăsatul serii. „Evreu împuțit“, au strigat la el. Mama a mers cu noi a doua zi dimineață, la judecătorie, ca să se ocupe de băieții ăia oribili care au ridicat pumnul asupra băiatului ei.

— Evreică fără minte! i-au spus la judecătorie. Cauți dreptate? Și ce anume ai vrea? Du-te, cucoană, acasă! Ai noroc că te lăsăm să pleci!

În seara aceea, mama s-a întors confuză și îngrijorată, dar până ne-am așezat la cină, cum Iehezkel se simțea mai bine, a pus hotărâtă salata pe masă și ne-a spus:

— Bănuiesc că mereu vor fi nebuni pe lume; n-o să se mai repete.

Cu câteva săptămâni înainte, prin sat a trecut un bărbat din Polonia. Nevasta măcelarului l-a ospătat la ea acasă, iar el a înfulecat în doi timpi și trei mișcări toată mâncarea pe care i-a pus-o în față. L-am văzut cu ochii mei: avea ochi de smintit, părul vâlvoi, murdar, și barba rasă pe jumătate. Îi tot dădea înainte că cineva omoară evrei în Polonia. Auzisem zvonuri asemănătoare, dar zvonurile sunt zvonuri, și doar nu era cazul să ne agităm de la vorbele spuse de cineva care era în mod atât de evident cu nervii la pământ. Și, în tot cazul, noi nu eram în Polonia; noi eram în Ungaria. În țara asta nu avea să ni se întâmple nimic.

— Rozi se căsătorește, ne tachinează Leah.

— Ar face bine să se poarte frumos cu tine, sau va trebuie să-mi dea socoteală, zice Iehezkel.

— Ha! Chiar arăți amenințător cu ochiul ăla învinețit! spun eu.

Râdem. Da, aici nu ni se poate întâmpla nimic rău.

PARTEA A TREIA

29

BERGEN-BELSEN, NOIEMBRIE 1944

M-a scos
din groapa pieirii,
din fundul mocirlei;
mi-a pus picioarele pe stâncă
și mi-a întărit pașii.
Mi-a pus în gură
o cântare nouă,
o laudă pentru Dumnezeul nostru.
Mulți au văzut lucrul acesta,
s-au temut și s-au încrezut în Domnul.

Psalmii, 40:2–3

Când ajungem la destinație, afară e întuneric beznă. Sar din tren și încep să tremur. Întunericul din jur pătrunde parcă în mine, aspirând cu o mișcare violentă orice bucurie-mi mai rămăsese. În loc, se mai cască doar o goliciune rece. SS-iștii ne mână de-a lungul pământului mlăștinos spre o clădire ce aduce a hambar. Cu fiecare pas, picioarele îmi sunt tot mai amorțite. Încălțările de lemn sunt atât de tari, încât îmi trimit prin trup unde de șoc, unele după altele. Când ajungem la clădire, soldații SS ne ordonă să ne descălțăm, apoi deschid ușile mari și ne îmbrâncesc înăuntru cu bastoanele lor. Cad cu capul înainte peste fata din fața mea, iar Leah se împiedică de mine. Înaintăm toate, dar nimeni nu se mai ține pe picioare. Îmi duc mâinile la față și simt noroiul, și mă străduiesc să stau în picioare. Reușesc să mă ridic; noroiul îmi ajunge până la glezne. Întunericul este atât de dens, încât trebuie să mă împing parcă în el ca să înaintez. Senzația oribilă din mine se intensifică. Pe măsură ce ochii mi se obișnuiesc cu întunericul, observ că ne aflăm într-o mlaștină chiar în mijlocul unui hambar plin de noroi peste tot, în care nu se zărește nici un pat. Leah este lângă mine, dar pe Hanki n-o văd. SS-iștii închid ușile trântindu-le cu putere și noi pricepem că aceasta este noua noastră casă, și nimeni nu se mai poate ține pe picioare din pricina foamei care ne apasă. Dintr-odată, când ne întindem chiar acolo, una peste alta, de parcă devenisem deja doar niște cadavre, izbucnim toate în plâns. Sunt secătuită de puteri. Îmi las trupul să mi se prăbușească pe podeaua mlăștinoasă. Întunericul se închide în jurul meu, iar tot ce-mi doresc este ca podeaua înnoroiată pe care stau întinsă să mă înghită cu totul. Simt apa lipicioasă în urechi, iar în jurul gâtului și coapselor băltesc bulgări de noroi și excremente. Mi-e și frig, mi-e și foame. Pereții reverberează de plânsete și tânguiri – tânguirile oamenilor care vor ca totul să se termine. Încă mai mult noroi îmi urcă pe lângă coapse, ajungându-mi la spate. Mă învelește. Leah stă cu capul sprijinit de-al meu. Închid ochii și mă alătur plânsetelor tuturor. Acesta este cel mai sumbru loc în care am fost vreodată.

Dintr-odată, din cealaltă parte a încăperii se aude un fredonat. Plânsetele se opresc încet, lăsând locul unei tăceri uimite, pe măsură ce murmurul se aude tot mai tare. Cineva cântă. Vocea devine mai puternică, și toată lumea tot mai tăcută, și dintr-odată știu cine este.

— Leah, cântă Feighe[1], șoptesc eu.

Aș recunoaște oriunde vocea aceea.

— Așa e, îmi răspunde Leah șoptit.

Tăcem și o ascultăm cum cântă.

---

1. Nume care, în idiș, înseamnă pasăre. (N. a.)

Vara mea Feighe a cântat frumos dintotdeauna, precum pasărea după care a fost botezată. Are cea mai frumoasă voce din lume. Pe când eram acasă și mergeam în vizită la părinții lui tata, la țară, mereu venea și ea. Obișnuia să fredoneze în timp ce ne arăta ce mai făcuseră pe la fermă, iar fredonatul se transforma repede în cântat de-a dreptul. Vocea îi suna precum clinchetul clopoțeilor în vânt. Înaltă și clară, asemenea apei proaspete de izvor. La fermă, atunci când cânta, iarba cea verde, și cerul senin, albastru, și florile de câmp se alăturau în dans.

Și acum iat-o, întinsă ca noi toți în noroi, iar eu nu-mi cred urechilor. Feighe cântă, cântă tot mai tare, iar tânguirile se opresc de tot. În hambarul noroios e liniște. Ea cântă:

Ikh vil bay ayh a kașe fregen, zogt mir ver es ken
Mit velhe tayere farmegen bentșt got alemen?
Men koyft dos nișt fir kayne gelt, dos git men nor umzist
Oon doh az men ferlirt dos, oy vi treren men fargist.
A țvayten git men kaynem nit, es helft nișt kayn gevayn
Oy, ver es hot farloyrn, der vays șoyn vos ih mayn.

A Idișe Mame,
Es gibt nișt besser oif der velt
A Idișe Mame,
Oy vey vi bitter ven zi felt.
Vi șayn in lihtig iz in hoiz ven di mame iz do
Vi troyerig finster vert ven Got nemt ir oif Olam Haba.

In vasser in fayer volt zi gelofn far ihr kind
nișt halten ihr tayer, dos iz gevis di gresten zind
Oy, vi glikleh un rayh iz der menț vos hot
Aza șayne matune geșenkt fon Got,

Nor ayn altişke Idişe Mame,
Oy, Mame Mayne![1]

Cântă *A Idişe mame* compus de marele cantor Rosenblatt. Mi-e dor de mama. Vreau la mama. Sper că este bine.

— Te rog, mai cântă, spune cineva.

Şi ea cântă. Continuă, intonând toate acele cântecele cu care am crescut, şi adorm curând cu gândul la mama, cuibărită în noroi şi-n umărul unei alte persoane.

Se aude un trosnet puternic, iar hambarul e inundat de-o lumină gri. SS-iştii stau în dreptul uşilor şi aşteaptă să ne ridicăm. Toată lumea se trezeşte repede şi încearcă anevoie să şteargă noroiul care ne-a acoperit fiecare centimetru al trupului. Aştept ca fetele care se află peste mine să se ridice, şi când în cele din urmă parcă e puţin aer în încăpere îmi înalţ capul şi mă ridic. Am nevoie să merg la baie.

Afară este o mulţime de fete, iar în pământ un puţ adânc, şi un soldat SS stă pe un scaun sus, pe o platformă de pe care se vede tot puţul. Se uită la noi. Putoarea din aer îmi întoarce

1. *A Idişe mame*, imn închinat mamei evreice, compus de Josef „Yossele" Rosenblatt (1882–1933), cantor şi compozitor evreu de origine ucraineană. „Vreau să pun o întrebare, răspunde-ţi-mi cine ştie, / Cu ce daruri preţioase binecuvântează Dumnezeu pe toată lumea? / Acestea nu se pot cumpăra cu bani, ni se oferă gratuit. / Şi, desigur, dacă-l pierzi, vai, cum lacrimile curg. / A doua oară nu-l mai primeşti, nu ajută nici un plâns. / Oh, cel ce a pierdut, el ştie deja la ce mă refer. / O mamă evreică, / nu există nimic mai bun pe lume. / O mamă evreică, / Vai ce amar e când ea lipseşte. / Ce frumoasă şi luminoasă e casa în care ea, mama, există, / Cât de tristă şi întunecoasă devine casa, când Dumnezeu ne-o ia. / Prin apă şi foc pentru odorul ei ar alerga, / A nu te bucura de dragostea ei e cea mai mare pierdere. / Ah, cât de ferice şi bogat este omul ce are, / Un dar oferit de Dumnezeu atât de mare, / O bătrânică mamă evreică, / Oh, mama mea."

mațele pe dos. Puțul ăsta e baia. Deasupra gurii puțului sunt două bârne pe care se poate călca. O văd pe una dintre fetele de lângă mine cum folosește puțul. Se ciucește ușurel, apoi sare de-acolo cu viteză. Apoi vine următoarea fată. Se așază pe cele două bârne și dintr-odată lemnul cedează cu un „crac" scâncit, iar ea dispare în fecale. SS-istul o privește vreme de un minut cum se chinuie, dând din mâinile ridicate deasupra capului. Râde, lovindu-se peste genunchi. Puțul plin de fecale e prea adânc ca ea să poată ieși; după câteva clipe, își lasă mâinile în jos și dispare, înecându-se. Moare! Pur și simplu moare înghițită de dejecții. Nu știu ce să cred. Nu vreau să mor, dar nici aici nu vreau să fiu. Aici, unde viața e mai rea decât moartea, iar moartea este doar o distracție pentru SS-iști. Cerul este aproape la fel de întunecat și de adânc ca puțul, iar eu nu pot face nimic. Nu-mi dă pace că aș putea să o salvez pe fata aceea. Pe mine nu mă pot salva. De ce oare a părut atât de bucuroasă Eidy că părăsim ultimul lagăr? Aici e mult mai rău. Ceva îmi răcnește în cap. Trebuie să ies de aici. Demoni îngrozitori intră și ies din capul meu. Foamea îmi sfârtecă vintrele bucată cu bucată. Simt cum mi se agită stomacul și cum se agață de ceva pe care încearcă să-l devoreze, dar se devorează doar pe sine. Mă întorc și găsesc un alt colț unde să mă ușurez. Acesta este cel mai rău loc în care am fost în viața mea, și abia pot îndura agonia din mine.

În noaptea următoare, întinse în noroi precum porcii într-un coteț, Feighe ne cântă iar. Mă întreb ce aud soldații SS care stau afară, lângă ușă. Suntem câteva sute de fete care nu mai au pic de grăsime pe trup, care sunt doar piele, și os, și au un gol imens unde înainte era stomacul. Suntem câteva sute de fete întinse în centimetri de noroi și mâzgă, în iad. Și cu toate acestea, printre noi este fata aceasta cu voce de înger, care ne cântă să adormim, precum o mamă, copiilor ei.

— Știi unde suntem? o întreb pe fata de lângă mine.

— Suntem la Bergen-Belsen, spune ea. Am auzit că ne-au transferat aici pentru că Aliații câștigă războiul. Nu ieșim vii de aici.

— Aliații câștigă războiul! repet vorbele către Leah. Nu știam că cineva luptă pentru noi. De aici, ne ducem acasă!

— Sper, spune Leah și se cuibărește mai aproape de mine.

Noroiul saltă și-mi ajunge la gât. Leah adoarme cu capul pe umărul meu.

Dimineață ni se dă să mâncăm puțină carne de cal și apoi suntem duse înapoi la puțul-toaletă. Din nou pe scaunul de pe platformă, acolo sus în cer, stă un soldat SS. Se uită la noi cum ne așezăm deasupra puțului și ne ușurăm. Am grijă să nu rup bârnele cât sunt acolo.

Nu lucrăm la Bergen-Belsen. Stăm ore în șir în picioare pentru *Zeilappell* și apoi suntem trimise înapoi în barăcile noroioase. Nu avem energia să vorbim între noi. Doar dormim, iar când suntem treze privim în gol înainte.

30

CRASNA, 1943
LA VÂRSTA DE ȘAPTESPREZECE ANI

Pe malurile râurilor Babilonului
ședeam jos
și plângeam,
când ne aduceam aminte
de Sion.

Psalmii, 137:1

După moartea tatei, în fiecare vară petreceam două luni cu bunicii la țară. Chiar și după ce am devenit croitorese și am terminat școala, tot ne luam liber vara ca să stăm cu familia tatălui meu.

Până acolo mergeam cu docarul tras de cal, în care ne jucam toată ziua și priveam pe fereastră la merii și perii care împânzeau locul kilometri peste kilometri.

Când coborâm în apropierea casei bunicilor, mătușa și unchiul ne așteaptă. Locuiesc în aceeași casă cu bunicii. Unchiul o ajută pe mama cu bagajele, iar mătușa mea, Leah Mariam, o îmbrățișează îndelung. E cu cel puțin un cap mai înaltă ca mama și e teribil de frumoasă, ca o stea de cinema dintr-o altă lume, și are un comportament din cele mai blânde.

— Haia Neha, a trecut prea mult timp, spune ea.

— Știu, avem multe de povestit, zice mama. O, ce dor mi-a fost de tine!

— Vino, te ajut să te instalezi, spune Leah Mariam. Mama și tata ne așteaptă în sufragerie. Sunt cu toți copiii!

Mama râde. Leah Mariam are mulți copii. Tot la doi ani a avut gemeni. Până acum nu a născut decât câte doi odată.

— Bună, frumoasele mele nepoate și nepotul meu drag! ni se adresează cu căldură. Iehezkel, ce mare te-ai făcut!

— Sunt deja Bar Mițvah, spune el.

— Dumnezeule! Când a zburat timpul? Și Rozi, și Leah, de câte ori vă văd sunteți tot mai frumoase!

Zâmbim, căci nu-i puțin lucru, venind din partea ei.

Mergem împreună spre casă. Este mai mare și mai spațioasă decât a noastră. Când intrăm, bunicii sunt în sufragerie, pe canapea. În cameră este puțin prea liniște. Bunicul nu seamănă deloc cu *zeide* Heilbrun. Ne zâmbește când ne apropiem și ne îmbrățișează, dar deja are câte un bebeluș pe fiecare braț și nu se poate apropia prea tare. Mama și Leah Mariam se duc în bucătărie pentru un ceai și apoi sus, să despacheteze lucrurile noastre. Între timp noi ne uităm la copiii mai mici și le spunem lui *bobe* și *zeide* tot ce s-a mai întâmplat de când ne-am văzut ultima dată.

Mama coboară împreună cu Leah Mariam.

— Sunt bune camerele voastre? întreabă *bobe.*

— Foarte, mulțumim!

Se lasă din nou tăcerea, și unul din gemeni începe să plângă, iar Leah Mariam îl ridică.

— Mă duc să-i schimb scutecul.

— Haidem, afară cu noi! ne spun Beila și Moșe, gemenii de cinci ani.

Ne supunem cu plăcere. Soarele cald de vară și iarba verde și răcoroasă ne atrag.

Odată ce ne instalăm, vara petrecută cu bunicii este minunată. Leah și cu mine ne plictisiserăm de stat în casă toată ziua, cu un fier de călcat fierbinte și cu boldurile fine tot înțepându-ne degetele. Câmpul de lângă casa bunicilor pare fără margini. Soarele e cald, dar nu ne încingem prea tare pentru că sunt mulți copaci ce-și aruncă umbra. Aerul e proaspăt, miroase a iarbă și-a soare. Ne trezim în fiecare dimineață cu o zi întreagă care ni se așterne la picioare și nici o muncă de făcut. Toți verișorii vin să ne viziteze. Feighe, verișoara noastră, care-i de-o seamă cu noi, vine și ea să ne vadă. Ne petrecem toată săptămâna împreună. Cântă precum o pasăre indiferent ce face. Nici măcar nu își dă seama cum cântă mereu. Tatăl ei are câmpuri întinse de grâu și într-o zi ne duce într-o excursie să le vedem. Coborâm din mașina lui lângă un ogor și ne uităm uimite la valuri după valuri de grâu care flutură în vânt. Nu-mi vine să cred că din el se face *matzah*[1] pentru Pesah[2]. Celălalt unchi al meu deține o mare oțelărie. Într-o seară vine și, cu vocea lui profundă, ne spune povești înainte de culcare. Îmi doresc să ne povestească despre tata pe când era copil, dar nimeni nu suflă o vorbă despre el.

În august, este *Tisha B'Av*[3]. E ziua de doliu care marchează distrugerea Templului. Înainte de începerea postului ne așezăm cu toții pe jos și mâncăm ouă fierte, presărate cu cenușă deasupra, și cu pâine de secară, fără unt. Postul începe la apus, iar *zeide* iese din cameră. Îl aud cum plânge în biroul lui și este șocant să-l aud astfel pe tăcutul și morocănosul meu *zeide*.

Puțin mai târziu, când ne ducem la culcare, văd că Iehezkel pune o piatră de afară pe podeaua camerei.

— Ce faci acolo?

---

1. Pască, pâinea nedospită specific evreiască, făcută pentru a comemora eliberarea evreilor din sclavia din Egipt. Evreii au fost nevoiți să plece atât de repede din Egipt, încât nu au avut timp ca aluatul de pâine să crească. (N. a.)

2. Paști. Sărbătorare care celebrează ieșirea evreilor din sclavie. (N. a.)

3. „Ziua a noua a lunii Av." Zi de post, care se ține anual, în luna Av a calendarului evreiesc. Comemorează ziua distrugerii Templului, și cade, de obicei, în iulie sau august. (N. a.)

— Este *Tisha B'Av*. E ziua din an când dedicăm din timpul nostru să ne amintim că viața nu este așa cum ar trebui să fie.

— Dar deja ții post. Nu ai nevoie și de o piatră pentru asta.

— Nu vreau să dorm cu o pernă confortabilă. Vreau să îmi amintesc și în somn.

— Atunci culcă-te cu capul direct pe podea. La ce îți mai trebuie piatra?

— Știi că atunci când Iacov a dormit pe pământul unde fusese înainte Templul și-a pus douăsprezece pietre sub cap, și toate s-au unit, devenind una? Simbolizau faptul că suntem unul, deși suntem împrăștiați toți în toate direcțiile, precum cele douăsprezece triburi. Vreau să fac la fel. În ziua în care ne amintim de Templul pe care l-am pierdut; vreau să-mi reamintesc.

— Ești atât de dulce, Hezkel, dar e o țicneală! Nu poți dormi cu capul pe o piatră. Uite, ia o pernă.

— Nu vreau perna. Știi de ce a fost distrus Templul nostru? L-am distrus pentru că ne-am distrus pe noi. Eram unul, dar noi nu știam asta, și ne-am decimat – prin asta ne-am decimat pe noi înșine. Putem părea diferiți, dar eu sunt tu, iar tu ești eu, și toți suntem parte din fiecare. Suntem toți parte din Dumnezeu, trăim cu El. Trebuie să știm asta!

— Și ce legătură are *Tisha B'Av* cu asta?

— Orice distrugere se naște din gândul că ceilalți sunt diferiți de tine. Ca să poți fi crud cu cineva, trebuie să te gândești la el ca la ceva diferit de tine. Și în felul acesta îl transformăm într-un străin. De parcă nu ar curge același sânge prin vinele noastre, de parcă n-am respira toți același aer. Nimeni nu poate fi crud decât dacă îl vede pe celălalt ca diferit, iar asta ne rupe lumea-n bucăți. Nu putem fi diferiți. Cu toții suntem parte a aceluiași Dumnezeu. Nu suntem niciodată singuri.

— Și de asta a fost distrus Templul?

— Nu doar Templul a fost distrus de *Tisha B 'Av*. *Tisha B 'Av* este ziua când răul pătrunde în lume. Și da, pe vremea Templului, pe noi ne distrugeam, dinăuntru. Eram precum un bebeluș care încearcă să se elibereze din pântecele mamei pentru că nu mai puteam fi una cu mama. Dar nu puteam respira singuri. Știai că atunci când Templul a fost distrus ne purtam cât se poate de crud unii cu alții, iar Dumnezeu chiar urma să ne omoare pe toți, dar El ne iubește atât de mult că a preferat să-și lase Templul să ardă în loc? Acum El nu mai are unde să se ducă. Nu iau perna.

Și spunând asta, se întinde cu capul pe piatră și se acoperă cu o pătură.

— *Tisha B 'Av* va fi cândva o zi sfântă, șoptește el când ne așezăm cu toții să dormim. O să învățăm; o să fim precum unul, și *Tisha B 'Av* va fi motivul pentru care vom învăța. O să dansăm împreună și o să ne înfruptăm din merinde atât de delicioase, că nu o să îți vină să crezi că e zi de post. Crede-mă, într-o bună zi vom sărbători *Tisha B'Av*[1].

— E atât de matur, îmi șoptește Leah, în vreme ce el adoarme.

— Îți vine să crezi că e frățiorul nostru mai mic? o întreb.

Ne uităm amândouă spre de-acum aproape adolescentul care doarme cu capul pe piatră.

— Sper să aibă dreptate, spune Leah.

---

1. În ziua a noua a lunii Av se ține postul cel mai greu dintre cele patru posturi în amintirea distrugerii Templului și reprezintă culminarea perioadei de doliu de trei săptămâni cunoscute sub numele *Bein HaMețarim* care încep cu postul de 17 Tamuz. După tradiția evreiască, *Tisha B'Av* este legată din vechime de nenorociri; în perioada modernă, este de menționat, de pildă, că în aceeași zi, în 1942, naziștii au început transporturile în masă ale evreilor din ghetoul Varșoviei spre lagărul de exterminare de la Treblinka.

Nu știm ce ne așteaptă în viitor. Nu știm că nu peste multă vreme vom fi văzuți ca venetici – nu precum niște oameni –, astfel încât să putem fi tratați cu cea mai mare cruzime din lume. Tot ceea ce Iehezkel spusese în noaptea aceea se va adeveri nu mai târziu de un an. Baierele lumii întregi, așa cum o știm, se vor rupe, făcându-se miș-fărâmiș, semănând distrugere în tot și-n toate. Iar asta numai pentru că nu am învățat încă să ne privim ca fiind la fel... că, dimpotrivă, numai venetici nu suntem... că suntem toți parte a unui întreg. Dar unii oameni vor dori să rămână separați și, despărțindu-ne, vor deșira esența însăși a ceea ce face ca lumea să fie un întreg, până când acesta nu va mai putea decât să explodeze. Precum cancerul, care separă înseși celulele unui organism până când toate organele cedează, iar trupul moare din pricina lui însuși.

Ce mai rămâne din vară trece lin. Ne cuprinde tristețea când vine luna septembrie, iar coama copacilor prinde a se înroși, și trebuie să plecăm.

— Ne vedem vara următoare! ne spun ei, făcându-ne cu mâna.

Le facem și noi cu mâna din șaretă.

— Pe vara viitoare!

31

FABRICA DE MUNIȚIE DUDERSTADT[1], NOIEMBRIE 1944

Îmi este mâhnit duhul în mine,
îmi este tulburată inima
înăuntrul meu.
Mi-aduc aminte de zilele de odinioară

Psalmii, 143:4–5

La câteva săptămâni după ce am ajuns la Bergen-Belsen suntem înghesuite iar în camioane fără să ni se spună încotro mergem. În vreme ce înaintăm, săltând în sus și-n jos pe un drum plin de denivelări, nu mai am energie nici să mă gândesc la ce mă așteaptă.

Mă trezesc numai când se deschid portierele camionului. Ne descarcă și văd că suntem într-o pădure deasă. Mii de copaci ne înconjoară. Coroanele lor, precum niște umbrele, ne ascund. În fața mea sunt trei barăci înconjurate de un

---

1. Fabrica de armament Duderstadt era operată de grupul producător de armament Polte Armaturen-und Maschinenfabrik OHG. Începând cu 1943, aici, precum în alte fabrici de armament, mâna de lucru provenea din lagărele de concentare, iar fabricile funcționau ca sublagăre. Sublagărul Duderstadt era situat în provinicia prusacă Hanovra, în Untereichsfeld. Conform *The United States Holocaust Memorial Museum Encyclopedia of Camps and Ghettos, 1933–1945*, printre muncitoarele evreice aduse din lagărele de concentrare se numărau 747 de origine maghiară, 2 poloneze și o cehoaică. Au ajuns la 4 noiembrie 1944 în Duderstadt și parte dintre ele au fost ținute în fabrica de mobilă Steinhoff, aflată în vecinătate.

gard înalt de sârmă ghimpată. Femeile din SS împânzesc locul, poartă toate uniforme militare și stau cu puștile la umăr. Strigă la noi și ne ordonă să ne așezăm în rânduri de câte cinci. Nu am mâncat nimic tot drumul până aici, așa că ne aliniem încet. Ca să ne mișcăm mai repede, ne lovesc cu puștile. Ne duc în barăcile unde o să dormim. Arată precum corturile militare despre care am citit. Înăuntru sunt priciuri unele peste altele.

— Culcarea, porcilor! spune o femeie din SS.

Apoi închide ușa barăcii.

Se aude un fluierat strident, și o femeie din SS intră în baracă pentru a ne trezi. Îmi folosesc toată puterea pe care o mai am ca să-mi dau jos trupul de pe prici. În fața barăcii este o altă femeie din SS care ține o oală. Fetele dau oala din mână în mână, și când ajunge la mine, văd că-n ea e orz. Îl bag în gură și-l înghit pe nemestecate. Are gust de otravă.

— *Schnell!* strigă femeia din SS.

La unele dintre fete încă nu a ajuns mâncarea.

— Hai! Repede!

Ieșim în aerul negru și rece al nopții. Luna e sus pe cer. Probabil că este trei dimineața.

Ne duce încolonate câte cinci pe rând pe-o potecă lungă și înzăpezită.

Mergem vreo douăzeci de minute până când ajungem la o clădire mare, în formă de L. Nu scoatem un sunet când intrăm în clădire, căci nu știm ce ne așteaptă acolo. Este o fabrică, cu mese lungi instalate peste tot, și pereți gri de metal, și ferestruici. Înăuntru sunt deja mulți oameni, care par să fie polonezi și care muncesc la diferite bancuri de lucru. Peste tot patrulează soldații din SS. Un tânăr din SS stă în fața noastră.

— Veți lucra aici, în fabrica de armament. Eu sunt directorul vostru. O să vă dăm diferite sarcini. Nimeni nu se mută de la locul indicat. Nimeni nu se mută până nu vă spunem noi. Vă veți îndeplini sarcinile la perfecțiune, dacă nu vă împușcăm cu armele pe care le curățați sau reparați. Ne veți ajuta să producem arme cu care să luptăm împotriva dușmanilor noștri. Așteptați aici până când vă distribuim noi.

Trece printre noi și ne ordonă unde să mergem. Eu sunt trimisă în fața unei lăzi mari cu pistoale și gloanțe și a unui bazin de lemn plin cu apă. M-aș adăpa ca un cal din el.

— Trebuie să cureți interiorul pistoalelor și gloanțele până când sunt mai strălucitoare ca soarele. Apoi le pui în lada din spatele tău. Apucă-te de treabă, ce mai stai? zice și-mi dă un șut în fluierul piciorului.

Mă aplec deasupra bazinului și arunc în el gloanțele, în vreme ce fiecare din jurul meu are câte o altă sarcină. Hanki este la punctul de lucru de lângă mine. Leah este taman în cealaltă parte a încăperii. Muncim toate din răsputeri, dar în vreme ce mâinile își fac treaba, mă simt năucă și amețită. Mă uit pe ferestre. Printre crengile copacilor văd stelele răspândite pe cerul ca de catifea. Mă simt ca și cum m-aș prăbuși printre ele, dar mă controlez și încerc să muncesc mai departe. Privirea când mi se tulbură, când mi se limpezește la loc. Nu am strop de mâncare în trup; mă disipez. Îmi concentrez atenția pe bazinul de lemn din fața mea. Privesc fix scândurile sale de lemn până îmi devin aproape familiare. Dintr-odată se transformă în copaia de lemn din bucătăria noastră. Podeaua de ciment gri are deasupra un covor turcoaz. Ușa noastră roșie de la intrare se întredeschide și unchiul Duvid intră în casă.

— Ia te uită la tine, Rozi, cum speli toate vasele, spune el. Cineva pare gata de măritiș!

— Mai ușor, Duvid! zice mama. Are doar șaisprezece ani și mă ajută cu vasele de când avea opt.

— Duvid e ca o moară stricată pentru că nu se poate gândi decât la mireasa lui, la Hanki, spun eu.

— Hanki, Hanki, Hanki, zice Leah. Numai la Hanki îi stă capul lui Duvid.

— Nu vă mai necăjiți unchiul, nu e prea respectuos, ne zice mama, dar râde, iar Duvid se face că închide cu un plici cartea peste capul lui Leah.

— Hanki, Hanki, Hanki, repetă Leah.

— Plec, ne anunță Duvid.

— Bine, bine, nu mai spunem nimic, zicem repede Leah și cu mine. Stai!

— Preabine, răspunde Duvid și se așază pe canapea, picior peste picior, cu cracii lui lungi. Dar numai din cauza aromelor care se simt din cuptorul ăla.

— Ah, în sfârșit e ora cinei! zice Leah, împingându-se cu scaunul de lângă mașina de cusut și întinzându-și brațele-n sus.

— Rozi, scoate-ți odată mâinile din copaia cu apă și aștern-e masa, spune mama.

Pun una peste alta farfuriile pe care tocmai le ștersesem și le duc la masă. Pun câte una în dreptul fiecărui scaun. Una pentru mama, una pentru mine, una pentru Leah, una pentru Iehezkel și una pentru unchiul Duvid. Așez apoi de-o parte și de alta cuțitul și furculița, iar sub fiecare farfurie, ștergarele apretate. Mama ia pâinea de pe plită și oftăm toți când o taie în felii, iar aburul iese din ea în rotocoale care urcă spre tavan, ca un vis. Torn într-un castronel uleiul de măsline și puțină sare, iar mama scoate mâncarea de năut și o pune pe un platou, lângă cartofi.

Deschid ușa, scot capul afară și strig:

— Iehezkel! Cina!

— Foarte elegant, mormăie Duvid.

— Deloc precum prietena ta, zic eu și scot limba la el.

— Nu e prietena mea, e mireasa mea, spune Duvid.

— Vă dau cina numai ca să tăceți odată cu toții, zice mama.

— O să le mai tachinez, dacă acesta e rezultatul, spune Duvid după ce ia prima îmbucătură de mâncare.

Tactica mamei nu-i rea deloc, căci nu suflăm o vorbă în timp ce înmuiem pâinea fierbinte în mâncarea dulce și aromată, care ne încălzește trupurile. Ne îndopăm până când nu mai avem loc în burtă. Fiecare celulă din corpul meu se prinde de micile fărâme de energie din mâncare. Farfuriile sunt linse lună, așa că Leah și cu mine le adunăm și le punem în copaie. Le spăl și le șterg, însă dintr-odată mă simt atât de obosită. Gravitația mă trage-n jos. Nu mă mai pot ține pe picioare nici măcar o clipă. Iau lada în care ar trebui să depozitez toate farfuriile, o așez cu susul în jos și, de-a-npicioarelea, îmi sprijin capul de ea.

— Te spânzur acum, pe loc, îmi spune o voce în ureche.

32

DUDERSTADT, NOIEMBRIE 1944

Zilele mele
sunt ca o umbră gata să treacă,
și mă usuc
ca iarba.

Psalmii, 102:11

Deschid ochii și sunt înapoi în fabrica rece. Fața directorului, tânărul soldat din SS, e la câțiva centimetri de mine. Face un pas în spate. Are un chip imberb, iar ochii, de un albastru rece. E tuns scurt, e aproape chel ca mine.

— Vezi grinda aia din tavan? mă întreabă, apropiindu-se iar de fața mea.

Îi simt respirația mirosind a tutun. Mă face să mă gândesc la *zeide*. Mă face să mă simt puternică.

— De grinda aia o să te spânzur. O să-ți înfășor funia-n jurul gâtului și am să te târăsc cu mâinile mele sus pe scară și am să-ți dau drumul, să spânzuri precum o marionetă până mori. Cine te crezi? Să adormi în mijlocul muncii? O să dormi, planând deasupra tuturor fetelor. Și o să te las acolo să atârni până când pielea ta o să cadă peste capetele celorlalte muncitoare!

Văd cu coada ochiului un soldat mai în vârstă. Se apropie de tânăr și ascultă.

— Uită-te la mine! zice directorul. Nu ți-e frică? O să putrezești în tavan, ți-o promit!

Mă uit la el de parcă ar fi doar un perete. O să mă spânzure? Nu o să mă spânzure. Îmi dă târcoale. Îi privesc chipul fără să ezit în vreme ce el se uită la umerii mei, la pieptul, șoldurile și picioarele mele desculțe. E o foame bizară în ochii lui atunci când îi întâlnește pe-ai mei.

— Fato, nu pricepi, nu-i așa? spune el, de la câțiva centimetri de chipul meu, dar se teme să nu se contamineze dacă mă atinge.

Îi văd petele albe ale irisului și micile denivelări de pe pomeții proaspăt rași. Îi simt respirația mirosind a tutun și văd vagile bule ale salivei care i se strânge în gură.

— Cât de curând o să te spânzur exact de-acolo, spune el.

Stau dreaptă ca o scândură. Inspir și expir. Bărbatul ăsta nu o să pună mâna pe mine, darămite să mă spânzure. Habar nu am cum, dar știu asta. Soldatul mormăie și apoi se răsucește și mă lasă baltă. Mă apuc să spăl interiorul unui pistol. Când directorul este destul de departe, soldatul mai vârstnic se apropie de mine.

Preț de câteva minute nu spune nimic, doar se uită cum întorc la loc lada și așez în ea ordonate gloanțele uscate.

— E foarte bine, spune, dând din cap spre ladă.

Se întoarce apoi către mine și-mi zâmbește trist. Sunt atât de surprinsă, că nu-mi amintesc să-i întorc zâmbetul.

Orele trec și suntem conduse în rânduri de câte cinci din fabrica de armament. Soarele este sus pe cer. O femeie din SS suflă în fluier și spune:

— Acum vă veți duce să-i ajutați pe fermieri pe câmp! Nu uitați că vrem doar fete muncitoare, așa că munciți din greu!

Mergem destul de mult până ajungem la un câmp întins. Din pământ se ițesc frunzulițe de sfeclă de zahăr.

— Trebuie să smulgeți toată sfecla de zahăr de pe câmp și s-o adunați la un loc pentru fermieri! spune femeia din SS. Luați fiecare câte o lopată! Munca începe acum!

E frig, iar noi nu avem jachete pe noi. Mă aplec spre pământ. Trag de o tulpină. Reușesc să scot una și s-o pun în mormanul pentru fermieri.

Deja e întuneric afară când suntem duse înapoi la barăci. Undeva în fundul minții îmi dau seama că mor de o moarte lentă. O să mă prăpădesc fie de foame, fie de epuizare, dar sunt prea obosită și să mă gândesc la asta.

În noaptea aceea, Leah se strecoară pe prici lângă mine.

— Folosesc muniția la care lucrăm noi, ca să lupte împotriva Aliaților, care încearcă să ne salveze. Îți închipui una ca asta? Așteptăm toată ziua ca Aliații să vină și să ne salveze, iar cât așteptăm, lustruim gloanțele cu care sunt uciși.

Suspină din rărunchi și pentru o clipă nu spunem nimic.

— Cine știe însă dacă este adevărat, zice, strângând din umeri, apoi își pune capul pe umărul meu și adoarme pe loc.

Suntem iar trezite de fluierul strident al femeii din SS. Primim puțină cafea și câteva îmbucături de orz cu gust de otravă și apoi suntem duse prin pădurea înghețată spre fabrică. Mă duc la bancul meu de lucru, unde mă așteaptă o nouă încărcătură de gloanțe murdare. Îmi bag mâinile în bazinul cu apă rece ca gheața și încep să le curăț. Iehezkel își face apariția lângă mine și îmi scufund iar mâinile în apa rece. Se uită cum trec dintr-o mână în alta un glonț și-l curăț bine.

— Ce faci, Rozi? mă întreabă.

— O, drăgălășenie, asta e munca mea. Curăț și lustruiesc goanțele pentru fabrică. Apoi le pun deoparte.

— Și chiar ai de gând să faci asta pentru ei?

— Am de ales?

— Tu nu ai respectat niciodată regulile.

Îi întorc un zâmbet. Apoi las gloanțele să se scufunde în bazin. Aterizează pe fund cu un sunet înfundat. Inima îmi bufnește mai tare încă, dar nimeni nu pare să observe.

— Ha, zice Iehezkel, apoi se face nevăzut.

Dintr-odată mă simt neliniștită și foarte trează. Iau încă un morman de gloanțe și mă uit în jur. Directorul stă cu spatele la mine, așa că le las să se scufunde încet până pe fundul bazinului. Privesc în sus iar inima-mi stă-n loc o clipă. Cineva este suficient de aproape să vadă ce fac. Rămân nemișcată, cu capul aplecat deasupra bazinului; e prea adânc ca să mai am cum să le scot acum. Apoi pe luciul apei zăresc cel mai frumos lucru: ofițerul nazist mai în vârstă, zâmbind. Îi văd acei ochi triști și obrajii puțin buhăiți și lăsați, dar are un zâmbet pe chip și tocmai ce m-a prins încălcând regulile.

— Ai, te rog, grijă, șoptește el.

Și trece mai departe.

— Rozi, vezi că lași toate furculițele să alunece pe fundul bazinului, spune mama. În ritmul ăsta, nu o să mai avem tacâmuri.

— O, chiar așa am făcut? Oi fi visat prea mult cu ochii deschiși, mama, dar nu e nici o problemă, le pot scoate mai târziu.

— Ai noroc că Duvid nu e azi aici să te tachineze.

— Dar *eu* sunt aici, spune o voce profundă.

— *Zeide!* exclam eu. Ce cauți aici?

— Adică ce, n-o pot vizita pe roșcata mea preferată?

— Dar nu ești...?

— Ocupat? Nu, niciodată nu sunt prea ocupat ca să-mi fac timp de tine. Niciodată nu sunt prea ocupat pentru a-ți spune ce treabă grozavă faci. Niciodată nu sunt prea ocupat să-ți spun cât de mândru mă faci. Indiferent unde m-aș afla.

— Mândru?

— Sigur că sunt mândru de tine! zice, ciufulindu-mi părul. Cum altfel? Continuă tot așa, nu te da bătută, Rozi. Ne-am înțeles? Suntem toți aici, lângă tine.

— Bine, *zeide*.

Zâmbesc, iar el se duce și se așază la masă.

Simt apa caldă peste mâinile mele, iar casa este confortabilă, traversată de o adiere delicată de aer proaspăt ce intră pe fereastră. Clăbucii îmi ajung pe sub mânecă atunci când frec fiecare furculiță, dar cumva mi se pare foarte important să le las să se scufunde până la fundul bazinului.

— Asta-i fata mea, spune *zeide* la fiecare bufnet înfundat care se aude.

— Azi am terminat încă o rochie, zice Leah.

— Bravo, Leah! exclamă mama. I-a plăcut clientei?

— A adorat-o! răspunde Leah și pune banii în coșul de răchită.

Simt o împunsătură de ură la adresa lui Leah. Eu sunt cea mai mare, eu ar trebui să aduc banii care se strâng în coș. Nici dacă viața mea ar depinde de asta, tot nu m-aș pricepe să croiesc o rochie. Nu sunt la fel de puternică precum ceilalți. Se sting luminile în casă, și mă trezesc că umblu pe afară. Dintr-odată, sunt înapoi în pădure. Leah pășește alături de mine și mă trage de braț. Scutur din cap și clipesc. Mă uit la ea, numai piele și os, dar tot frumoasă. Inima îmi revine liberă în piept.

— Te iubesc atât de mult.

Am o voce puternică, de parcă aș încerca să-mi împing toate emoțiile în acele câteva cuvinte.

— Nu mai pot continua, Rozi.

— Trebuie. Sunt aici. O să am grijă de tine. Mergem în curând acasă.

O apuc pe Leah de mână. Suntem duse la câmpul cu sfeclă de zahăr. Soarele arde, chiar dacă aerul e rece. Mintea nu-mi mai funcționează. Îmi privesc mâinile cum își fac treaba, dar în celulele mele nu e destulă energie să procesez ce se întâmplă. Când soarele apune, suntem conduse direct la barăci.

Pășim spre ele într-o mare neclară de epuizare. Avem trei ore de somn până când ne întoarcem la munca din fabrică. Adorm de îndată ce trupul mi-e oarecum orizontal.

33
DUDERSTADT, DECEMBRIE 1944

Cei ce vor să-mi ia viața
își întind cursele;
cei ce-mi caută nenorocirea
spun răutăți și toată ziua
urzesc la înșelătorii.
Iar eu sunt ca un surd,
n-aud;
sunt ca un mut
care nu deschide gura.

Psalmii, 38:12–13

Auzim fluieratul strident prea curând după ce am adormit, iar trupul meu protestează la efortul pe care trezitul îl declanșează. Vreau să dorm zile în șir. Înfulecăm orzul ca niște apucate și apoi mergem la fabrică. Ne luăm în primire bancurile de lucru fără să schimbăm o vorbă. Muncim mecanic. Mă uit în jur, la cele câteva sute care suntem[1], aliniate lângă bancurile de lucru, fiecare făcând ceva ce-i ajută pe naziști să învingă. Suntem sclave ale dușmanului nostru.

Polonezii au și ei bancuri de lucru, dar nu sunt înconjurați de soldați din SS precum niște criminali periculoși.

Directorul SS vine la bancul meu imediat ce încep să lucrez la interiorul unui pistol.

— Ești gata pentru ziua spânzurării? mă întreabă.

Îl ignor.

1. Peste șapte sute de fete au fost transportate de la camerele de gazare din Auschwitz la Fabrica de armament Duderstadt. (N. a.)

— Uită-te la mine când vorbesc cu tine!

Mă uit direct la el, la fața lui aflată la doar câțiva centimetri de a mea, cinci minute mă holbez la el, iar el respiră greu. În ochi i se citește foamea. Se uită în jos la bazinul unde scăpasem gloanțele cu o zi înainte, dar apa murdară nu-i permite să vadă nimic, și nu are curajul să-și ude uniforma ca să verifice.

— Dacă descopăr că lipsește un singur glonț, azi te spânzur, spune el. Și vorbesc serios. Cel mai mic lucru nelalocul său și te spânzur de tavan până când hoitul tău o să pută de o să ne mute nasul.

Sunt un zid, îmi spun, și după ce pleacă mai arunc câteva gloanțe pe fundul bazinului. Mi se face greață închipuindu-mi gloanțele care ruginesc pe fundul bazinului și trupul meu care putrezește din tavan. Alung imaginea și mă apuc de treabă. Încerc să nu adorm de-a-npicioarelea; sunt atât de obosită, că parcă m-aș mișca prin ceață. Silueta mamei pâlpâie o clipă pe lângă mine și-mi mângâie obrazul când muncesc. Apoi sunt iar acasă.

— Rozi, te rog spală tacâmurile, spune mama.

— Bine, mama.

Stau în fața bazinului de lemn, care e plin cu apă, și umplu de clăbuci de săpun fiecare furculiță. Mă joc în minte ca-n copilărie. Fiecare tacâm este un soldat plecat la oaste, iar eu sunt infirmiera. Le spăl rănile și îi așez cu blândețe să doarmă pe patul de spital.

— Ce mormăi acolo pentru tine? mă întreabă mama.

— Nimic.

Știu că o să râdă de jocul meu. Sunt prea mare ca să mă mai joc de-a „ce-ar fi dacă“.

— Faci treabă bună cu vasele, spune ea și se îndepărtează.

— Noapte bună, soldățelule, îi șoptesc furculiței și o mângâi delicat, așezând-o la somn în sertar. Să te întremezi repede, avem nevoie de tine.

Ridic o farfurie:

— Tu ești dușmanul, îmi pare rău; trebuie să-ți dau drumul, zic eu și o las să se scufunde până pe fundul bazinului.

— Ce faci cu farfuriile mamei? mă întreabă *zeide*.

Vocea îi este blândă, dar apoi, chiar sub ochii mei, se transformă în nazistul în vârstă. Când îl văd mi se face frică, însă în ochi i se citește un zâmbet chiar și atunci când se încruntă la glonțul care se scufundă încet până pe fundul bazinului.

— Eu... mă bâlbâi.

— Ai grijă, te rog, spune el. Soldatul e foarte serios când zice că o să te spânzure. Nu-ți forța norocul. Cred că ești curajoasă, dar nu-ți risca viața. Aliații câștigă. Te asigur. Se apropie.

— Crezi?

— Este peste tot în ziare, de aceea soldații sunt atât de încordați. Pierdem.

Zâmbește, spunând asta, iar eu nu am mai văzut niciodată pe cineva care să piardă cu atâta eleganță.

— Trebuie să fac ce pot și eu.

— Dar ai grijă de tine.

Dau din cap că da:

— Cum te cheamă?

— Ediger.

— Eu sunt Rozi.

— Îmi pare bine să te cunosc, spune, zâmbindu-mi.

Soldații tineri se întorc să-și facă rondul, iar când îi observă se face repede nevăzut și, chiar dacă nu mă vede, îi întorc zâmbetul.

Am găsit un prieten în fabrica asta ascunsă adânc în pădure, înconjurată de sârmă ghimpată și de oroare.

Cu toate acestea, nu-i pot da ascultare. Scap încă un glonț pe fundul adânc, adânc al bazinului și apoi, încă de-a-npicioarelea, îmi pun capul pe masă și adorm.

— Văd că pentru tine asta chiar e o glumă, îmi șuieră directorul în ureche. Tragi aghioase? La muncă? Porc leneș!

Îmi ridic brusc capul și nu spun nimic.

— Aștept un transport cu frânghii dintre cele mai bune să ți le leg în jurul gâtului ăla urât al tău.

Continui să nu spun nimic.

Își lasă capul aproape de urechea mea, fără să mă atingă, și spune:

— Crezi că dacă stai ca muta mă păcălești? Oi fi tu o roșcată urâtă, dar surdă nu ești.

Îmi ating capul.

— Ce, crezi că nu pot să văd tuleiele de păr roșu care-ți cresc?

Dă să mă prindă de cap, însă se oprește. Nu are voie să mă atingă, amândoi o știm.

— Când o să-ți putrezească hoitu-n ștreang, o să luăm ce-a mai rămas din tine și o să hrănim animalele pădurii, fată urâtă, surdă și cu păr roșu!

Mă holbez la el și vreau să plece, să mă lase în pace.

— O, iar mâine-dimineață, cât lucrezi la câmp, o să-ți verificăm norma de gloanțe. Ar fi bine să iasă toate la numărătoare.

Mă uit cu groază în jos, spre bazin. Este mai mare ca mine. Nu am cum să le scot pe toate. Sper să nu vorbească serios.

Când ajung la fabrică în noaptea următoare directorul este lângă bancul meu de lucru și numără gloanțele din ladă. Inima îmi bubuie. Ăsta e sfârșitul. Apoi văd cu surprindere că toate gloanțele mele sunt aliniate frumos, strălucitoare și uscate.

— Sunt toate aici, spune disprețuitor. Dar, dacă văd ceva necurat, azi te spânzurăm.

Abia izbutesc să dau din cap c-am priceput. Nu știu cum e cu putință ca numărătoarea gloanțelor să fie corectă. Pleacă, și după câteva minute Ediger e lângă mine. Are mânecile întunecate și ude.

— Tu ai fost! spun eu.

Îmi zâmbește.

— Nu am spus nimic.

— Dar eu știu.

— Poate.

— Mulțumesc pentru ce ai făcut.

— Speram că nu o să te înfurii, zice el. Dar soldatul cel tânăr începuse să pună totul cap la cap. Nu merită să-ți riști viața.

Vorbește doar în colțul buzelor, de parcă n-ar scoate, de fapt, o vorbă.

— Probabil că ți-e foarte dor de familia ta; știu că îți este.

Dau din cap că da.

— Am o nepoată cam de vârsta ta, mă gândesc la ea în fiecare zi. Sper că va fi bine, știi? În viața asta, pe ea o iubesc cel mai tare.

Suspină, iar ridurile de pe fața lui se înmoaie.

— Am avut un bunic pe care l-am iubit mai mult decât orice. Și acum îi simt lipsa în fiecare zi. Mă gândesc mereu la el.

— Sunt sigur că era mândru să-ți fie bunic.

Deschid gura să-i răspund, dar îl văd pe director cum cum apare de după un colț și împietresc. Vârstnicul meu prieten se retrage încet. Directorul vine drept spre mine cu pași hotărâți și se oprește la o palmă de pieptul meu. Se uită rapid la gloanțele mele, așezate în ladă, apoi mă privește nu la fel de grăbit și trece mai departe.

Mă întorc acasă. Sunt în bucătărie și spăl vasele care sunt puse unul peste altul, cu resturi de la cina copioasă. Șterg dârele de sos de roșii și uleiul rămas de la pește. *Zeide* intră în casă.

— Copii, pe voi vă iubesc cel mai mult, zice *zeide* când mă strânge în brațe. Rozi, ești atât de frumoasă, mai ales părul tău precum căpșuna bătută de soare. O! Uită-te la mâinile tale, cred că ți-au înghețat. Ce ai făcut?

Îmi ia palmele mititele în mâinile lui mari și puternice și le freacă până când sângele începe să revină în ele. E bine să fiu înapoi acasă.

— *Zeide*, cum se poate ca unii oameni să fie atât de buni, iar alții atât de răi? Nu suntem oare la fel?

— Bună întrebare, filozoafa mea mică! Asta e puterea liberului-arbitru. Alegi ceea ce vrei să fii.

— Adică un om rău alege să fie așa?

— Da, bineînțeles. Poate nu devine rău pe dată, dar cu fiecare decizie pe care o ia zi de zi, devine persoana care este astăzi.

— Uneori mă sperie faptul că am dreptul de a decide.

— Gândește-te ca la cel mai mare dar dintre toate. Nu aștepți să vezi ce fel de viață ai trăit sau ce fel de om ai devenit, ci alegi pentru tine, indiferent de lucrurile prin care treci. Nu aștepți ca viața să se întâmple, ci tu o faci să se întâmple. Alegi să o modelezi așa cum vrei, așa cum crezi, prin fiecare alegere a ta, chiar dacă este cea mai grea alegere.

— *Zeide*, uneori e mai ușor să te dai bătut.

— Așa e, dă el din cap. Dar, dacă îmi cunosc bine nepoata cea frumoasă, și m-aș încumeta să spun că te cunosc, atunci știu care sunt alegerile pe care îți dorești să le faci. Alege viața, Rozi, alege viața!

— Ce-ți închipui că faci? aud o voce în ureche.

Sar. Adormisem pe podea, cu capul pe lada întoarsă cu susul în jos. Ochii albaștri, reci precum oțelul, ai directorului se încețoșează apoi devin iar limpezi dinaintea mea. Văd fiecare por de pe fața lui.

— Nu mai ai răbdare, nu? Adio, viață? Treci pe dată la muncă, sau terminăm povestea în seara asta! O să te leg cu mâinile la spate cu funia, apoi o să ți-o înfășor bine în jurul gâtului și o să ne uităm cum plutești din tavan.

Mă ridic și încep să spăl gloanțele, iar el mă privește din spate.

Am de-ales la fel cât ai și tu, îmi spun și aștept până se îndepărtează.

34

DUDERSTADT, FEBRUARIE 1945

Ai milă de mine, Doamne,
căci mă ofilesc!
Vindecă-mă, Doamne,
căci îmi tremură oasele.
Sufletul mi-e îngrozit de tot;
și Tu, Doamne,
până când vei zăbovi să Te înduri de mine?
Întoarce-Te, Doamne,
izbăvește-mi sufletul!
Mântuiește-mă,
pentru îndurarea Ta!
Căci cel ce moare
nu-și mai aduce aminte de Tine;
și cine Te va lăuda
în Locuința morților?

Psalmii, 6:2–5

Zilele și nopțile trec de-ai zice că sunt doar dâre neclare. Deseori ne răzbat de deasupra capetelor sunete de avioane în zbor și, din depărtare, vacarmul bombelor. Umblă zvonuri că avioanele ar fi ale Aliaților, care vin să ne salveze. Mă trezesc în mijlocul nopții și am două umflături pe piept și una sub braț. Sunt cumva tari; se simt precum cauciucul și se mișcă pe sub piele.

— Știi ce sunt astea? o întreb pe fata care doarme lângă mine.

Ea a fost prinsă în războiul acesta de mai multă vreme decât mine.

— Tumori, zice ea simplu. Le-am văzut și la alte fete care au fost cu noi la Auschwitz. Cred că e de la bromura pe care o pun în mâncare ca să ne oprească ciclul; de asta apar tumorile.

— Și ce au făcut celelalte fete?

Îmi aruncă o privire directă.

— Acum nu le mai tulbură nimic.

— Ce pot să fac?

Strânge din umeri.

— Poate să încerci să mergi la medicul de aici?

— Da, asta o să fac.

Înainte ca femeia din SS să vină cu mâncarea mă târăsc jos din pat și mă duc direct la medic. Am auzit că un doctor pe nume Rivka[1] are un mic spațiu de triaj undeva lângă baracă, într-o colibă. Intru în coliba goală și aștept până când o femeie în vârstă intră și se apropie de mine.

— Am umflăturile astea peste tot pe mine, îi spun de cum o văd. Am nevoie să mi le scoateți.

Are un chip pe care i se citește oboseala, și dă din cap când îi zic de umflături. E ca și cum le-ar fi văzut de atât de multe ori.

— Lasă-mă să văd.

Îmi desface uniforma.

— Nu pot să cred! O, Doamne Dumnezeule!

Începe să scuipe fraze în polonă.

Mă îngrijorez că e speriată de dimensiunea gâlmelor.

— Uită-te la tine, în iadul ăsta, cu toate atrocitățile, și reușești să ai grijă de tine să fii atât de curată? Sclipești de-a dreptul! Faci o treabă grozavă!

---

1. Conform *The United States Holocaust Memorial Museum Encyclopedia of Camps and Ghettos*, 1933–1945 (vol. 1, p. 329), doctorul responsabil de sublagăr era SS- Sturmbannfuhrer Dr. August Otto, asistat de o doctoriță, care la rândul ei era prizonieră – probabil Rivka Bapoșnikov –, și de o asistentă tot din rândul deținutelor.

Zâmbesc, iar ea mă mângâie pe craniul chel. Dar apoi se întristează iar și scutură din cap.

— Tumorile astea o să te omoare, dar uită-te și tu ce mi-au dat – n-am decât cuțitul ăsta bont și ruginit. Nu tu anestezic, nu tu medicamente, singurul lucru pe care-l am e cuțitul ăsta. Dar dacă lași tumorile așa, mori la sigur; poate vei supraviețui dacă încerc să ți le scot, dar se poate să și mori.

— Scoate-le, îi spun fără să ezit.

Scutură din cap.

— Uită-te la cuțitul ăsta! Uită-te la ce am. Doar cuțitul ăsta. Zic că sunt doctor, dar e o glumă. Fără ustensilele mele, sunt nimic. Nu tu medicamente, nu tu alcool, nici măcar o cremă care să amorțească un pic. Cum să fac asta numai cu un cuțit?

Mă uit drept în ochii ei:

— Doctoriță bună, te rog, vreau să merg acasă. Scoate-le, te rog.

Dă încet din cap că da.

— Altă cale nu e!

— Asta trebuie făcut și asta o să facem, spun eu.

Nu mi-e teamă. Vreau doar ca tumorile să dispară.

— Vino, șezi pe scaunul ăsta și ține-te de el.

Fac ce-mi spune. Închid ochii. Îmi desface uniforma și-și pune o palmă pe pielea mea. Mâna ei e rece, dar e sigură și fermă, și-mi liniștește bătăile inimii.

— Îmi pare atât de rău, spune ea și ia cuțitul cu care-mi taie pielea.

Nu simt absolut nimic la început, când mă uit cum pielea îmi e sfâșiată și sângele țâșnește năvalnic, precum un prizonier care a fost eliberat după ani de încarcerare. Apoi suspin din rărunchi când mă cuprinde durerea sfâșietoare, ce-mi taie respirația. Ea își bagă degetele în rană și-mi desface mai mult carnea. Apoi ia din nou cuțitul și-l răsucește în mine. Durerea ajunge la o intensitate pe care nu am mai simțit-o în viața mea. Parcă-mi scormonește prin toate vasele de sânge din piept. Mă mușc de braț, încercând să înfund țipetele. Ia o cârpă cu care apasă pe rană, iar sângele gâlgâie acolo unde-i rana, turbat că nu este lăsat să iasă. În cele din urmă, durerea începe să dea încet înapoi.

— Acum ridică brațul, spune ea, și are lacrimi în ochi.

Îmi ridic brațul deasupra capului, închid ochii, și durerea mă biciuie din nou. Tăietură, tăietură, tăietură; ea îmi hăcuiește subsuoara. Simt că-mi sar ochii din cap, voma mi se adună în gâtlej și leșin. Mă plesnește și-mi revin în simțiri când mă bandajează iar.

— Te descurci bine, curajoasa mea fată curată! spune ea, și dintr-odată lângă mine e mama, care îmi șterge fruntea cu o cârpă, așa cum făcea când eram mică și mă îmbolnăveam.

— Uite, bea un suc de portocale, *mamale.*

— Nu pot, mama. Mă doare prea tare.

— Bea, puiul meu,

Îmi duce cana la buze.

— Dar o să vomit. Doare prea tare.

— Știu, puiule. Știu, dar trebuie să bei.

— Mi-e greață, nu vreau să beau, mama. Mă doare prea tare. Totul mă doare.

— Șșșșș, hai, deschide gura, o să te ajute. Știu, puiule, știu.

Mă lasă să mă prăbușesc în brațele ei și-mi picură pe limbă din sucul de portocale. Apoi mă ține când mă aplec și vomit totul pe podea.

— Ai făcut bine, spune ea când am terminat. Îmi pare rău că ești bolnavă, puiul meu. În curând o să te simți mai bine. Știu sigur.

Apoi dispare.

Doctorița mă înfășoară cu fașe de tifon.

— Te-ai descurcat foarte bine, zice ea. Gata cu tumorile.

— Mulțumesc, doamnă doctor.

— Nu-mi mulțumi mie. Am să îți scriu un bilet de învoire pentru femeia din SS, nu te poți duce la muncă până nu se vindecă rănile, în regulă?

— E mai mult decât în regulă.

Mă prind de scaun ca să mă pot ține pe picioare.

— O să te faci bine acum, spune ea. Întoarce-te în baracă.

Pășesc încet pe cărarea înzăpezită. Mă doare tot trupul, dar a meritat. O să fiu bine!

În dimineața următoare femeia din SS mă găsește tot pe prici când intră în baracă.

— Ce faci, porc puturos? strigă la mine. O să te omor. Ce cauți încă pe prici?

Îi vâr hârtia sub nas și ea o ia. Citește instrucțiunile doctorului care cer să nu mă duc la muncă până nu mi se vindecă rănile.

— Bine, poți sta aici, dar numai până când îți revii. Ai face bine să fii recunoscătoare!

Sunt recunoscătoare, dar inima mi se strânge când o văd pe Leah ieșind cu celelalte fete. Stă cu capul plecat, iar brațele îi atârnă aproape inerte pe lângă trup. Nu o să supraviețuiască dacă muncește în continuare din greu.

Târziu în acea noapte, când se întoarce, este mai copleșită ca oricând și atât de slabă, că aproape vezi prin ea.

— Ești bine? Cum a fost azi? o întreb.

Suspină și-și pune o clipă capul pe umărul meu:

— Nu mai pot continua.

Vreau să o îmbrățișez și s-o țin strâns, dar tocmai atunci femeia din SS intră și ne împrăștiem toate care-ncotro, spre priciurile noastre.

În dimineața următoare, femeia din SS dă buzna pe ușă și dă nu peste una, ci peste două fete care au rămas de căruță.

— Tu, tu! zice arătându-mă dezgustată cu degetul. Tu știu de ce ești aici, ai „învoire“ din cauza rănilor. Dar ea... arată cu degetul spre Leah, pe care o învelisem bine pe priciul ei cu o pătură care-o acoperea cu totul, până la nas... Ea ce caută aici?

Leah arată ca o mumie așa cum stă dreaptă ca o scândură, cu pătura adunată strâns în jurul ei. Nu i-au rămas la vedere decât ochii mari și căprui. Sunt căscați de frică.

Femeia din SS se îndreaptă țintă spre ea, cu mâna deja înălțată, pregătită să smulgă pătura de pe ea. Dacă nu găsește bandaje sau furuncule, o să fim împușcate amândouă.

— Este bolnavă, zic eu repede.

Ochii căprui, uriași ai lui Leah se văd la marginea păturii, nici nu clipește.

— Nu vezi? continui eu.

Vocea îmi e puternică și clară. De-abia dacă mi-o recunosc, dar trebuie să o conving pe femeia din SS s-o lase pe Leah să stea azi cu mine.

— Ce nu vezi? Fata asta e bolnavă, are furuncule pe tot trupul, furuncule contagioase. Vrei să dai tu socoteală de ce nu va lucra la fabrică săptămâna viitoare, pentru că a fost bolnavă și forțată să lucreze săptămâna asta?

— Are furuncule? întreabă femeia din SS, mijindu-și ochii.

— E plină toată.

Îmi încrucișez brațele și mă uit direct la ea.

Mă privește-n ochi și-mi spune:

— Vreau să vă văd pe amândouă în fabrică, la timp, săptămâna viitoare!

Se răsucește apoi pe călcâie și iese. Aștept până când nu ne mai poate auzi, după care mă întorc spre Leah și, râzând, trag păturile de pe ea.

— N-ai nici măcar un furuncul pe tine, iar ea nici măcar nu a verificat; vaca aia bătrână a ieșit pur și simplu.

O învelesc la loc pe Leah și mărșăluiesc în jurul patului ei.

— O, dar furunculele astea de pe tine sunt foarte rele, zic și mă uit la brațele lui Leah. Atât de rele, încât ar trebui să ai învoire pentru totdeauna. Poate, poate, dacă nu aș mirosi ca un cal, iar furunculele tale s-ar mai retrage. Poate dacă negii mi-ar dispărea de pe față ai avea o șansă să te faci bine. Cine știe? Crezi c-ar trebui să plec?

Mă îndrept spre ușă pășind exagerat de apăsat, apoi aud un sunet ciudat. Împietresc. E un sunet pe care parcă nu l-am mai auzit de un milion de ani. Mă întorc încet. Leah chicotește. Mă uit șocată la ea, apoi râsul îmi izbucnește din gâtlej de parcă ar fi sifon. Mă sui pe prici lângă ea și râdem amândouă, tot râdem.

— Nu știu dacă mai pot continua, Rozi, spune ea oprindu-se din râs, și dintr-odată devin serioasă.

— Sigur că poți, aproape s-a terminat. Nu auzi avioanele? Vin Aliații. De ce crezi că suntem aici? Să facem gloanțe cu care să lupte împotriva Aliaților, pentru că aceștia sunt atât de puternici, iar naziștii sunt conștienți de asta.

— Da, iar Aliații ne vor bombarda înainte ca oricine să apuce să ne elibereze. Lucrăm în fabrica ce-i împiedică să câștige.

— Nu o vor găsi; suntem ascunși bine.

— Oricum ar fi, pierdem; nu o să ne bombardeze, dar nu ne vor găsi niciodată, iar noi o să rămânem captive aici, făcând muniția cu care vor lupta cu ei la nesfârșit.

— Leah, termină, ești atât de puternică! O s-o scoți la capăt! N-ai de ales. Vino cu mine, nu ne-am spălat de câtăva vreme și pentru a rămâne sănătoase trebuie să fim curate.

— O, lasă-mă în pace. Sunt atât de obosită.

— Nici să nu-ți treacă prin cap. Te-am scăpat de muncă, așa că acum eu dictez ce faci.

— Dictatorule! zice ea.

Dar zâmbește și mă lasă să o conduc la baie.

35
DUDERSTADT, MARTIE–APRILIE 1945

Sufereau de foame
și de sete;
le tânjea sufletul
în ei.

Psalmii, 107:5

Rănile mi se vindecă, la fel și furunculele închipuite ale lui Leah. Reluăm munca în fabrică, ajungem la bancurile noastre de lucru în fiecare zi înainte de răsărit, de unde suntem duse prin ger direct la cules de sfeclă. Simt cum mă îndepărtez din ce în ce mai mult de realitate. Nu mă pot opune; mintea mea nu vrea să stea în fabrică sau la câmp, așa că se întoarce acolo unde îi place mai mult: acasă.

Într-o zi aud șoapte la masa de lângă mine, se arată spre ceva și apoi o rumoare discretă traversează toată fabrica. Toată lumea privește în sus. Mă uit și eu în aceeași direcție, sus, spre fereastră, unde văd un ziar lipit de geam.

Scrie: „ARMATELE AMERICANE ȘI RUSE AVANSEAZĂ. SFÂRȘITUL RĂZBOIULUI E IMINENT." Restul articolului e prea mic ca să fie lizibil.

— Războiul aproape s-a sfârșit! aud șoptind o fată de la bancul de lucru de lângă al meu, dar sunt prea obosită să-mi mai pese.

Mă uit iar în sus la ziar, iar acesta foșnește și se mișcă, și descopăr chipul lui Ediger dinapoia ziarului când își înalță mâinile chinuindu-se să-l țină locului ca să-l putem vedea. Plouă, iar vântul izbește ziarul de fereastră.

Dintr-odată sunt din nou acasă, plouă, și frunze mari se lovesc de geam, foșnind biciuite de vânt. Iehezkel e la masă cu o carte, cu totul concentrat, balansându-se înainte și-napoi și cântând în vreme ce învață. Parcă e plecat în altă lume. Afară e frig și umed, dar înăuntru arde focul, miroase aromat și e cald. Nu avem nimic altceva de făcut decât să stăm pe canapea și să ne odihnim. Mâncăm castane, crăpăm câte una cu mișcări leneșe, și băgăm ușor în gură bucățelele, trecându-le de colo-colo pe limbă.

BUUM! Fabrica se zgâlțâie.

— Ce-a fost asta? urlă un soldat din SS.

BUUM! VÂJ! VÂJ!

Câteva fete țipă.

— Gura, idioatelor! spune SS-istul. Trebuie să vedem ce se întâmplă!

— Sunt rahaturile alea de avioane americane! Se apropie!

Dintr-odată se lasă liniștea.

— Nu ne-au văzut, spune un alt SS-ist. Idioții, iar ne-au ratat!

— De-acum ne pot nimeri din clipă în clipă, spune directorul. Putem fugi oricând la camioane, și direct în oraș. Lăsăm fetele aici.

Sunetul avioanelor se pierde în depărtare. Sper ca americanii să nu ne găsească și să ne bombardeze până la ultima fărâmă.

Câteva ore mai târziu, în vreme ce muncim, Ediger pune în geam un alt ziar, dar sunt prea obosită să-mi mijesc ochii să văd ce scrie.

Sunetul avioanelor militare e tot mai puternic de la o zi la alta. Soldații SS devin mai agitați și mai ostili. Când lucrăm, auzim frânturi din ce își spun. Femeile din SS stau în colțurile încăperii. Bărbații arată la fel de panicați precum femeile. Despre una dintre femeile din SS bârfim noaptea.

Îi zicem Katalin Karády[1] pentru că, atunci când am ajuns aici, arăta exact precum bine-cunoscuta cântăreață și stea de cinema. Dar acum nu mai arată deloc a stea de cinema, ci e nervoasă și neîngrijită. Nu se mai dă cu ruj; nu le mai zâmbește celorlaltor femei din SS. Avea mereu unghiile îngrijite impecabil, dar acum sunt rupte.

Într-o noapte, în timp ce spăl gloanțele, se aude un BUUM puternic și toată fabrica se zgâlțâie.

— Ce-a fost asta? urlă un SS-ist.

— Ne bombardează, idiotule! răcnește directorul. La uși!

Toți SS-iștii se grupează, unul în spatele celuilalt, spre ușă. Ies în viteză și ne încuie înainte ca vreuna dintre noi să poată ieși.

Ne strângem toate laolaltă. La început, în zumzăitul bombelor care cad deasupra noastră, nu spunem nimic.

— Naziștii sunt afară de ceva vreme, poate că au fost loviți de-o bombă? rupe în cele din urmă tăcerea o fată.

— Nu cred că e posibil fără să ne fi lovit și pe noi, spune altcineva.

Simt că pereții se strâng în jurul meu.

---

1. Katalin Karády: în vreme ce sosia lui Katalin Karády era în fabrică, responsabilă de prizonierii evrei, adevărata Katalin Karády făcea tot ce îi stătea în putere să ajute evreii. A fost arestată de naziști, acuzată că ar fi spionat pentru forțele aliate. A fost încarcerată trei luni, torturată și aproape omorâtă în bătaie. Când a ieșit din închisoare, a salvat familii de evrei care erau pe punctul de a fi împușcate pe malul Dunării. A mituit poliția Partidului Crucilor cu Săgeți cu bunurile ei și cu aur pentru a scoate în siguranță acele familii. A luat acasă copii de care a avut grijă până după război. (N. a.) Partidul Crucilor cu Săgeți a fost un partid maghiar pronazist și antisemit. Liderul formațiunii a fost Ferenc Szálasi, care a ocupat funcția de prim-ministru al Ungariei din 15 octombrie 1944 până în ianuarie 1945. În perioada guvernării sale de numai 4 luni, au fost exterminați 80 000 de evrei din Ungaria și Transilvania de Nord, inclusiv copii și femei.

La scurtă vreme, bombardamentul încetează și soldații se întorc. Cu zăpada care le cade de pe uniforme, parcă ar fi câini care năpârlesc. Mișcările le sunt rigide, ca și cum prin membre le-ar circula blocuri de gheață. Probabil că s-au întins în zăpadă pentru a se ascunde de bombe.

Nu ne întoarcem la bancurile noastre de lucru. Cineva începe să chicotească la vederea soldaților. Arată într-adevăr caraghios, asemenea unor statui înghețate, acoperite de o pulbere albă, care încearcă să meargă. Dintr-odată, de undeva din adâncurile mâhnirii, și durerii, și foamei izbucnim toate-n râs. Ne uităm la naziștii deveniți oameni de zăpadă înghețați. Și cu cât continuăm să ne holbăm la ei, cu atât chicotim mai tare. Naziștii sunt înghețați, și noi la fel, fete scheletice, mititele, fără un pulover pe ele în miezul iernii. Dar ne umflă râsul. Suntem împreună, iar asta ne încălzește suficient.

Avioanele se apropie de câteva ori în fiecare săptămână. Naziștii fug de fiecare dată din fabrică. Ascultând vâjâitul și huruitul avioanelor de deasupra capetelor noastre, îmi închipui bombe care cad și explozii care aruncă în aer fabrica până când suntem împrăștiați prin toată pădurea. Mama, *zeide*, Iehezkel și uneori chiar și tata vin să mă viziteze, și zâmbesc spălând vasele alături de mine în bucătăria călduroasă și liniștită. După o oră în care avioanele ne-au dat târcoale, SS-iștii se întorc în fabrică și umblă degajați de colo-colo de parcă nu s-ar fi întâmplat nimic.

Apoi lucrurile se înrăutățesc. BAM! PLEOSC! BANG! BANG! Sunetul acesta nu seamănă deloc cu cele de dinainte. E un sunet care vine parcă direct de deasupra noastră.

SS-iștii urlă și ies în fugă din fabrică ca niște băieței speriați.

Tremur.

— Trebuie să facem ceva cu fetele! spune un soldat.

Femeile din SS sunt deja afară. Trei soldați rămân în urmă și ne îmbrâncesc, înghesuindu-ne într-o cămăruță fără ferestre. Stau cu puștile îndreptate spre noi. Ne împing, grup după grup, în cameră și încuie ușa mare de metal. Ne îmbulzim până ne recăpătăm echilibrul. Ascultăm tăcute cum sunetul cizmelor se îndepărtează tot mai mult și pe cel al avioanelor cum se apropie tot mai mult. Fug la ușă și trag de ea, dar nu se clintește.

— Trebuie să ieșim de aici! strig spre fata de lângă mine.

Mă privește.

— Ajută-mă să deschid ușa!

Trage și ea cu putere.

Nu se mișcă. Ușa e de oțel.

— Suntem blocate! spune ea.

BUUM! Întreaga încăpere se zguduie.

Aud un geam cum se face țăndări.

O zguduitură uriașă. Bombele de acum sunt diferite. Bombele de acum cad chiar aici.

Ne prindem amândouă de ușă și tragem de ea împreună.

— Ajutați-ne! strig spre celelalte fete.

Ni se alătură două fete și încep să tragă odată cu noi.

— Ce-i cu voi? strig către celelalte. Veniți să ne ajutați să deschidem ușa!

O fată înaltă stă în mijlocul încăperii. E foarte slabă; rochia curge pe ea parcă ar fi un cort din care se ițește capul ras. Îmi zâmbește liniștită.

— Vino și așază-te.

Îmi arată un loc pe podea, lângă ea.

— Ai nevoie de-o rețetă bună pentru prăjitura *kokosh*? mă întreabă și se întoarce spre grupul de fete din jurul ei.

Rămân cu gura căscată.

— O, da, zice o fată mărunțică, așezată lângă ea. Nu mă prea pricep să fac prăjituri, dar mi-ar plăcea s-o nimeresc pe asta. Oare pot folosi aluat de *hala*?

— Nici vorbă, e prea aerat. Aluatul pentru prăjitura *kokosh* trebuie să fie dens și umed ca să țină ciocolata topită.

Am să-ți dau eu o rețetă bună și dulce pentru aluat, și tot ce-ți mai rămâne de făcut e să amesteci praful de cacao cu zahărul pudră. Apoi întinzi aluatul în blat subțire, torni puțin ulei deasupra și împrăștii amestecul cu cacao uniform. Răsucești aluatul, până faci un șarpe lung, apoi faci din el un opt. Trebuie să-l simți moale și elastic. Îl coci treizeci și cinci de minute în cuptor. E de vis!

— Să ne dai rețeta! spune o altă fată.

Inima mi-o ia la goană și trag cu mai multă putere de ușă.

— Renunță! zice Leah încet, trăgându-mă de mână.

O împing la o parte și trag mai abitir de ușă.

— Bombele!

— Știu, zice ea. Nu putem face nimic.

— Am o rețetă foarte bună de supă cremă de pui, spune o altă fată, așezându-se în cercul celorlalte, cu picioarele adunate, precum o mână de vreascuri puse unele peste altele.

— Cum faci ca o supă de pui să devină cremoasă? întreabă o altă fată care stă în dreapta ei.

— Rădăcinoasele, răspunde o alta. O să o încerc mâine. Cumva nu reușesc niciodată s-o fac suficient de aromată.

— Ah, de vis!

— Eu am o rețetă extraordinară de *yapchik*[1], spune o altă fată.

Este prea slabă; are coapsele cât încheieturile mâinilor. Ochii parcă îi ies în afară din fața ei minionă.

— Ar trebui să o încerci și pe asta. Dai cartofii pe răzătoare, cât de fin poți, felii aproape transparente...

Are loc o explozie uriașă. Pământul se zguduie și parcă se chinuie să nu se despice. Împietresc de frică.

O văd pe Hanki cum stă perfect nemișcată.

---

1. *Kugel* de cartofi (cartofi cu ceapă și ulei), copt cu un strat de carne deasupra. (N. a.)

— Vă rog, să mă scoată cineva de aici! strig eu.

— Trebuie să ieșim! repetă fata de lângă mine.

Toată lumea ne ignoră.

Îmi țâșnesc lacrimi din ochi. Dacă nu ieșim din încăperea asta, o să fim captive aici și o să murim și-o să putrezim până să ne caute cineva.

— ...după care adaugi cinci ouă, continuă fata, de parcă nu s-ar fi întâmplat nimic, și o cană de ulei. A, și să nu uiți ceapa, și ea trebuie dată pe răzătoarea fină. Apoi adaugi carnea. Să ai grijă să fie din cea cu adevărat grasă, carnea aceea care se înmoaie. Coace *yapchik* toată noaptea în cuptor, la foc mic. Nu o să poți dormi toată noaptea de mirosul de *yapchik* care se coace. Dar să nu care cumva să scoți mâncarea din cuptor; dimineață, când ai să mănânci, te vei simți ca-n *Gan Eden*!

— Trebuie să încerc! O să-i placă soțului meu. Poate de Pesah, că tot se-apropie.

— Cine are răbdare până la Pesah? Vreau să încerc în noaptea asta.

Toată lumea râde. O altă bubuitură asurzitoare. Camera mă apasă.

— Pentru desert poți face bezele, nu se pune făină, deci sunt ideale pentru Pesah[1]. Parcă ai mânca nori. Șmecheria e să bați bine multe albușuri, până când arată ca un munte iarna. Apoi torni mult, mult zahăr, dar fii atentă să îl torni

---

1. În perioada Pesah-ului este interzis, printre altele, orice produs rezultat din fermentarea cerealelor: aluatul dospit, berea, borșul de tărâțe și băuturile distilate obținute din fermentarea cerealelor, chiar grăunțe întregi care au venit în contact cu apa. Singura formă în care este permis consumul cerealelor este *matzah*. La masa de Seder se folosește *matzah* care a fost supravegheată cel puțin de la măcinatul făinii. Ea se numește *matzah șmura*.

încetul cu încetul, în ploaie. Și continuă să bați până simți că-ți cade brațul. Apoi ia câte o grămăjoară mică și pune-o în tavă și coace-le șapte minute.

— Dumnezeule, cu sau fără făină, este exact ce am să gătesc în noaptea asta.

Se aude încă o explozie asurzitoare, și-mi vine să îmi smulg și părul ce mi-a mai rămas pe cap.

— Mai ieri am făcut cel mai incredibil pui la cuptor, spune o fată care arată ca o salcie. Citeam o carte, iar personajele mâncau cel mai delicios pește; am știut pe loc că trebuie să transform rețeta pentru pui.

— Ha! Și eu pățesc mereu asta! spune fata scundă care stă mai retrasă. Asta se întâmplă când citești flămând o carte în care se vorbește și despre mâncare. Dintr-odată ți se face poftă de profund misterioasa măslină neagră zbârcită, deși nu ai mâncat niciodată una.

— Da, tot timpul se întâmplă așa! Cartea asta m-a trimis direct în bucătărie, la gătit, înainte să trec de primul capitol.

— Care e rețeta? strigă cineva, din cealaltă parte a cercului.

— Se numește pui cu portocale și fenicul. Se amestecă ulei de măsline, sucul de la două portocale, cel de la două lămâi, două linguri de boabe de muștar, sare și piper. Iei apoi un pui întreg, jumulit și curățat, pe care îl sărezi și piperezi. Tai în patru un fenicul și pui bucățile în jurul puiului. Peste toate torni sosul cât mai uniform, apoi presari cimbru. Lași totul la marinat pentru două ore, apoi îl bagi la cuptor, neacoperit, vreo patruzeci și cinci de minute. Dumnezeule, o să-ți pierzi mințile de la aroma care vine din cuptor! Când e gata, puiul ar trebui să fie pufos și cu pielea bine rumenită, iar feniculul, moale precum untul. Înmoaie o bucată de pui suculent în sosul dulce și gros, adaugă puțin fenicul, bagă în gură și închide ochii, o să-mi mulțumești iar și iar!

Mă uit la fetele din jurul ei cum închid ochii și zâmbesc de parcă tocmai atunci gustă din pui. Îmi ghiorăie stomacul, dar nu e timp pentru asta. Sunt pe cale să fiu sfărâmată sau împrăștiată-n bucăți; trebuie să deschid ușa.

— Am înnebunit toate! îi spun fetei de lângă mine.

Știu că am halucinații aici, dar de data asta este diferit.

— Am înnebunit cu toatele, mai mare râsul! continui eu. Suntem o adunătură de fete înfometate, închise într-o cameră, cu bombe care stau să cadă pe noi și să ne facă miș-fărâmiș, iar noi facem schimb de rețete!

Încă o bombă asurzitoare, iar inima mea bubuie. Ușa tot nu se clintește. Plâng, și mă așez printre fetele preocupate de gătit, și vreau să mor. Dar încă nu mor. Curând sunetul exploziilor și al bombelor încetează, și câteva ore mai târziu SS-iștii deschid ușile. Ieșim aliniate din micul nostru pântec, îmi întind picioarele înțepenite și inspir normal pentru prima dată în ultimele ore.

— Ce mai așteptați? se răstește la noi un soldat SS.

Acum nu mai râde nimeni.

— La muncă!

Ne îndreptăm spre bancurile noastre de lucru și continuăm să muncim de parcă nimic nu s-ar fi întâmplat.

36

DRUMUL DIN GERMANIA SPRE PRAGA
5–12 APRILIE 1945

Mi se usucă puterea ca lutul
și mi se lipește limba de cerul gurii:
m-ai adus în țărâna morții.

Psalmii, 22:15

— Este ultima dată când trebuie să te trezesc, îmi spune o voce la ureche.

Deschid ochii, iar inima îmi sare din piept. Directorul e iar în dreptul meu; probabil că am adormit. Nu mă pot lupta cu asta. E o tortură să țin ochii deschiși. Număr cojițele de piele uscată dintre sprâncenele lui.

— Mâine-noapte e noaptea, spune el și se uită în sus spre tavan.

Îl studiază câteva minute, cu capul înclinat puțin într-o parte, apoi continuă:

— Ce zici, e oare destul de rezistent tavanul să te țină? Ar trebui să fie. Totul este pregătit, ba chiar am obținut și acordul autorităților superioare, au fost de-aceeași părere cu mine că vei fi un bun exemplu pentru celelalte fete. Și a venit și funia, e rezistentă, și mâine-noapte este noaptea perfectă pentru asta. E stabilit. Și dacă mâine nu te prezinți la muncă, o să te vânez… și o să-ți torturez toate prietenele.

Mă uit la fața lui și nu-i răspund. Ediger trece pe lângă noi și scutură din cap cu tristețe. Știu că nu-mi va face nimic. De aici, eu mă duc acasă.

În noaptea următoare intru în fabrică, uitându-mă atentă după agresorul meu nemilos. Când ajung la bancul meu de lucru, Ediger se apropie de mine cu un zâmbet care-i luminează tot chipul.

— Ai auzit? mă întreabă el. Directorul nu mai e! L-au mutat pe front. Pe front! Nu o să te mai necăjească niciodată.

Respir ușurată din tot trupul. Frontul. Mă uit fericită la prietenul meu cel vârstnic; știm ce li se întâmplă celor care luptă pe front.

— Îți vine să crezi?

Are lacrimi în ochi, dar râde. Toate ridurile feței parcă i-o iau în sus.

În viața mea nu am văzut un om mai vesel.

— Luptă pe front! spun eu și-ncep să râd.

Își lovește genunchii cu mâinile și râde încă mai puternic, mă alătur și eu și râdem împreună.

Ceilalți soldați SS trec pe lângă noi, se uită lung, dar nici unul nu încearcă să ne oprească.

Aliații sunt aproape. O știm cu toții. Tot mai mulți soldați din SS dispar pentru a merge pe liniile frontului, iar avioanele trec mult mai des pe deasupra noastră. Bărbații din SS au priviri scormonitoare, se strâng tot mai des în grupuri și vorbesc șoptit. Unora dintre fete le place să îi vadă înfricoșați, dar eu mă simt la fel de captivă ca ei. Pe deasupra, frica îi face și mai violenți. O fată scapă arma la care lucra, iar sunetul îl face pe soldatul care e de pază să sară și să se ferească. Se înroșește când o vede cum se lasă ciuci pe podea lângă arma care-i căzuse. Își ascunde rușinea în spatele furiei, ridică arma și o lovește pe fată cu putere peste cap. Fata urlă o dată, și el o lovește iar, mai puternic. Nu mai este soldat; este un animal. Ea nu mai spune nimic. Noi privim drept înainte.

Se oprește în cele din urmă și se îndepărtează. Cineva o ajută să se ridice; îi curge sânge din țeastă. Se duce la masa ei, ia arma și curăță sângele de pe ea. Apoi o scufundă în apă.

— Nu văd nimic, șoptește ea.

Suntem toate șocate.

— Nu-i lăsa să descopere, spun eu. Nu te vor decât dacă poți munci.

— Te ajut eu, spune altcineva și se apropie de bancul ei de lucru.

— O să fie înfrânți în curând, spune o fată, ca să ne facă să ne simțim mai bine. Aliații sunt atât de aproape. SS-iștilor le este teamă.

— Încă nu ne-au găsit, zice o altă fată.

— Totuși, sunt aproape, continuă prima fată. Până și soldații o știu. Ieri, unul dintre ei m-a întrebat dacă am un cearșaf alb, vă puteți închipui? Nu am o singură pereche de chiloți și el vrea un cearșaf alb.

Scutură din cap.

— La ce i-o fi trebuit un cearșaf alb? întreb eu, așezând ultimul glonț într-o lădiță de lemn.

— Poate ca să-l întindă în semn de capitulare, ca pe-un steag alb.

Știu că pierd, și vor să se salveze.

— Și ce ai spus când te-a întrebat?

— Am spus: Sigur, am un cearșaf alb, o clipă doar să-l scot din dulap. O să rog servitoarea să ți-l calce, ca să fie bine netezit.

— Chiar așa i-ai spus?

— Nu, zâmbește ea. Dar m-ar fi uns la suflet.

Saltă lădița de lemn pe care tocmai ce-o umplusem cu gloanțe și o așază pe raftul din spatele ei. Ia lada următoare cu gloanțe murdare și împreună o golim în bazinul cu apă.

— Îți închipui? întreabă ea. Îți închipui dacă o să capituleze, și se termină în sfârșit totul, și putem ieși de aici?

Clatin încet din cap, dar sunt prea obosită să-mi mai pot închipui ceva. Singurul lucru pe care mi-l pot imagina îmi vine în minte fără să-l chem. Sunt acasă, în bucătărie, și este cald. Bunicul șterge vasele pe care le-am spălat. Leah este la mașina de cusut. Mama împletește un covor nou. Pe plită fierbe o supă de morcovi cu ceapă caramelizată. *Zeide* zâmbește și șterge fiecare farfurie din care picură apă pe care i-o întind. Îl aud pe Hezkel cum învață cântând, iar vocea îi e încă dulce, de copil.

— Merge bine, Hezkel, zice *zeide.*

Hezkel cântă mai tare. *Zeide* ia din mâinile mele câte-o farfurie pe rând. Le așază ordonat în lădița de lemn.

— Familia mea frumoasă, spune el, iar eu îmi doresc să rămân pentru totdeauna în bucătăria aceea, dar Leah se ridică de la mașina de cusut.

Împăturește materialul și-l pune pe capătul mesei, se apropie de mine și-mi scoate mâinile din bazinul cu apă. Dau să protestez, dar nu pot vorbi, iar ea-mi usucă palmele cu rochia ei și mă conduce afară, la baracă, pe prici, și-mi șoptește *Șema*[1], în timp ce eu alunec în somn.

În dimineața următoare, în fața fabricii, când ajungem, ne așteaptă un SS-ist. Suntem conduse într-o încăpere adiacentă.

— Așteptați aici, ne spune, se răsucește pe călcâie și pleacă.

Închide ușa în urma lui și-o încuie. Ne îngrămădim unele într-altele fără să suflăm o vorbă; ceva se întâmplă, dar nu avem curajul să ne gândim despre ce ar putea fi vorba. Trece o jumătate de zi, sau așa pare, până când soldatul descuie ușa și-o deschide. Îl urmăm afară, unde vedem două camioane care așteaptă.[2] Ne împinge să urcăm în ele. Leah se

---

1. Rugăciunea și principala profesiune de credință a iudaismului. (N. a.) Crezul începe cu verserul 4 din Deuteronom, 6: „Ascultă, Israele, Domnul este Dumnezeul nostru, Domnul este unul."

2. Pe măsură ce trupele Aliaților se apropiau, a început evacuarea prizonierelor, din primele zile ale lui aprilie 1945. Au fost transportate cu autobuze, camioane și, în cele din urmă cu trenul

suie prima, apoi se întoarce, mă prinde de mână și mă trage-n sus. Mă sprijin de ea, iar ea mă saltă înăuntru, în vreme ce restul fetelor sunt împinse în camion. Soldații umplu, și umplu, și umplu camioanele cu fete. Capul uneia dintre ele îmi presează obrazul drept, iar al alteia se împinge-n umărul meu. Camionul se opintește și pornește la drum huruind. Trapa de sus e puțin deschisă și văd amestecându-se verde-întunecat și maro. Pare că urcăm panta abruptă a unui deal. Camionul cotește, iar toate fetele grămadă se sprijină de mine. Acum văd un zid mare, gri, și apoi case, și porți de metal, și mașini. Totul devine gri, apoi negru, și cumva reușesc să adorm.

În spațiul nostru înghesuit lumina se transformă încet din roz în galben-palid și apoi devine de un alb orbitor. Gri, și albastru, și negru. Roz, galben și alb. Timpul se oprește-n loc, și nu știu câte zile trec cu noi bălăngănindu-ne în camion.

Stomacul mi se răscoală. Genunchii nu mă mai pot susține. Stau suspendată, susținută de marea de trupuri din jurul meu. Suntem o marfă, nimic mai mult.

Camionul se oprește dintr-odată, și portierele se deschid, și câțiva SS-iști stau acolo, iar undeva, într-un ungher al minții, îmi dau seama că strigă ceva. Un soldat o trage afară pe-o fată care doarme. Cade în cap, pe pământ, și parcă ar visa. Nu se ridică. Asta ne face pe toate să ne mișcăm. Ne descâlcim una din alta, privesc la membrele noastre ca de păianjen cum se întind și la chipurile lipsite de expresie, care clipesc pentru a se dezmetici. Chipul meu este precum al tuturor.

— Aliații voștri sunt minunați! spune un SS-ist când deschide portierele de tot. Au venit să vă elibereze la o zi după ce ați părăsit fabrica.

---

pe ruta Magdeburg–Dessau–Wolfen spre Theresienstadt. Femeile au ajuns la 26 aprilie 1945 la Theresienstadt, la capătul unui drum care a durat mai bine de trei săptămâni.

Se lovește cu palmele peste uniformă, râde și continuă:

— Vă închipuiți una ca asta? Dacă mai rămâneați doar o zi acolo, ați fi fost libere.

Cobor din camion ținându-mă după fata din fața mea, iar Leah mă urmează aproape. O văd pe Hanki coborând din celălalt camion. Îmi dau seama că suntem într-o gară unde ne așteaptă un tren roșu.

— Ghinionul vostru! zice SS-istul. O chestiune de câteva ore, iar acum veți muri toate. Aceasta este călătoria voastră spre moarte. *Schnell*, ce mai așteptați? În tren cu voi!

Soldații ne aruncă în vagoane. Eu nimeresc în al doilea, altele în al treilea sau în al patrulea. Nu e loc nici ca aerul să treacă. Sunt slăbită și amețită, iar acum nici de aer nu avem parte. Trenul se opintește înainte, și noi odată cu el. Singurul lucru bun legat de faptul că stăm îngrămădite ca niște sardine e că nu avem cum sau unde să ne prăbușim. Trupurile din jurul meu mă sprijină. Adorm în picioare, cu fața unei fete îndesată în mine, de parcă ne-am îmbrățișa sau ne-am duela, cu mâinile pe lângă corp, fără să ni le putem mișca. Trenul înaintează agale. Adorm.

BUUM! Zdruncinătura mă trezește. Trenul oprește cu un scrâșnet, iar vagonul din spatele nostru ne izbește din plin. Încă un bum apoi, și un sunet de explozie, urmat de huruitul unui avion care se îndepărtează. Din tavanul vagonului nostru se rupe o bucată de metal. Se clatină o clipă, înverșunându-se parcă să se țină-n nituri, dar apoi se desprinde și cade direct peste capul unei fete. O izbește cu un sunet înfundat. Fata se uită șocată în jur, cu ochii căscați.

— Văd! Magda, văd! spune ea.

Undeva într-un ungher al minții îmi dau seama că e fata din fabrică pe care-o bătuse nazistul. Trenul tremură din toate încheieturile, dar eu, în toată agitația, îi văd ochii plini de lacrimi. Sângele îi curge pe față, amestecându-i-se cu lacrimile, până devine un de-un roz lăptos. Poate să vadă iar! Vagonul nostru se zguduie și tremură.

Când zgâlțâiala contenește, un SS-ist trage în lături ușile vagonului. Ochii lui, de obicei inexpresivi, sunt acum sălbatici de frică.

— Aliații voștri ne bombardează! urlă el. Până și Aliații voștri vă vor morți! Ieșiți, să vadă ce transportăm și să nu ne mai bombardeze! Ieșiți și suiți-vă pe tren, urmează și mai multe avioane!

O înșfacă pe fata care e cea mai aproape de ușă și-o aruncă pe tren de parcă ar fi fost o păpușa de cârpă. Un avion trece pe deasupra, destul de aproape, dar apoi sunetul se aude mai de la depărtare, semn că avionul s-a îndepărtat. Ne cățărăm toate pe tren.

— Americani idioți! spune SS-istul. Acum v-au bombardat pe toate!

Mă uit la vagonul din fața noastră. Are dreptate. O parte a lui este complet turtită, iar capătul din spate al vagonului a fost smuls complet, din el rămânând doar scheletul care-l susținea. Câteva fete ies șchiopătând din carnagiu, curge mult sânge, iar pe podeaua vagonului sunt fete care nu se mai mișcă. Văd un braț smuls din umăr și aruncat într-o parte. Încerc să descopăr trupul căruia îi aparținuse, dar tot ce văd e doar carne sfârtecată, crudă. Îmi vine să vomit, dar din mine nu are ce să iasă. Greața e copleșitoare. Mă întorc și mă sprijin de Leah.

— Nu te uita în spate, spune ea.

Nu mă uit.

37

MARŞUL MORȚII, 12–26 APRILIE 1945

Căci El va porunci
îngerilor Săi să te păzească
în toate căile tale;
și ei te vor duce pe mâini,
ca nu cumva să-ți lovești piciorul de vreo piatră.

Psalmii, 91:11–12

Stăm între şine. Avem câte un munte în dreapta şi-n stânga noastră. În spate, un tren mutilat, la fel de scheletic precum noi: e răsucit și frânt. Soldații sunt în fața noastră, cu coapsele lor puternice, cizmele înalte și chipurile severe. Pornesc la drum, cu puștile pregătite. Din oamenii care eram nu au rămas decât șoapte. Suntem slabe, și palide, și cocârjate. Ne ies oasele prin piele.

— Ce mai așteptați? ne întreabă un SS-ist din față. V-au bombardat trenul, așa că acum trebuie să mergeți.

— Hai, mergeți! spune un alt SS-ist.

Ne uităm prin el.

— Idioatelor, doar m-ați auzit! În marș!

Ne prindem de mâini și ne aliniem în rânduri de câte cinci. Leah e în dreapta mea, o fată pe care nu o cunosc, în stânga. Ne sprijinim unele pe altele și pornim.

Mergem, și mergem, și mergem. Munții din dreapta mea devin câmpii, și noi continuăm să mergem. Trecem pe lângă un orășel populat, iar oamenii se holbează la noi. Soarele apune, și noi mergem înainte. Pe marginea drumului se ițesc din loc în loc petice de iarbă. Mă uit cum o fată din fața mea aleargă într-acolo, smulge puțină iarbă cu degetele ei scheletice și o bagă în gură. Se aude o împușcătură și fata cade într-o rână, iar sângele îi curge din cap precum un pârâiaș. Soldatul care a împușcat-o își pune pușca la loc, într-o parte, și mergem înainte. Câteva rânduri mai în față cineva se prăbușește la pământ. Văd doar un chip și membre îmbârligate. Își sprijină capul de genunchi și închide ochii. Pe lângă noi trece vâjâind un glonț și, într-o fracțiune de secundă, se oprește direct în țeasta ei. Trupul i se prăbușește în față. Acum știm cu toatele ce ne așteaptă dacă facem o pauză.

Nimic nu e mai rău ca foamea asta chinuitoare. Mor de foame. Stomacul parcă se mănâncă pe sine însuși, iar inima îmi bate când repede, când încet. Apoi văd ca prin vis cartofi putreziți pe marginea drumului. Fata din fața mea îi ochește prima. Fuge-ntr-acolo, se întinde pe burtă și-și vâră cartofii-n gură cu amândouă mâinile. Are gura plină cu cartofi și pare că o să-i înghită pe nemestecate. Mai îndeasă unul în gură și-ntr-o clipă un SS-ist e în spatele ei. O lovește cu pușca peste cap și ceafă. Apoi o întoarce și, cu-o lovitură, aproape că-i zdrobește pieptul și stomacul. Fata se zgâlțâie și are convulsii; noi trecem mai departe, iar ea rămâne acolo, să moară singură. Reușesc cumva, cu toată toropeala pricinuită de foame, să mă uit după Hanki. Mi-e greu s-o găsesc, pentru că de-acum toate arătăm la fel. O văd în cele din urmă câteva rânduri mai în față, târșâindu-și picioarele ei cândva atât de frumoase.

Mă mișc încet, dar SS-iștii nu încetinesc. Leah trage de mine să înaintez. Mergem, și mergem, și mergem, iar eu mă îndepărtez tot mai mult în mintea mea. Înaintăm fără alt sunet decât clic-clacul cizmelor soldaților și bocănitul încălțărilor de lemn. Zăpada nu s-a dus cu totul de pe pământ, se lipește de lemnul saboților noștri până când de-abia dacă mai putem păși. Aud împușcături și o fată strigând, dar nu-mi pot întoarce capul să văd cine a căzut. Cerul se colorează încet. Mai întâi liliachiu, apoi gri, apoi albastru marin și negru. În jurul meu sunt milioane de stele, probabil am halucinații, căci cerul parcă se transformă într-un caleidoscop făcut din milioane de luminițe scânteietoare. Munții, și iarba, și orășelele dispar. Sunt complet ascunsă. Nu a mai rămas nimic din mine. Aerul e dens și mă epuizează efortul de a ridica picioarele prin el. Răsare soarele, iar noi ne croim drum prin alte câteva orășele. Când discul lui ajunge deja la mijlocul cerului trecem printr-un nou oraș, și văd că oamenii s-au strâns la marginea drumului. Observ că se trag puțin în spate. Bărbații, și femeile, și copii cu șorțulețe, în cămăși ecosez și cu pantofiori maro. Oamenii ne aruncă pâine la picioare, apoi o iau la fugă pentru că se aud împușcături, dar unii dintre ei aruncă în continuare dumicați peste umăr, în timp ce împușcăturile continuă. Oricine se apleacă să apuce pâinea ca s-o bage-n gură e împușcat. Ca să înaintăm, călcăm peste pâine și peste fete.

— *Schnell! Schnell!* urlă SS-iștii.

Suntem doar o coloană lungă de fete emaciate care calcă pe bucățile de pâine interzisă. Mergem înainte.

Mi-e atât de foame, însă nu-mi mai simt stomacul. Foamea mi-a ajuns în inimă, mi-o spun bătăile sale sălbatice. O simt în fiecare celulă din trup; celulele tânjesc după energie, după impulsul pe care li-l dă mâncarea. Celulele mele au fost secătuite de tot ce au deținut vreodată. Sunt eviscerată și golită. Oboseala este atât de profundă, că nu mai pot face nici un pas.

— Păduchilor! Păduchilor! strigă SS-iștii.

Trec pe lângă noi și ne lovesc cu bastoanele.

— Trebuie să vă mișcați mai repede!

Mai repede? Nu mai pot îndura nici o secundă în plus.

Leah simte când cad. Mă strânge de braţ şi mă saltă.

Am fost puternică pe toată durata războiului, dar acum nu a mai rămas nici pic de forţă în trupul meu. Vreau să fiu tare, dar tăria nu e nicăieri de găsit.

— Leah, spun. Nu mai pot continua. Nu mai pot face un singur pas.

Încă o fată se prăbuşeşte la marginea drumului. Un SS-ist se apropie şi o loveşte cu puşca în piept. Ea nu se mişcă, şi el o lasă acolo, să moară încet. Dar măcar acum poate sta întinsă. Nu-i plâng de milă.

Leah mă prinde de braţ cu o forţă pe care nu ştiam că o are.

— Trebuie, Rozi, spune ea.

Nu am pus nimic în gură de zile întregi. Oasele parcă-mi sunt de cositor. De câte ori pun piciorul jos, să-l ridic iar este un calvar. Muşchii-mi sunt moi. Greaţa a pus stăpânire pe mine. În stomac mi se-nvârt doar bila şi aerul.

— Leah, nu mai pot face un pas. Renunţ!

— Rozi, nu îmi pasă cum, însă trebuie să mergi.

— Sunt atât de obosită. Te rog, lasă-mă să mă întind. O să se termine totul fără să bag de seamă şi apoi nu o să mai simt nimic.

— O să te împuşte, sau mai rău, o să te bată şi-o să mori încet; nu te întinzi pe jos!

— Nu-mi pasă; n-am nevoie de altceva decât să mă întind, Leah. Chiar nu mai pot continua. Nu vreau să mor, dar nu mai pot continua, nu pot.

Mă prăbuşesc încet în faţă. Stelele de pe cer se tulbură şi-mi fac semn să mă alătur lor. Leah mă ciupeşte tare de mână, şi văd iar stelele cu limpezime.

— Ascultă-mă acum, Rozi, îmi spune încrâncenată. Şi ascultă-mă bine. Nu te întinzi acum. Aproape s-a terminat. O să fim libere. Nu m-ai convins să supravieţuiesc tot timpul ăsta numai ca tu să te dai bătută. Dacă voiai să dormi, trebuia să mă lași să dorm cu luni în urmă. Nu acum. Mergi! În clipa asta!

Mă uit la drumul din fața mea. Dincolo de fetele cocârjate, care-și târăsc picioarele. Dincolo de soldații SS, care încă pășesc drepți și mândri. Drumul e fără capăt și negru, iar un singur pas pe care-l fac pare ca și cum aș escalada un munte. Vreau să urlu, dar sunt prea obosită, așa că doar scâncesc. În colțul ochiului mi se adună o lacrimă, și sunt surprinsă că mai am apă din care s-o fac.

— Nu mai pot continua.

— Ba da, Rozi, poți.

— Nu pot.

— Păi ce, nu știi? Trebuie!

Scâncesc iar, apoi, cu o forță pe care nu știam că o am, îmi ridic piciorul drept. Mă simt de parcă aș sălta o mie de bolovani. Parcă țin greutatea lumii pe genunchiul meu slăbănog.

Fac un pas.

Dintr-odată, simt cum cineva se apropie de mine în dreapta, și altcineva în stânga. Privesc, dar nu văd nimic. Însă nu mă înșel: în jurul meu e o prezență. Simt cum ceva mă sprijină din dreapta, apoi și din stânga. Mă uit în dreapta, apoi în stânga, dar nu e nimeni. De data asta nu este precum halucinațiile pe care le aveam în fabrica de armament. Atunci știam că visez, că evadez. Acum e ceva diferit. Făpturile din dreapta și din stânga mea par puternice și sigure. Mă ridică de la pământ cu o forță neclintită. Mă sprijină cu putere, hotărâte, iar eu parcă mă îmbrac în bunătatea lor. Sunt liniștită și le dau voie să mă sprijine. Nu mă lasă jos până nu ajungem.

38

THERESIENSTADT[1], 26 APRILIE–8 MAI 1945

Ne-ai făcut să trecem prin multe necazuri și nenorociri;
dar ne vei da iarăși viața,
ne vei scoate iarăși
din adâncurile pământului.

Psalmii, 71:20

Ajungem la porțile altui lagăr. Așteptăm să intrăm. Pământul bubuie, dar nu din pricina bombelor. Sunetul vine de la pașii a sute de prizonieri care arată exact ca noi, de la încălțările lor de lemn lovind pământul. *Bum, bum, bum, bum. Bum, bum, bum, bum. Bum, bum, bum, bum.* Schelete care pun un picior în fața altuia. Aici sunt cu miile. Au pomeții supți și ochii adânciți în orbite și goi, iar uniformele sfâșiate le flutură peste oase și piele.

Intrăm în lagăr împreună cu miile de prizonieri. Suntem duși într-o temniță din pământ. SS-iștii deschid ușile mari de lemn și ne împing adânc în subteran. E un buncăr, și toți ne prăbușim pe priciurile înguste. SS-iștii închid ușile și ne trezim în beznă. Ne-au îngropat de vii.

Zile în șir zăcem acolo. Nu ne mișcăm de pe priciuri decât pentru a lua hrana pe care ne-o împing uneori prin ușă.

Unele fete vorbesc, fiecare de pe priciul ei.

---

1. Lagărul de concentrare Theresienstadt (cunoscut, de asemenea, ca ghetoul Theresienstadt) a fost înființat de către SS în orașul garnizoană Terezín, situat pe teritoriul ocupat de germani al Cehoslovaciei.

— Nu vor decât să ne gazeze. Știți? O să ne gazeze și pe noi.

— Ne vor moarte.

— Asta așteptăm.

Nu am suficientă energie să mă prind în discuția lor. Stau doar nemișcată.

Într-o noapte, ore bune nu se aude decât sunetul bombelor și țipete.

BUUM! Buncărul nostru îngropat se zgâlțâie.

— Poate că sunt rușii care încearcă să ne elibereze!

— Poate sunt americanii!

— Sau germanii, care câștigă!

Se lasă tăcerea. Deja ne-au îngropat. Suntem deja moarte. Auzim gloanțele care străpung aerul, auzim bombele care explodează în depărtare, auzim salvele repetate.

În noaptea aceea bombardamentul nu se oprește. Apoi, printr-o crăpătură a ușii, pătrunde o rază firavă de soare amestecată cu praf. Toate sunetele încetează.

Nu ne mișcăm de pe priciuri.

Cineva deschide ușa câteva ore mai târziu. Coboară spre noi.

— Fetelor! spune el.

Nimeni nu se mișcă.

— Nu știți? Sunteți libere!

Ne uităm la el fără nici o reacție.

— Copilelor! Copilelor! spune el. Sunteți libere! Rușii v-au eliberat. Sunteți libere.

— Și-a pierdut mințile, zice cineva. Ce tot spune acolo?

Ne privim unele pe celelalte de pe scândurile noastre tari.

— Nu, nu, copilelor! E adevărat. Sunteți libere, repetă el.

— Libere? întreabă Leah. Libere? Suntem libere?

— Libere? repetă altcineva. Cum adică suntem libere?

— Libere, copilelor, spune el. Sunteți libere!

— Vrei să zice că suntem libere libere?

Nu ne vine să credem. Minţile noastre pur şi simplu nu asimilează cuvântul.

Ca să ne arate, se caţără iar sus şi împinge uşa grea. Aceasta se deschide de tot, iar soarele orbitor inundă buncărul. Odată cu el, pătrund vălătuci de praf şi pământ. Eu mă mişc prima. Fug spre uşă şi mă salt. Mă târăsc afară din buncăr. Mă ridic din mormânt şi trăiesc iar. Suntem libere şi eu sunt încă în viaţă. Eu? În viaţă? Aproape că-mi vine să râd.

Trag mai multe fete din buncăr, iar ele se caţără pe lângă mine până ies de sub pământ. Mă uit cum alte fete se ridică, vii, din cavoul nostru. Le ies oasele prin piele; nu mai au pic de carne pe trup. Sunt acoperite de praf şi de zdrenţe. Dar sunt vii.

Clipim de câteva ori în lumina soarelui. Nimeni nu se mişcă. Apoi mă uit în jur. Pământul e bogat, plin de iarbă verde şi tufe peste tot, toate deasupra buncărului în care am zăcut. Clipesc şi văd clar totul în jur. Suntem înconjurate de flori. Îmi dau lacrimile. Din iarbă cresc flori mititele, albastre. Sunt de un albastru-violet, cu centrul perfect delimitat, galben-deschis. Se ivesc din pământ în buchețele miniaturale de câte trei. Lângă florile albastre, sunt unele portocalii, de forma unor clopoţei. Atârnă spre pământ cu o smerenie perfectă, delicată. Mai văd flori roz, foarte drepte, pe tulpini, care apoi se deschid încet. Flori albe drapate unele peste celelalte. Fire lungi şi verzi, drepte precum ţevile de puşcă. Soarele străluceşte auriu sclipitor de jur împrejurul nostru. Nu am mai văzut culori de luni în şir. Nu ştiu câtă vreme am zăcut în buncăr, dar cât am stat acolo florile acestea erau doar seminţe, dezintegrându-se sub pământ, la fel ca noi, până când au devenit ceva nou şi şi-au împins capul afară. Ne aşezăm printre flori, iar lacrimile mă fac să văd totul diluat ca o acuarelă cu tonuri când blânde, când mai puternice. Sunt vie. Tot timpul cât am fost îngropară sub pământ, deasupra mea creșteau flori.

— Leah, suntem în viață. Uită-te numai la florile astea!

Leah privește florile. Pe chipul ei se desenează un zâmbet blând.

— Uite ce face Dumnezeu! îi zic.

Am spus că mă voi duce acasă, însă cât am fost sub pământ, mi-am pierdut convingerea. Am fost obosită și mă pierdeam. Acum stau între flori, și știu că Dumnezeu există și că există și o viață care să merite trăită. O să mă duc acasă. O să trăiesc. O să am o familie. Florile se unduiesc în briza ușoară. Nu mai crezusem că o să mai văd vreodată-n viață o astfel de priveliște.

— O să mergem acasă, o să fim bine, șoptesc uimită. Leah, așa ceva nu o să se mai întâmple niciodată.

Leah mă strânge de mână.

Mă uit la fetele scheletice din jurul meu și știu că înaintea noastră se așterne un drum lung. Dar acum, în clipa asta, suntem înconjurate de flori. Există frumusețe pe lume, o frumusețe pe care o crezusem dispărută. Suntem iarăși vii, și florile ne spun că avem o viață care ne așteaptă. Ca ele, ne înălțăm capetele și ne ivim pe lume. Respir mireasma dulce de iarbă și lavandă.

— Leah, spun eu.

— Da, Rozi?

— Hai acasă!

39

DRUMUL SPRE CASĂ, MAI 1945

Cei sădiți în Casa Domnului,
înverzesc în curțile Dumnezeului nostru.
Ei aduc roade și la bătrânețe,
sunt plini de suc și verzi...

Psalmii, 92:13–14

„Hai acasă!“: ușor de zis, greu de făcut. Theresienstadt e infestat de tifos. Peste tot pe jos sunt oameni bolnavi, prea slăbiți ca să mai poată merge. Zac claie peste grămadă, gemând și tremurând, apoi rămân nemișcați. Rusoaicele care sosesc fac curat. Nu am văzut femei care să adune mizeria mai eficient ca ele.

În noaptea de după eliberare, bărbatul care ne-a spus că suntem libere coboară în buncărul nostru.

— Căutăm voluntari, spune el.

— Pentru ce anume? întreabă cineva.

— Avem nevoie de fete care să muncească.

Nu aștept să spună despre ce fel de muncă este vorba. La Auschwitz am știut că munca mă va ucide. Știu că aici munca mă va ține în viață.

— Mă ofer! spun eu.

Mă trimite la casa de bătrâni.

— O casă de bătrâni, aici? îl întreb în dimineața următoare, când mă conduce.

Trecem pe lângă oameni întinși pe jos, așteptându-și moartea. Bărbatul scutură din cap:

— Propaganda descreierată nazistă, zice el. Germanii au invitat Crucea Roșie[1] să vadă lagărul acesta, dându-l exemplu între toate lagărele de concentrare. Au făcut până și filme aici. Atunci când au sosit cei de la Crucea Roșie, au pus să cânte o orchestră de evrei, și toți au urmărit și s-au bucurat de ea. După ce au plecat delegații de la Crucea Roșie, i-au omorât pe toți evreii din orchestră.

— Și au ținut o casă de bătrâni numai ca să le-o arate celor de la Crucea Roșie? întreb eu.

— Da, și cu copii pe deasupra.

Nu știu ce aș mai putea spune.

Ajungem la casa de bătrâni, și mă trimite înăuntru.

Intru singură. Sunt șiruri de paturi pe care stau persoane care arată peste măsură de îmbătrânite. Parcă așteaptă deja ca moartea să vină și să le revendice.

— Cine-i aici? întreabă o vârstnică de pe patul ei.

Se ridică în șezut. Are pielea aproape translucidă.

— Mă numesc Rozi Greenstein, îi răspund eu. Am venit să dau o mână de ajutor.

Alți câțiva oameni se ridică. Mă privesc, iar eu înghit în sec, nervoasă.

— Rozi, mulțumim că ai venit, spune o altă doamnă. Apropie-te să te putem vedea.

---

1. Cedând presiunii care a urmat deportării evreilor danezi la Theresienstadt, germanii le-au permis reprezentanților Crucii Roșii – daneze și internaționale – să viziteze lagărul, în iunie 1944. Totul a fost o butaforie bine orchestrată: cu puțin înainte de vizită, germanii au intensificat deportările din lagăr, iar lagărul a fost „înfrumusețat“. S-au plantat grădini, casele au fost zugrăvite, iar barăcile, renovate. S-au organizat chiar evenimente culturale și sociale pentru demnitarii veniți în vizită. Apoi, deportările din lagăr au continuat până în octombrie 1944.

Îmi petrec întreaga zi vorbind cu ei, hrănindu-i, spălându-i, apoi mă întorc să dorm în buncăr.

Vin zilnic la casa de bătrâni. Vârstnicii de acolo mă iubesc. Îmi spun că în pod sunt valize cu haine, de care uitase toată lumea. Îmi spun că pot să iau orice vreau. Duc în buncăr o valiză plină cu rochii frumoase cu imprimeuri florale. Ne alegem fiecare câte o rochie. A doua zi dimineață, când mă îmbrac să mă duc la muncă, deja parcă încep să mă simt mai bine.

Verișoara mea Feighe și cu mine facem câte o plimbare în fiecare seară, după ce mă înapoiez de la casa de bătrâni. Ni se alătură și un băiat din orășelul lui Feighe. În cheamă Pincas Herșcovici. Nu am nici o îndoială că Feighe se îndrăgostește de el. Când el vorbește, ea își înalță capul spre el, sorbindu-i fiecare vorbă. Dar îmi dau seama, treptat și covârșită de vinovăție, că el nu se îndrăgostește de Feighe, ci mai curând de mine. Nu am să fiu eu cea care se va pune-n calea fericirii verișoarei mele. Și, oricum, e vremea să o caut pe mama.

În noaptea aceea, când mă întorc în buncăr, vorbesc cu Leah despre întoarcerea acasă.

Leah deja arată mai bine; a îmbrăcat o rochie verde cu imprimeu floral, legată în talie cu o panglică. Părul i-a mai crescut, e scurt, dar arată aproape șic. Orzul pe care ni-l dau aici i-a pus puțină carne pe obraji.

— Trebuie să mergem acasă, spun eu. Poate că mama și Iehezkel au ajuns deja.

Leah dă din cap că da.

— Și cum o să ajungem acasă?

— Sunt trenuri cu soldați care merg spre Ungaria. I-am auzit pe soldați vorbind despre ele. Putem să mergem cu ei. E unul care pleacă mâine-dimineață.

— Am cunoscut un băiat, zice Leah. Poate veni cu noi?

— Un băiat? Aici? zic, încercând să nu las să se audă iritarea din vocea mea. Trebuie să mergem la mama.

Numai de băieți nu-i vremea acum.

Leah roșește.

— Îl cheamă Avrumi Frenkel. M-a văzut de la fereastră și a coborât să mă întâlnească. Spune că a știut din prima clipă că vrea să se însoare cu mine.

— Leah, nu așa se fac lucrurile. Trebuie să mergem mai întâi să o vedem pe mama. Ce o să spună dacă ne întoarcem acasă cu un băiat după noi? N-o să se bucure.

Chipul lui Leah se posomorăște. Știe că am dreptate.

— Atunci am să îi spun că nu poate veni cu noi acasă.

În dimineața următoare găsim un grup de fete și băieți care se îndreaptă spre tren. Hanki, Leah și cu mine ne alăturăm lor.

— Leah! spune o voce de bărbat.

Leah se îmbujorează. Se apropie de noi un bărbat brunet și frumos.

— El este Avrumi, spune Leah.

— Voi trebuie să fiți sora și mătușa lui Leah, zice el.

Se uită la Leah de parcă ar fi o stea de cinema, nu o fată emaciată.

— Nu poți veni acasă cu noi, îi zic eu. Mama nu va fi deloc încântată.

— Știu, îmi răspunde și îi zâmbește lui Leah. Am să te caut după aceea.

Găsim peronul și, adunate grupuri-grupuri, așteptăm trenul care se apropie, pufăind. E plin de soldați, dar conductorul este amabil și ne lasă să mergem cățărați pe vagoane. Drumul e vesel. Ne ținem de barele de pe acoperișul vagonului și simțim vântul blând cum ne mângâie fețele pe măsură ce trenul ne duce tot mai aproape de mama și de casa noastră. Câțiva dintre soldații din tren urcă la noi. Unul mă prinde de mână și mă învârte. Sunt amețită, dar el este cu mult mai puternic decât mine și-l las să mă conducă când fac piruete. Spune ceva în rusă. Mă mai învârte de câteva ori și dansăm pe acoperișul trenului, apoi el coboară înapoi la locul lui.

— A spus că o să se însoare cu tine, zice o fată într-o română stricată și râde. A spus că acasă are o fermă unde crește un pui și o găină și că te va duce acolo și te va face soția lui.

— O, nu, nu pupă el una ca asta! spun eu.

— Să te văd cum îl oprești! răspunde fata, râzând.

Încă mai mulți soldați urcă, dar aceștia nu vorbesc despre măritiș precum ceilalți. Încep să agreseze fetele sub ochii mei. Fetele scâncesc și plâng ca niște pui de pasăre neajutorați, în vreme ce soldații fac ce vor cu ele. Soldații se poartă cu fetele de parcă ar fi niște obiecte de care se pot servi după bunul-plac. Îmi întorc privirea în altă parte. Îmi amintesc de *Război și pace*, de parcă am citit-o cu un milion de ani în urmă, și nu doar cu câțiva ani înainte. Dintr-odată un soldat se apropie de Hanki și o pipăie. Ea scâncește. Eu nu plâng ca un pui de pasăre. Eu scrâșnesc precum un animal sălbatic.

— Oprește-te! Las-o în pace! țip eu.

Soldatul mă ignoră și continuă. Un alt soldat se apropie de noi.

Dumnezeule, șoptesc eu. *M-ai vegheat să mă întorc de la Auschwitz fără ca cineva să mă atingă. Lasă-mă să mă întorc acasă așa cum am plecat. Avem nevoie de demnitatea noastră. Veghează, Dumnezeule, încă o dată, căci nu ne vor atinge, nici pe mine, nici pe Hanki.*

Soldatul e tot mai aproape.

— Aaaaaaa! urlu asemenea unei sălbăticiuni.

Las furia să-mi alimenteze țipătul. Nu am de gând să pierd puținul control pe care îl mai am asupra vieții mele. Cu toții trebuie să înceteze să ne facă orice le trece prin cap, de parcă n-am fi oameni. Răcnesc atât de tare, de mă dor urechile.

Într-o clipă trenul se oprește, iar conductorul urcă pe acoperiș. Soldatul se îndepărtează de Hanki. Cel care venea către mine face rapid stânga-mprejur.

— Cine țipă așa? întreabă conductorul.

Cineva arată spre mine.

— Soldații ăștia nu ne dau pace, spun eu.

Conductorul îmi vede disperarea din ochi. Furia îi pune stăpânire pe chip. Bubuie spre soldați:

— Jos! Jos sau vă fac vânt din tren cu mâna mea! Nu-mi pasă ce spuneți. Nici măcar un singur soldat nu o să mai rămână în trenul meu dacă veți continua așa!

Soldații nu ne privesc când coboară pe urmele conductorului. Și nu se mai întorc pe acoperiș.

Coborâm din tren la Budapesta, și peste tot e plin de soldați ruși. Nu vreau să avem aceleași probleme din tren, așa că îmi trec brațul pe după cel al primului băiat amărât pe care-l văd. Se uită năuc la mine.

— Domnișoară, ce faceți la braț cu mine? mă întreabă el.

— Șșșșș. Ești soțul meu. Dacă soldații văd că sunt cu un bărbat, nu-mi vor face nimic.

— În regulă, zice el.

Și ne conduce până în gara aflată în cealaltă parte a orașului.

În trenul următor îl întâlnim iar pe Avrumi. Chipul lui Leah se luminează. Urcăm împreună pe acoperișul trenului.

— Nu poți veni acasă cu noi, îi reamintesc eu.

— Știu, spune el. Mă duc la mine, la Dej – e foarte aproape de Crasna.

Leah și Avrumi vorbesc tot drumul.

Dintr-odată lângă noi apare un soldat rus.

— Vino cu mine, îi spune lui Leah.

Leah îl trimite la plimbare. Soldatul se îndepărtează, apoi se răsucește pe călcâie și se întoarce. Se duce direct la Leah și începe s-o tragă de bluză ca să i-o descheie.

— Las-o în pace! zice Avrumi.

Soldatul îl ignoră și-și bagă mâna pe sub bluza lui Leah. Dau să țip, dar Avrumi e rapid. Îl trage pe soldat și, într-o clipită, Avrumi îl prinde de partea din spate a cămășii, îl ridică și-l aruncă din tren. Trecem printr-un tunel, iar soldatul dispare în întuneric. Ceilalți soldați se uită șocați la Avrumi. Îi dau voie să călătorească împreună cu noi oricât vrea el.

Hanki e deprimată. Plânge cu gândul la Duvid și la băiatul ei.

— Sigur sunt bine, Hanki, îi spun ca s-o liniștesc.

— Nu înțelegi, zice Hanki. Tu ești doar o fetiță. Nu ai un soț, nu ai un copil. Pentru mine e o agonie.

În ziua următoare, cineva o găsește pe Hanki în tren.

— Duvid trăiește! L-am văzut pe Duvid! E în drum spre Satu Mare.

Hanki, aproape plângând, zice:

— Ești sigur?

— Da, răspunde bărbatul. Du-te la Satu Mare! Te caută! Numai despre tine vorbește.

Hanki este în culmea fericirii.

— Mă duc la Satu Mare! Duvid trăiește! Hai cu mine!

— Hanki, trebuie să ajungem acasă, zic eu. Ne așteaptă mama.

Hanki ne îmbrățișează și coboară, ca să schimbe trenul spre Satu Mare.

Avrumi coboară la Dej și îi promite lui Leah că o va căuta imediat ce își găsește familia.

Ajungem în cele din urmă la Crasna. Coborâm din tren ținându-ne de mână. Nu au trecut decât treisprezece luni de când am plecat, dar când mă uit la orășelul meu, parcă a trecut un milion de ani. Ne îndreptăm încet spre casa noastră formată dintr-o singură odaie. Stau lângă Leah când ne uităm în sus la clădirea micuță. Poate că mama e deja acolo, pregătindu-ne ceva de mâncare. Dintr-odată cineva se ivește la fereastră. Este fereastra de unde priveam zilnic spre râu și de unde-i ascultam susurul. Aceasta a fost casa mea. O femeie deschide fereastra și scoate capul pe fereastra mea!

— O, uite cine-a apărut, zice ea și râde, iar sunetul pe care-l scoate îmi îngheață sângele-n vine. Fetițele s-au întors acasă, ca să vezi! Chipul ei urât se schimonosește. Ne vorbește precum unor copii mici, maimuțărindu-și vocea: O, fetițele s-au întors acasă!

Pe pământ, lângă casă, e o piatră pe care o apuc. Sunt gata s-o arunc spre ea și să fac țăndări geamul.

— Lasă piatra jos, scrâșnește Leah printre dinți. Vrei să ajungi în pușcărie după tot ce am îndurat?

O las să-mi ia piatra din mână.

Văd râul reflectându-se în fereastră. Păsările nu cântă. Copacii nu foșnesc. Apa nu clipocește pe deasupra pietrelor colorate.

— Dispăreți de-aici! zice femeia. Asta nu mai e casa voastră!

40

CRASNA, MAI 1945

Tămăduiește pe cei cu inima zdrobită
și le leagă rănile.

Psalmii, 147:3

Reizi Waldman îi primește pe toți cei care s-au întors. Casa ei este cea mai mare și are suficiente camere pentru toată lumea. Îi tot așteptăm pe mama și Iehezkel, dar ei nu mai vin. Așteptăm săptămâni la rândul. Din ce în ce mai mulți oameni se înghesuie în casa lui Reizi. Aduc cu ei, unul după altul, zvonuri, povești și orori.

Herșel Frenkel cere să-mi vorbească.

— Rozi, nu se mai întorc, îmi spune el.

Cuvintele sale mă lovesc cu mai multă răceală decât dușul rece ca gheața pe care l-am făcut la Auschwitz.

— Nu, scutur eu din cap. Nu spune asta.

— Rozi, uită-te la mine!

— Nu, nu, nu, spun. Nu vreau.

— Rozi, ascultă-mă! Iubita mea soție, cele două fiice ale mele, fiul meu... nici ei nu se mai întorc. Mama ta și Iehezkel au murit. Când am ajuns la Auschwitz, i-au trimis direct în camera de gazare. Au înghesuit sute de oameni odată, i-au sufocat cu gaz otrăvitor.

— Nu, nu, nu, nu, spun iar, dar știu că e adevărat ce spune.

Simt cum răceala îmi cuprinde tot trupul și cum, apoi, inima mi-e sfâșiată. Sângerează în mine. Sângele îmi spală tot corpul.

— Mama, mă văicăresc. Hezkel! Unde sunteți?

Leah plânge și ea. Vreau să o strâng în brațe, dar nu mă pot mișca. Mor. Parcă îmi scot sufletul cu forța din trup. Plângem din prima clipă când ne ivim pe lume, și mamele noastre sunt cele care ne alină. De câte ori scâncim, ne gândim fără să știm la mamele noastre. Partea cea mai primitivă din noi plânge după mame. Dar ce pot face când tocmai pentru mama plâng? Plâng și mă văicăresc, dar nici măcar nu știu că mama ar fi undeva acolo, să mă strângă-n brațe când simt că mă împrăștii în milioane de fărâme.

— Nu, nu, nu! Întoarce-te! Iehezkel, vino înapoi să ai grijă de noi. Unde ești, mama?

Mă gândesc la lucrurile despre care au tot vorbit oamenii din casa lui Reizi. Acum știu și înțeleg că am fost gazați și arși. Încerc să nu mă gândesc, imaginea mamei și-a lui Iehezkel încercând să respire, precum niște peștișori dând din înotătoare de colo-colo, trăgând cu disperare aer în piept, îmi pârjolește neîntrerupt mintea. Știu acum de ce a plâns Eidy, *Blockälteste*, când am ieșit din camera de gazare, contrariate că nu am făcut duș. Eidy deschidea ușile camerei de gazare și ajuta la transferarea trupurilor a sute de fete. Fete cu gurile căscate, cu agonia nevoii de aer care nu mai vine înscrisă pentru totdeauna pe chipuri. Mi s-a spus că lângă camerele de gazare porneau motoarele camioanelor, pentru ca germanii să nu audă strigătele de disperare ale oamenilor care se chinuiau să dea de puțin aer ca să rămână în viață.

Herșel stă cu mine câtă vreme plâng.

Plâng o săptămână întreagă. Herșel trebuie să mă oblige să mănânc printre lacrimi. Mă simt sătulă de la lacrimi, însă el tot mă hrănește cu lingura. După o săptămână întreagă, mă opresc în cele din urmă din plâns.

— Nu se mai întorc, le spun lui Leah și Herșel.

— Nu, nu se mai întorc, zice și Herșel.

— Și Reizi Waldman e bolnavă, șoptește Leah. Are tuberculoză.

— Du-mă la ea, îi cer.

— E contagioasă, zice Herșel. Nu te poți apropia de ea.

Îl ignorăm, și mă țin după Leah până în camera lui Reizi. E întinsă pe pat și respiră cu dificultate. Leah și cu mine stăm la căpătâiul ei și nu plecăm decât pentru a dormi puțin. Reizi a fost cea mai bogată fată din orășelul nostru, și niciodată n-am întâlnit pe cineva mai generos ca ea. Tot ce și-a dorit vreodată a fost să-și bucure familia și prietenii. Când nu aveam patine, a insistat să le folosesc pe ale ei, pretinzând că-i plăcea și ei să patineze numai încălțată cu pantofi obișnuiți. Când aducea mâncare la școală, o împărțea mereu cu noi, păstrând pentru ea bucata cea mai mică.

— Reizi, suntem aici, îi tot șoptesc.

E tot o *muselmann* de la Auschwitz, și trupul ei nu pare capabil să se lupte cu boala. Moare cu noi amândouă lângă ea, în pat.

Herșel Frenkel spune că poate împreună o putem lua de la capăt. Îi răspund că nu. Nu vreau pe cineva care a avut deja o soție și copii. Nu vreau pe cineva care a pierdut mai mult ca mine.

Așteptăm alte vești despre cei dragi nouă. Mătușa Hana a ajuns direct în camera de gazare împreună cu toți copiii. Mendel Iaakov, soțul ei, este încă în viață. Leah Mariam a ajuns și ea în camera de gazare. Știu de la cumnatul ei, domnul Schwartz, care a bătut la ușa lui Reizi într-o bună zi, căutându-mă.

— Rozi! exclamă el când ajung la ușă.

Lângă el sunt doi copii. Cei mai murdari copii pe care i-am văzut vreodată. Părul li s-a lipit de față, sunt desculți, iar mâinile și picioarele le sunt negre; pielea de pe față, gât și picioare e acoperită de-o iritație.

— Domnule Schwartz, cine sunt copiii aceștia?

Timizi, se ascund în spatele lui.

— Rozi, nu știu ce să fac cu ei. Sunt Baila și Moșe. Azi au venit cu mine. Pur și simplu nu știu ce să fac cu ei. Sunt veri primari cu tine. M-ai putea ajuta?

— Baila, Moshe, intrați! le spun eu.

Îi așez la masă și le dau fiecăruia câte-o cană cu lapte, pe care-o dau peste cap cât ai clipi. Îl trag de-o parte pe unchiul lor, într-un colț al camerei.

— Cum i-ai găsit?

— Au fost la Auschwitz. Un nebun, doctorul Menghele, i-a supus unor experimente. Avea o obsesie cu gemenii. A făcut lucruri de nerostit, i-a legat laolaltă, i-a înfometat. Ceilalți gemeni ai lui Leah Mariam au murit în urma experimentelor, dar cumva ăștia doi, care au șapte ani, au supraviețuit. Au fost aduși la orfelinat imediat după război, cineva i-a recunoscut și mi i-a adus.

— Ce știi despre iritația pe care o au?

Nu-mi dau voie să mă gândesc la verișorii mei mai mici, atât de plini de viață, care au murit de pe urma experimentelor. Trebuie să mă concentrez numai pe ceea ce este aici, în fața ochilor: doi gemeni în vârstă de șapte ani – de-același sânge cu mine –, așezați la masă, bălăngănindu-și picioarele și încercând să lipăie și ultima picătură de lapte din pahar.

— Se scarpină întruna. Probabil e contagios, dar nu le pot face baie – sunt verișorii tăi, te poți ocupa de ei?

Nu îi spun că și el le e unchi.

— Sigur că da, răspund eu.

Primul lucru pe care-l fac e să mă duc la farmacie după un unguent pentru iritație. Apoi încălzesc apă să le fac baie. Îi las să stea în apă mai bine de o oră, și-n tot acest timp le cânt. Încă nu vorbesc cu mine. Apoi îi spăl cum n-am mai spălat altceva în toată viața mea. Au jeg, păduchi și noroi vechi de-un an. *Leah Mariam o să aibă un atac de cord când o să-i vadă*, mă gândesc eu. Apoi îmi amintesc că nu o să-i mai vadă niciodată. Le scot păduchii unul câte unul. Spăl jegul de pe ei, și noroiul îl frec până dispare. După baie le-ntind unguentul pe piele și îi îmbrac în niște haine pe care le găsesc la Reizi în casă. Aduc înapoi la unchiul lor doi copii cu totul diferiți.

Desigur, iritația îmi apare și mie pe piele două zile mai târziu, dar păstrasem puțin unguent și pentru mine, preventiv.

În fiecare seară vin tot mai mulți oameni să mănânce acasă la Reizi. Bărbați și băieți, femei și copile. Suntem toți precum resturile de lemn ce plutesc pe mare. Cândva am fost copaci, dar am fost dezrădăcinați și decimați, iar acum nu avem unde să mergem și nu mai știm cine suntem. După mese, cineva cântă, și toți se ridică și dansează. Leah dansează cu fete și cu băieți, dar eu nu. Leah are optsprezece ani, eu, nouăsprezece. Cu numai un an în urmă nici unul dintre noi nu trăia așa, claie peste grămadă. Cu numai un an în urmă eram fiecare acasă, în siguranță, fiecare la locul său. Mă uit în jur la bărbații care dansează. Mă invită să dansez cu ei, dar îi refuz. Aici nu e nimeni cu care să vreau să mă mărit, și vreau să mă mărit – vreau să am o familie. Nu mai e nimic pentru mine în orășelul acesta. Fiecare loc și lucru adaugă încă o durere inimii mele. Durerea mă înjunghie. Când mă duc la piață, o văd pe mama. Când trec pe lângă casa bunicului, îi văd trupul masiv sprijinindu-se de tocul ușii. Când trec pe lângă vechea ieșiva, îl văd pe Iehezkel grăbindu-se înăuntru. Nu pot trece pe lângă vechea noastră odaie; m-ar doborî s-o văd acum, când mama nu va mai fi niciodată acolo. Nu mai pot rămâne aici nici o clipă-n plus. Orășelul pe care l-am iubit cândva din tot sufletul mă distruge acum.

— Hai să mergem la Satu Mare, să-i vizităm pe unchiul Duvid și pe Hanki, îi spun lui Leah.

— Nu pot să plec acum. Îl aștept pe Avrumi.

Mă gândesc o clipă să rămân cu ea, dar eu n-am pe cine aștepta. Mi se frânge inima, dar plec fără ea.

41

SATU MARE, IUNIE 1945

Se satură
de belșugul Casei Tale,
și-i adăpi
din șuvoiul desfătărilor Tale.
Căci la Tine
este izvorul vieții;
prin lumina Ta
vedem lumina.

Psalmii, 36:8–9

Cobor din tren la Satu Mare și dau imediat de Duvid. Prima persoană pe care o întreb mă ghidează spre un restaurant din mijlocul orașului. Hanki și Duvid au deschis restaurantul. Toți cei care se întorc acasă sunt atât de înfometați, și nu era nimeni aici care să-i hrănească. Aveau niște bani ascunși bine și există organizații care îi ajută pe supraviețuitori cu bani, ca să cumpere mâncare și să pornească mici afaceri. Au închiriat o cameră cu bucătărie în centrul orașului. Hanki este o bucătăreasă de excepție. Oricine vine în Satu Mare în căutarea familiei ajunge la ea la restaurant, iar mâncarea ei le hrănește trupurile și sufletele.

Stau în apartamentul de o cameră al lui Hanki și Duvid. Hanki mă învață să fac paste. Torn făina grămadă, ca un munte, în vârf fac o mică vale în care sparg ouăle, presar puțină sare și un strop de ulei. Amestec ouăle cu grijă, atentă să nu intre și făina. Abia apoi amestec totul, frământ aluatul și apoi îl întind într-o foaie cât mai subțire.

La un moment dat îmi dau seama că Hanki este din nou însărcinată. Sarcina îi amintește de fiul pe care l-a pierdut, așa că își petrece mare parte a zilei în pat, mai puțin atunci când gătește în restaurant.

După câteva săptămâni Leah renunță să-l mai aștepte pe Avrumi. Vine la Satu Mare și ni se alătură în apartamentul cu o singură cameră.

La Duvid tot vine un văr de-ai lui să discute niște afaceri pe care le au împreună. Îl cheamă Ițhak Heilbrun, și îmi dau seama că fusese logodit cu Rivka. A spus că ea nu s-a mai întors acasă. E chipeș. Are părul blond și ochii albaștri. Se poartă sigur de el, și are maniere de om de afaceri. Fără să vreau, inima îmi bate mai tare când îl văd. E plin de viață.

— Și tu ai fost la Auschwitz? îl întreb când ne așezăm să cinăm la restaurant.

— Am avut acte, zice el. Am dat peste un bețiv care zăcea pe peronul gării, semăna cu mine, și, nu știu ce mi-a venit, i-am cerut actele cu o voce oficială, și mi le-a dat pe loc.

— Nu cred! Deci ai reușit să eviți totul?

A scuturat din cap.

— Am privit cum toți cei pe care i-am iubit au fost duși în ghetou. Au murit de foame sub ochii mei. Știam unde vor fi duși, auzisem de Auschwitz. Am încercat să-i ajut să scape împreună cu mine, dar mi-au spus să nu le mai creez neplăceri, să-mi plec capul și să respect legile. Așa că i-am lăsat acolo. I-am lăsat să moară. Iar eu mi-am văzut mai departe de drum, cu actele mele.

Când spune toate acestea pare angoasat, de parcă ar vrea să fi plecat cu ei.

— Și-a dat cineva seama cine ești?

— Tot la câteva săptămâni mă mutam. Dar colegul meu de cameră a fost împușcat cât eram eu la muncă. Când m-am întors acasă, proprietara mi-a spus că era de fapt evreu. Și a spus-o cu așa un dezgust!

— Hai să vorbim despre altceva, a adăugat Duvid sesizând că Hanki privește în gol.

Și Ițhak ne povestește despre tatăl lui, fratele lui *zeide*. Ne spune cât de mult îi place să învețe. Ne povestește despre familia lui. Parcă ar vorbi despre familia mea.

— Am o casă în Csenger, spune el când terminăm de mâncat. Câțiva dintre verișorii noștri locuiesc acolo. Vrei să vii cu mine?

— Ar trebui neapărat să te duci, spun Duvid și Hanki.

E evident că își doresc puțină intimitate. Cu siguranță nu le e ușor să trăiască într-un apartament cu o singură cameră și cu două nepoate.

Mă uit la Leah.

Dă din cap că da.

— Sigur, vom veni, spun eu.

Când ajungem la casa lui din Csenger, primul lucru pe care îl observ e dezordinea. Pe o canapea din mijlocul încăperii stau patru fete. Ițhak ne prezintă verișoarelor noastre mai îndepărtate. E praf peste tot, haine murdare pe jos, și nimic pe plită. Dezordinea îmi dă cumva un sens. Găsesc o mătură și încep pe dată să fac curat. Apoi duc hainele la spălătoreasă.

Ițhak pleacă la muncă – importuri de sare. Când se întoarce în acea seară, casa e curată și masa e pusă.

Casa lui e în Ungaria, la granița cu România, așa că toți supraviețuitorii peste care dă, porniți în căutarea celor dragi, ajung mai întâi la el acasă. Toți par înfometați, și vreau să gătesc pentru ei, dar nu știu cum. Mama nu m-a lăsat niciodată să gătesc cu ea. Era rapidă ca fulgerul, iar eu nu aș fi făcut altceva decât s-o încetinesc sau să-i stau în cale. Îmi doresc să mă fi învățat măcar lucrurile de bază, pentru că acum habar nu am ce-ar trebui să fac.

Ioheved, una dintre verișoarele care locuiesc în casă, îmi spune despre o doamnă cumsecade care lucrase într-o casă evreiască, care știe să gătească koșer. Mă duce s-o cunosc. O cheamă Wiig Nani și mă îmbrățișează cu căldură atunci când o rog să mă învețe să gătesc, ca să-i pot hrăni pe toți supraviețuitorii care vin în casă la Ițhak.

— Cum să nu, fată frumoasă! îmi spune.

Își trece mâna sigură pe după umerii mei, iar eu abia îmi rețin lacrimile.

— Hai, zice ea. Să mergem la piață.

Ițhak câștigă bine din importurile de sare, așa că pot cumpăra pui, niște legume, o rață și câteva ouă. Profesoara mea îmi arată cum să fac pui koșer, cum să fac *ciolent*, cum să fac *letcho*[1] și *kugel*. Mă duc la ea zilnic să învăț. Nu trece mult și gătesc oale uriașe de mâncare pentru oamenii care sosesc. Mă uit la ei cum înghit pe nerăsuflate, recunoscători.

Într-o zi, primesc prin poștă o scrisoare lungă. E de la unchiul Duvid. Îmi scrie că ar trebui să mă mărit cu Ițhak. Îmi spune că Ițhak se trage dintr-o familie bună; e isteț și învățat, și Duvid e convins că va fi un soț minunat pentru mine. Cred că are dreptate. Ițhak e atât de sigur pe sine, un bărbat adevărat. Toată ziua muncește, însă seara ne plimbăm, curățăm împreună oalele cele mari și uneori cântă în timp ce șterge vasele. Îmi amintește de familia mea. Nu am crezut că voi mai simți vreodată ceva, dar îmi dau seama că mă îndrăgostesc (chiar foarte repede). Câteva săptămâni mai târziu mă întreabă dacă vreau să-i fiu soție. Pentru prima dată de când m-am întors acasă simt cu adevărat bucurie. Îi spun că vreau.

Într-o seară, pe când ne plimbăm, Ițhak se uită la rochia mea decolorată, cu imprimeu floral, și-mi zice:

— Mireasa mea ar trebui să aibă haine frumoase. Îți plac hainele frumoase, nu? Te-ar bucura?

Îmi amintește de Iehezkel, și de cum plănuia să aibă grijă de mine. De dorința lui ca eu să am lucruri de calitate.

— Nu cred că e cel mai important lucru acum, răspund eu.

---

1. Mâncare țărănească maghiară din ardei gras. (N. a.)

Războiul abia s-a terminat. Nimeni nu se gândește în clipa asta la haine frumoase și noi. Dar în ziua următoare Ițhak aduce acasă suluri peste suluri de materiale de toate felurile. Încearcă să ascundă cât e de mândru de el când le lasă pe toate cu un bufnet pe masă.

Ochii lui Leah scânteiază la vederea materialului.

— O, Rozi! spune ea, atingând pânzeturile. Îți fac eu rochiile!

Zi și noapte, ore nesfârșite, stă în fața unei vechi mașini de cusut. Îmi face cele mai frumoase costume și rochii. Mi se umple inima să-o văd pe sora mea mai mică muncind din răsputeri să-mi facă haine, fără să ceară ceva în schimb.

Apoi vine rândul lui Leah să primească o scrisoare.

— E de la Duvid, zice ea. Avrumi e acolo! Întreabă de mine! Hai cu mine să îl vedem, Rozi!

— Mergem mâine, îi zic. Trebuie să aștept până se întoarce Ițhak să îi pot spune.

Ne întoarcem la Satu Mare, Avrumi ne așteaptă la gară. Leah se aruncă direct în brațele lui.

Câteva zile mai târziu, Leah se căsătorește cu Avrumi. E atât de frumoasă! Părul i-a crescut suficient să și-l prindă într-un coc pe ceafă, poartă o rochie albă de mătase și are un mic buchet de flori. Hanki și Duvid pregătesc o masă delicioasă și după *hupa* mâncăm la ei la restaurant. Ochii lui Leah sunt mai luminoși ca niciodată. Se sprijină de Avrumi și-și șoptesc la ureche toată noaptea. Este nunta ei, iar eu sunt atât de fericită pentru amândoi, dar nu-mi pot împiedica durerea din suflet care-mi spune că sora mea nu-mi mai aparține.

— Ne ducem în România, spune Avrumi la câteva zile după nuntă.

— Trebuie să aflăm dacă bunicul lui Avrumi e încă în viață, adaugă Leah.

— Unele părți ale României nu au fost afectate de război, îmi explică Avrumi.

Îmi înghit lacrimile, care îmi alunecă pe gâtlej, arzându-mi-l de-ai fi zis că-s acid.

— Sigur că trebuie să mergeți, spun eu.

Nu știu ce e în capul meu când îi zic să plece. Nu o să am cum să iau legătura cu ea cât sunt în România, dar Leah promite că-mi va scrie. Suntem pe cale să facem singurul lucru pe care i-am promis mamei, în ultimele clipe când am mai văzut-o, că nu-l vom face. După toate prin care am trecut împreună, acum ne îndepărtăm.

După ce pleacă Leah și Avrumi, eu mă mut înapoi la Csenger, cu Ițhak. Rămânem acolo câteva luni, iar eu continui să gătesc pentru toți supraviețuitorii rătăciți care ajung aici. Apoi rușii pun mâna pe România, aduc după ei comunismul, și afacerea lui Ițhak este interzisă. Fără o sursă de venit și într-un mediu din ce în ce mai ostil, ne dăm seama că trebuie să ne părăsim casa. Partea cea mai teribilă a plecării este să știu că Leah nu va ști unde să-mi scrie. În tot acel haos însă, nu am de ales.

Ne mutăm într-un lagăr pentru persoane dezrădăcinate, numit Agudah. Organizațiile evreiești au înființat astfel de lagăre pentru oameni ca noi. Oameni fără casă, fără țară, fără lucruri pe care să le numească ale lor. Ne mutăm acolo cât încercăm să găsim o situație mai stabilă pentru viețile noastre, făcute încă o dată una cu pământul.

În mod bizar, aici, în lagărul pentru persoane dezrădăcinate, mi-am găsit iar locul. Oamenii sunt atenți și devin repede ca o familie. Organizația are grijă de nevoile noastre de bază, pentru ca noi să ne putem folosi energia să mergem mai departe, și nu doar să supraviețuim. Petrecem *Șabes*-ul împreună cu oamenii din lagăr și uneori cântăm imnurile de *Șabes* până târziu în noapte, exact cum făceam odinioară.

Noua noastră familie se oferă să organizeze nunta mea cu Ițhak.

Mă duc la magazin și închiriez o rochie de mireasă. Nu este cea la care am visat dintotdeauna, dar este frumoasă.

Nu-mi ajung banii să cumpăr un voal, dar pun mâna pe niște dantelă și mi-l fac singură.

La nuntă vine toată lumea din lagăr. Inima mea suferă după Leah, de care nu am mai auzit nimic de multă vreme. Când reușim să găsim timbre, îi scriu lui Duvid, dar nici el nu are vești de la ea. Nu pot decât să sper că amândoi sunt bine.

Ițhak mă așteaptă sub *hupa*. Un băiețel cântă la flaut, iar pe mine mă conduce un cuplu vârstnic din lagăr. Ițhak pare nervos. Cred că îi e greu să-și dea voie să se simtă fericit. Se învinovățește pentru moartea părinților lui. Știu că-și dorește ca ei să fi fost sub *hupa*, alături de el. Eu însă, pășind spre Ițhak și spre noua noastră viață, îmi simt inima plină doar de cea mai pură bucurie. După ceremonie, mă uit în jurul meu, la grupul de străini pe care am ajuns să-i iubesc și care acum dansează pentru noi.

Zeide nu mă ia de mână să mă învârtă așa cum îmi promisese. Mama nu îmi aranjează părul și nu-mi aduce ceva de băut când mi-e sete. Iehezkel nu-i atrage atenția soțului meu să se poarte frumos cu mine. Mă uit la propria nuntă și dintr-odată mă cuprinde o tristețe ce amenința să mă tragă-n jos, în golul lăsat de toți cei care nu sunt aici. Dar apoi cineva deschide o fereastră, iar camera se umple de și mai mulți oaspeți. Aud de afară cântecul discret al păsărilor, susurul delicat al unui izvor ale cărui ape alunecă peste pietre colorate, aud orăcăitul la unison al broaștelor. Sunt acasă. Sunt vie. Și încet, foarte încet, simt cum inima mi se deschide pentru a primi muzica, îmi iau soțul de mână și dansăm.

EPILOG

Îți cerea viața,
și i-ai dat-o:
o viață lungă
pentru totdeauna și pe vecie.

Psalmii, 21:4

Rozi, bunica mea, și-a petrecut primele săptămâni ca proaspătă soție făcându-și griji pentru sora ei, Leah. I-a întrebat pe toți cunoscuții dacă aveau idee pe unde ar putea fi. Nu putea să creadă că nu și-a ținut promisiunea făcută mamei: să n-o scape pe Leah niciodată din ochi. Asemenea tuturor supraviețuitorilor, și ele erau doar două trecătoare oarecare, disperate să se înrădăcineze iar undeva, ca să se poată echilibra puțin, dar în întâmplările haotice de atunci, s-au pierdut una de alta. Apoi, într-o zi, în lagărul pentru persoane dezrădăcinate, când bunicii mei stăteau împreună afară, un cuplu fermecător (care trăia de asemenea în lagăr) s-a apropiat de ei să le vorbească.

— Eu sunt din Dej, a spus soțul.

— Și cumnatul meu e din Dej, a zis repede bunica mea. Îl cunoști? S-a însurat cu sora mea și nu știu unde sunt. Îl cheamă Avrumi, Avrumi Frenkel.

— Avrumi Frenkel! a exclamat bărbatul. E prietenul meu cel mai bun! Chiar mâine o să-i scriu!

Bunica a crezut c-o să leșine. Bărbatul i-a scris lui Avrumi, povestindu-i unde anume se afla cumnata lui. Leah a răspuns la scrisoare, iar ea și Rozi au fost din nou reunite. Leah îi spunea în scrisoare că obținuseră permisiunea să se mute în

Israel. Exact în clipa când scria, se pregăteau de îmbarcare. Bunica și bunicul au aplicat și ei pentru vize de Israel, ca să poată locui aproape de Leah și Avrumi. Spre dezamăgirea bunicii, vizele de intrare în Israel le-au fost refuzate, din cauza analizelor de sânge ale bunicii, care indicau o tuberculoză latentă. Ani mai târziu, bunica a presupus că tuberculoza ei nu s-a declanșat datorită bacteriilor din brânza mucegăită pe care a mâncat-o la Auschwitz.

Marea majoritate a celor de la Agudah aplicau pentru vize de America. De vreme ce locul unde se afla sora ei îi era inaccesibil, s-a decis pentru America. Bunica se întrebase mereu dacă părul ei roșu nu va fi primit mult mai bine acolo. Întreaga lume își revenea după război, iar așteptarea febrilă a actelor se prelungea. Între timp au fost transferați într-un alt lagăr pentru persoane dezrădăcinate, în Italia, unde li s-a născut primul copil, mătușa mea Neha. Când Neha avea doi ani, au primit aprobarea de a călători spre America. Au ajuns acolo cu vaporul, în St. Paul, Minnesota, unde au locuit câțiva ani, înainte să se mute în Brooklyn, New York (unde bunica trăiește și în prezent).

Au trecut mulți ani până când bunica a putut să-și revadă sora; dar, odată ce s-au reunit, a vizitat-o anual pe Leah în Israel, chiar și când se apropia de vârsta de nouăzeci de ani. Vorbeau zilnic la telefon, apoi față în față, prin Skype, lucru care le-a făcut să se simtă foarte aproape, în ciuda miilor de kilometri care le despărțeau. Leah și Avrumi au avut o căsnicie frumoasă și trei copii. Leah a murit în ultima noapte de Hanuca în 2014, la optzeci și șapte de ani. Cu inima frântă de durere, bunica a aruncat computerul din sufragerie, căci nu mai putea îndura să-l vadă știind că nu va mai apărea pe ecran chipul lui Leah.

Când bunica avea patruzeci și unu de ani și patru copii, a rămas, pe neașteptate, însărcinată încă o dată. Medicul i-a spus că din pricina complicațiilor probabil nu va putea duce sarcina la termen.

— Îmi mănânc pălăria dacă naști acest copil, i-a zis el.
— Domnule doctor, i-a răspuns Rozi, cu încăpățânarea-i specifică, ar fi bine să începeți deja să mestecați.

S-a consemnat la pat și câteva luni mai târziu a născut o fetiță frumoasă, cu părul roșu. Fata a crescut și a avut nouă copii, eu sunt cel de-al treilea dintre aceștia.

Acum, când scriu aceste rânduri, fata cu părul roșu, care și-a promis că se va întoarce acasă, are cinci copii, douăzeci și opt de nepoți, o sută douăzeci de strănepoți și șapte stră-strănepoți. Fiecare dintre ei râde, iubește și-și trăiește propriile revelații. Dacă citiți această carte înseamnă că sunteți în viață, că și pentru fiecare dintre voi lumea a fost creată anume. Întreaga frumusețe a lumii a fost creată numai pentru voi, pentru fiecare în parte.

Când mă uit la cele două fete ale mele, văd străfulgerări ale vieții bunicii mele, care și-a promis: „O să mă duc acasă!" Atunci când dansează, când învață ceva nou, când se uită la flori, când se joacă pe plajă și râd pline de bucurie când nisipul se lasă ușor sub tălpile lor, iar valurile le gâdilă degețelele, eu mă gândesc la o fată cu părul roșu care s-a luptat cu toată voința să trăiască. Sunt atât de fericită și recunoscătoare că a făcut așa. Dincolo de toate, îi sunt recunoscătoare lui Dumnezeu că ne-a permis să trăim viața aceasta atât de frumoasă, pentru că deși există greutăți, durere și tristețe, există și frumusețe, fericire și dragoste. Nu putem întotdeauna să oprim răul, dar putem să nu-l lăsăm să umbrească binele cu totul.

Bunica are nouăzeci și cinci de ani când eu scriu ultimele rânduri ale acestei cărți. Nu a avut o viață ușoară, nici nu a trăit fericirea până la adânci bătrâneți după ce s-a întors acasă. Holocaustul i-a distrus mult mai mulți ani după aceea, nu doar acel an căruia i-a supraviețuit. A avut coșmaruri și traume, dintre cele care au distrus fără cale de vindecare oameni. Fiind imigranți, au trebuit să încerce din răsputeri să se regăsească, să-și refacă propria cultură și să supraviețuiască. Bunica s-a luptat toată viața cu paranoia, iar bunicul a fost asaltat veșnic de vina că el a supraviețuit, în vreme ce familia lui, nu. Mama mi-a spus că obișnuia să-l vadă cum se legăna înainte și-napoi, cu capul în mâini, apăsat de responsabilitatea de a-i jeli, care-i apăsa umerii. Scriu asta cu o zi înainte de comemorarea morții lui. Știu că acum sufletul îi e împăcat și sper că știe cât de mult îl iubesc. Bunica a avut o viață grea, precum Regele David. Nu a fost zi în care să nu-și amintească de tot ce a trăit. Dar cumva, așa cum făcea fetița de unsprezece ani care a fost cândva, tot reușește să deschidă fereastra și să cânte. Lumea îi întoarce cântecul și îi spune că totul va fi bine.

Și bunica mea cântă și azi. Cântă în vreme ce spală vasele, cântă când șterge podelele, cântă cât își calcă impecabil bluza (insistă că nici o călcătorie profesionistă nu o face la fel de bine ca ea), și în timp ce se machiază. Este o femeie de nouăzeci și cinci de ani, minionă, cu o perucă roșcată, ochi albaștri, care transmit iubire, și cel mai contagios râs din lume. Ea este cea care mă cunoaște cel mai bine. Îmi încălzește inima cu o căldură solară și-mi luminează întreaga existență.

Dar de la o vreme cântecele ei devin melancolice. Se teme. Știe că lumea nu va mai avea parte prea mulți ani de mărturii vii a ceea ce s-a petrecut. Antisemitismul o întristează – mai cu seamă extremismul care, de la o vreme, prinde contur. Este copleșită de numărul de oameni care nu știu ce a fost Holocaustul. Dar cel mai profund o tulbură felul în care oamenii se poartă unii cu alții.

Oamenii vorbesc despre iertare, dar iertarea nu este a noastră să o oferim. Iertarea le aparține celor șase milioane de evrei care au căutat cu disperare aerul pe care să-l respire, care au fost împușcați și aruncați în gropi comune, sau în apele râurilor, care au fost brutalizați, oprimați și umiliți – lor le revine alegerea de a ierta, dar ei au fost reduși la tăcere pentru totdeauna. De vreme ce ei nu mai pot vorbi, putem fi noi vocea lor. Răzbunarea cea mai mare pe care o putem pune în mișcare este să fim toleranți și buni cu TOȚI oamenii – cu toți cei împotriva cărora a acționat Hitler. Hitler, care nu a ucis de unul singur șase milioane de evrei. Răul nu se ivește în lume doar atunci când un singur om este nefiresc de rău. Răul se ivește în lume atunci când oamenii buni nu mai văd bunătatea în ceilalți. Răul se ivește în lume când ne judecăm unii pe ceilalți. Răul se ivește în lume când ne considerăm mai presus de ceilalți. Răul se ivește în lume când vedem răul pe care-l face cineva și nu-l denunțăm.

Nu am vrut să scriu cartea aceasta. A fost dureros să ascult despre ororile prin care a trecut bunica. A fost dificil să mă confrunt cu cea mai grea dintre întrebări: „Cum de a îngăduit Dumnezeu una ca asta?" Am vrut să las îngropat trecutul. Dar cunoașterea este putere, o știu. Bunica mi-a spus mereu: „Pot să-ți ia totul, dar mintea nu ți-o pot lua niciodată."

Știu că trecutul dă formă viitorului și mai știu că: „Cei care nu-și amintesc trecutul sunt condamnați să îl repete."[1]

Bunica mea vrea ca voi să știți prin ce a trecut, pentru a putea schimba felul în care arată viitorul. Vrea să știți că nu puteți lăsa ca ceva asemănător să se mai întâmple vreodată. Vrea să știți că nu contează cărei rase îi aparțineți, sau care vă este culoarea pielii, sau ce religie practicați; suntem cu toții unul. Vrea să tratați pe oricine cu respect și vrea să vă ridicați în apărarea celor care sunt nedreptățiți, indiferent cine sunt aceia. Vrea să vă amintiți, ca să puteți apăra pacea.

Așadar, amintiți-vă! Amintiți-vă de o fată cu părul roșu, numai piele și os, care și-a spus că va trăi. Amintiți-vă, și faceți din lumea voastră una în care să merite să trăiți.

1. Frază atribuită filozofului, eseistului și poetului hispano-american George Santayana (1863–1952).

MULȚUMIRI

În primul rând aș vrea să îi mulțumesc cumnatului meu, Dani Machlis. Am visat mereu să scriu această carte, dar el a fost cel care a făcut din vis, realitate. El a susținut proiectul și a petrecut ore în șir filmând-o pe bunica în vreme ce-și spunea întreaga poveste. Această carte nu ar fi existat fără el.

Îți mulțumesc, Liesbeth Heenk de la Amsterdam Publishers – mă uluiești! Ce bine ar fi dacă pe lumea asta s-ar găsi mai mulți oameni ca tine! Doar datorită ție, povestea bunicii mele s-a transformat în această carte, împărtășită acum cu toată lumea. De fiecare dată când lucrez la ea, sunt din nou uimită de suferințele la care a fost supusă bunica mea. Tot ce-și dorește ea este să dea un sens suferinței prin care a trecut și, spunându-și povestea, să facă lumea un loc mai bun. I-ai dat o voce și un loc unde să povestească. Ai adus alinare întregii noastre familii. Nu-mi pot închipui o muncă mai plină de sens ca a ta. Mulțumesc nu va acoperi niciodată tot ceea ce doresc să-ți spun.

Îți mulțumesc, Shawn Richardson, pentru că ai fost cel mai uimitor editor la care ar putea visa un scriitor. Ai netezit cartea asta mai bine decât se pricepe bunica să netezească o rochie.

Gideon Summerfield, nu numai că ești un artist talentat, ci și un om minunat. M-ai căutat și mi te-ai alăturat în acest proiect fără să ceri nimic în schimb. Sufletul tău strălucește în tot ce faci. Fie că trebuie, fie că nu, chiar judecăm o carte după copertă, iar eu îți mulțumesc că i-ai oferit cărții acesteia coperta perfectă.

Mulțumesc, Eli Tabak, că ai luat acest proiect sub aripa ta și l-ai prezentat atâtor oameni. Nu ar fi fost la fel fără tine.

Le mulțumesc tuturor cititorilor mei timpurii: *bobe* Bodner, *babi* Birnbaum, *babi* Friedman, *mom* Birnbaum, Rena Baldinger, Shira Perl, Gila Bodner, *tate* Bodner, Ita Bodner, Michal Tabak și Nechama Tendler. Nu numai că v-ați făcut timp să citiți, dar m-ați și încurajat la fiecare pas. Ați făcut mai multe pentru mine decât vă închipuiți.

Mulțumesc, Rena Baldinger, pentru că ai editat cu abnegație întreaga carte înainte ca măcar să fi fost o carte.

Le mulțumesc părinților mei, Meyer și Fagie Bodner, pentru că m-au încurajat și m-au inspirat să-mi urmez visele.

Le mulțumesc socrilor mei, Moshe și Alisa Birnbaum.

Vă mulțumesc că mi-ați oferit ajutor, astfel încât să am timp să scriu. O mulțumire specială soacrei mele, care a vorbit cu mândrie despre carte, și astfel am reușit să iau legătura cu un editor.

Ajunsă aici, îi mulțumesc Peninei (Kallus) Fischer, care s-a gândit la mine și m-a pus în legătură cu vărul ei, care a scris o carte despre Holocaust. Îți mulțumesc, Zvi Wiesenfeld, că ți-ai făcut timp să vorbești cu mine și să mă introduci echipei de la Amsterdam Publishers.

Le mulțumesc fiicelor mele, Ita și Rivka. Nu mi-ați făcut viața ușoară cât am scris această carte, dar cu siguranță mi-ați dat un motiv pentru care să o scriu. Sunteți cea mai mare bucurie a mea.

Mulțumesc, Benny, pentru *tot*. Își mulțumesc că m-ai sprijinit exact așa cum am avut nevoie și pentru că m-ai făcut să râd mai tare decât oricând în viața asta. Lumea e mai frumoasă alături de tine. Este o onoare să-ți fiu parteneră de viață și e minunat să știu că ești al meu.

Mulțumesc, *bobe*, că ți-ai spus povestea, deși a fost dureros să fii nevoită să o retrăiești. Îți mulțumesc că ești cea mai bună prietenă a mea și cel mai înfocat fan.

Mai presus de toate, Îți mulțumesc Dumnezeule. De fiecare dată când mă așezam să scriu, îți ceream să mă folosești pentru a spune această poveste. Sper doar că ești mândru de mine.

POSTFAȚĂ

Am intervievat-o pe Rozi (cunoscută acum sub numele de Rachel) vreme de mai bine de doi ani, din martie 2016 până în iunie 2018. Nu a fost întotdeauna consecventă. Uneori făceam interviuri o dată pe săptămână și uneori treceau luni fără unul singur. Conduceam de la mine de acasă, din Queens, la casa ei din Brooklyn pentru a amplasa camera video și câteva lumini. Uneori venea și câte una dintre fetele lui Rozi, dar uneori eram doar eu, înarmat cu o listă de întrebări pregătite de Nechama (autoarea acestei cărți), care, la vremea aceea, locuia în străinătate. De fiecare dată, Rozi voia să fie anunțată din vreme, ca să arate bine în fața camerei. Când ajungeam, era la patru ace, de parcă urma să mergem la o nuntă. Uneori conduceam până la ea numai ca să-mi spună că „nu e o zi bună"; este greu să vorbești despre Holocaust. Alteori deturna discuția spre politica modernă și, deși avea păreri grozave, mă chinuiam să o fac să se întoarcă la a-și povesti experiențele din tinerețe. A fost mereu mândră de acest proiect, pentru că a simțit că era de datoria ei să-și spună lumii povestea.

Sara, soția mea, este nepoata lui Rozi și sora mai mare a autoarei acestei cărți – cea mai vârstnică dintre cei nouă frați. În aceste zile ne ducem împreună copiii s-o viziteze la Centrul de Reabilitare, pentru că Rozi se confruntă cu niște probleme de sănătate. Uneori îmi pare rău pentru copiii mei, care ar prefera, sunt convins, să-și petreacă duminicile țopăind la un loc de joacă, şi nu să viziteze un cămin de bătrâni. Dar ştiu că vieţile lor vor fi influenţate pozitiv de faptul că au cunoscut îndeaproape o supravieţuitoare a Holocaustului, unde mai pui că-i vorba despre fata cu părul roşu.

Daniel Machlis, cumnatul autoarei